# EL SUSURRO DEL ÁNGEL

DAVID OLIVAS

# EL SUSURRO DEL ÁNGEL

PLAZA JANÉS

Papel certificado por el Forest Stewardship Council'

MIXTO
Papel procedente de
fuentes responsables
FSC® C117695
FSC
www.fsc.org

Penguin
Random House
Grupo Editorial

Primera edición: mayo de 2022

© 2022, David Olivas. Representado por DOS PASSOS Agencia Literaria
© 2022, Penguin Random House Grupo Editorial, S. A. U.
Travessera de Gracia, 47-49. 08021 Barcelona

*Printed in Spain* – Impreso en España

ISBN: 978-84-01-02823-6
Depósito legal: B-5341-2022

Compuesto en Comptex & Ass., S. L.
Impreso en Liberdúplex,
Sant Llorenç d'Hortons (Barcelona)

L028236

*A Laura Santaflorentina,*
*por ser un faro en todo lo que escribo*

*Y busqué,*
*Y busqué,*
*Y busqué, hasta el fin.*
*La respuesta estaba dentro de mí.*

ROZALÉN

Una de las cosas que más amo de esta vida es que no hay un adiós definitivo. ¿Sabes? He conocido a cientos de personas aquí y nunca me despido por última vez. Siempre digo: Te veré en el camino.

*Nomadland*

*Así duele una noche,*
*con ese mismo invierno de cuando tú me faltas,*
*con esa misma nieve que me ha dejado en blanco,*
*pues todo se me olvida*
*si tengo que aprender a recordarte.*

LUIS GARCÍA MONTERO

# Prólogo

*Una mujer introduce con sus brazos a alguien pequeño en el asiento trasero de su coche. Cierra la puerta. La mujer sube rápidamente y arranca el motor. Necesita alejarse de aquel lugar cuanto antes. Ahora que él le ha dicho lo que siente, ella no puede soportarlo. Él sale corriendo tras ella, pero ya es tarde. Es de noche y apenas hay luz en la carretera. Alguien llora, es un llanto sin consuelo. La mujer, que observa a través del retrovisor, se pone más nerviosa. La carretera, delimitada por árboles gigantes que parecen amenazarla, está llena de curvas muy cerradas. Acelera y frena, acelera y frena. El cuerpo se tambalea. Las lágrimas le impiden ver con claridad, pero sus manos las secan. Alguien atrás sigue llorando cada vez más fuerte. La pierna de la mujer tiembla. El teléfono suena. Baja la vista hacia el móvil para ver quién es cuando las luces de un coche inundan el interior del vehículo. Con un golpe de volante, la mujer consigue esquivarlo. Acelera cada vez más. Su rabia la consume. Las lágrimas le siguen cayendo. Ahora lo entiende todo. Acaba de dar respuesta a las preguntas que durante todo este tiempo se ha hecho. Vuelve a mirar por el retrovisor y en él ve reflejada la cara de la persona que más quiere en este mundo. Le dice algo. Te quiero. Esos ojitos se abren de inmediato. La mujer sigue observando y sigue llorando. Cuando vuelve la vista a la carreta, ya es tarde. Intenta frenar en seco, pero el coche no se detiene a tiempo y en una* de las curvas, se precipita por una colina y comienza a dar vueltas de campana. Los cristales revientan y los airbags explotan; el coche cae contra las grandes rocas de la montaña. Los hierros atraviesan el cuerpo de la mujer. El coche por fin se detiene y el humo sale del capó. Todo es un amasijo de hierros, cristales y sangre. No hay nada que hacer. El silencio inunda el paisaje. La mujer consigue abrir los ojos. Le duele todo el cuerpo. Tiene rotas varias costillas y un gran golpe en la cabeza. Los hierros le atraviesan el abdomen y la sangre brota desde diferentes puntos. Grita el nombre de la persona que más quiere. Con las pocas fuerzas que le quedan consigue sacar las piernas por la ventana que todavía sostiene restos de cristales. Sale de aquel amasijo. Su cuerpo palpita de dolor, pero lo consigue. Gateando se acerca a la parte de atrás. Llora de camino a la ventanilla. Y entonces se da cuenta. Ahí está. Grita su nombre con fuerza. Y grita. Y grita. Pero nadie la escucha. Y nadie responde. Consigue quitarle el cinturón. Todo el cuerpo está lleno de sangre. Le pone la mano sobre su pequeño corazón, pero este no bombea. La mujer repite algo constantemente. No. No. No. A pesar del dolor, intenta desesperadamente hacer que vuelva a funcionar. Uno. Dos. Tres. Uno. Dos. Tres. Le abre la boquita y le llena de aire los pequeños pulmones. Y por aquellos labios se escapa el último suspiro de aire que soltará jamás, como el susurro de un ángel que vuela hasta el cielo, lleno de estrellas, y que ahora recibe una más. Y después, todo es silencio. Y dolor. Mucho dolor.

PRIMERA PARTE

# EL ANTES

*20.58 de la noche.*
*Faltan tres horas para la tragedia.*

Los gritos de los niños justo después de explotar los petardos resuenan por las calles empedradas de Calella de Palafrugell. Hoy es la noche más mágica del año y el pueblo, vestido de un blanco inmaculado, se ha preparado para la ocasión: el escenario de la plaza ya acoge a los primeros curiosos que no quieren perderse la verbena y el discurso del alcalde a medianoche. La banda de música del pueblo hace sonar sus tonadas y la gente baila a su alrededor con cerveza y vino en la mano. Los muchachos con sus bicicletas hacen corrillo, mientras las chicas se acercan no sin antes mirarse en el reflejo del cristal del estanco. Algunas familias preparan sus hogueras en la playa antes de que repiquen las campanas de la iglesia, momento en el que se lanzarán los fuegos artificiales y dará comienzo la Noche de San Juan. La familia Serra está en casa, cenando. Llevan viviendo en el pueblo toda la vida. El padre trabaja en el quiosco, la madre es cajera del supermercado. Juntos compraron esa casa poco después de casarse, pequeña pero cálida, situada en un callejón empinado cerca del centro de la localidad. Las paredes claras resplandecen en la noche en contraste con las tejas oscuras, que se mimetizan con el cielo estrellado. Con el paso de los años han convertido aquella humilde morada en un hogar, un refugio. Allí han criado a sus dos hijos: Ferran, de diecisiete, y Biel, de casi dos años. Los abuelos tampoco han querido perderse la cena, han llegado pronto para ayudar en lo que puedan y, de paso, estar aún más tiempo con su nietecito. Isabel, la madre, está terminando de empolvarse la cara frente al espejo; va guapísima, lleva un vestido largo de seda verde que se compró con su último sueldo.

—¿Qué tal esta? —Josep, su marido, se acerca y le muestra una camisa azul oscuro. Su mujer sabe que ha cogido la primera que ha encontrado en el armario.

—Ponte la del bautizo de tu hijo, anda, que está más nueva.

—¿La granate? —le pregunta extrañado.

—Sí, Josep. La granate.

—Lo que tu digas, querida.


Este año no ha sido muy bueno para la familia. Ferran se fue el pasado septiembre a estudiar a Gerona y la madre lo está pasando fatal. Él tenía claro que quería salir de Calella. Después de trabajar de camarero en el bar de la plaza, consiguió un buen pico para buscarse un piso compartido en la ciudad y matricularse en la carrera que le gustaba: Periodismo. Además, ahora tiene pareja. En enero le contó a sus padres que le gustaban los chicos. Isabel cogió un gran disgusto en el cuerpo y se encerró un día entero para llorar. Hasta las vecinas del pueblo la notaron algo extraña en el supermercado. Pero ella no dijo nada, no quería compartirlo con nadie y menos con ellas, para que todo el pueblo comentase. Allí reinaba esa ley absurda de que lo que no querías que se supiera era mejor que ni lo comentaras. Josep le pidió a su hijo que le diera un poco de tiempo a su madre; al final, ella misma se daría cuenta de lo mal que había reaccionado.

—¡Está obsesionada con el qué dirán en el pueblo! —le gritó Ferran.

—No grites, hostia —le contestó el padre.

—Es verdad, siempre pensando en lo que comentarán, o si nos criticarán las cuatro viejas que viven en este pueblo. Por eso me fui de aquí, papá, ¡por la puta gente!

Pero claro, en realidad en el pueblo todo se sabía. La homosexualidad de Ferran era un secreto para su familia, pero no para el resto. Y él era muy consciente de ello, pues había sufrido ciertas discriminaciones e incluso insultos por parte de otros jóvenes, y también de algún adulto. Ese año había sufrido mucho por ser la diana de las burlas y por ocultar a su familia algo que resultaba tan importante para él. Por eso necesitaba salir de allí y continuar su vida en un lugar cercano pero a una distancia suficiente.

Después de aquel anuncio y de hablar muchas noches en la cama con Josep, su madre entró en razón. La calma del padre, traducida en sus espesas cejas negras y sonrisa ancha, acabó por inundar el corazón de Isabel, que a los pocos días llamó a Ferran para pedirle disculpas por su reacción, y le dijo que a ella lo único que le preocupaba era que sufriese, que le pudiesen hacer daño, pero que por nada del mundo quería estar enfadada con su hijo. Lloraron ambos al teléfono y ella le pidió que fuera más a menudo a verlos, que juntos harían frente a cualquier vicisitud.

A Isabel le correspondía explicárselo a Carmen, su madre y la abuela. Carmen representaba el conservadurismo. Asistía a misa siempre que podía y en sus plegarias ponía el porvenir de su familia en manos de Dios. Creía en él de manera ferviente, y si creía en él, también en sus mandamientos y en todo lo que la Iglesia profesaba en su nombre. Pero ante todo era abuela y, como tal, adoraba a sus nietos y sabía desde hacía un tiempo que algo pasaba. Así que cuando Isabel se lo contó, sí se ruborizó, pero no se sorprendió.

—¡Josep! ¡Corre! Ve a abrir —le grita Isabel desde el baño—. ¡Tiene que ser Ferran!

Josep está viendo el especial de noticias en directo que hacen cada año en la Noche de San Juan, a su lado está sentado en su pequeña butaca Biel, junto a sus abuelos, que no le quitan ojo mientras juega con su juguete favorito: un elefante de color azul que ellos mismos le regalaron cuando nació. El salón-comedor es pequeño pero práctico, con un sofá de tres plazas y dos sillones orejudos bajo las ventanas que dan al callejón, una mesa camilla redonda cubierta por un tapete bordado y una sólida librería en la que restalla encajado el gran televisor. Marcos de fotos de toda la familia ocupan los pocos huecos libres del mueble, retratos entre los que destaca la cara angelical de Biel.

Isabel tuvo al pequeño Biel hace relativamente poco. Su llegada fue una alegría tremenda para la familia. Desde pequeño, Ferran había querido tener un hermano, pero sus padres no pasaban por un buen momento, la crisis económica sumada a la deuda contraída por el hermano de Josep hizo que tuvieran que prestarle una gran cantidad de dinero. Cuando con el paso del tiempo se fueron recuperando, Ferran tenía ya diez años. Decididos en ese momento a intentarlo, Isabel tuvo la mala suerte de sufrir un aborto. Aquello la hundió, se apagó durante casi un año, dejó el trabajo y no quiso salir de casa. Las amigas iban a verla y la animaban para que volviese a ser la que era, pero ella no encontraba ningún motivo. Tenía treinta y cinco años.

Poco a poco empezó a salir de casa, no quería perderse la vida de Ferran: su primera comunión, el primer día de instituto, las excursiones familiares... Cinco años después, la noche del decimoquinto cumpleaños de Ferran, toda la familia y amigos se reunieron en Calella y pidieron a Maika, la dueña del bar donde iban a celebrarlo, que no aceptase reservas esa noche. Las amigas de Isabel la ayudaron a preparar muchísima comida, querían dar la noticia a todo el mundo: Isabel estaba embarazada. Ferran, al enterarse, no pudo contener las lágrimas, iba a tener un hermano. Lo que él siempre había deseado, un hermano al que proteger y cuidar.

—¡Hijo mío! —exclama el padre acercándose a darle un abrazo a su hijo.

—Hola, papá —le contesta él mientras su padre lo estrecha contra su pecho.

Ferran tenía muchas ganas de estar unos días con su familia en Calella de Palafrugell. En la Noche de San Juan el pueblo adquiría un encanto especial. Acudía gente de los alrededores de Barcelona para vivir aquella noche mágica. Los únicos dos hoteles que había en el pueblo, el Sant Roc y el Port Bo, habían colgado el cartel de COMPLETO dos semanas antes de la fecha. El pueblo había anunciado a bombo y platillo los festejos y nadie quería perdérselos. Era el comienzo del verano.

—¿Dónde está mi pequeño? —pregunta Ferran dejando la maleta en el salón y un paquete de regalo enorme junto a ella.

—¡Biel! Mira quién ha venido —dice la abuela cogiendo de las manos al niño, que ya comenzaba a andar.

Ferran se echa al suelo y lo abraza. Cuando estaba en Gerona hacía a menudo videollamadas con sus padres para ver al pequeño a través del móvil y comprobar su evolución. Biel señalaba con el dedo a la pantalla e intentaba pronunciar algo parecido a su nombre: «Fe... ran».

—¡Pero si estáis aquí! —dice Ferran mirando a sus abuelos—. No sabía que veníais a cenar.

—Tu madre, hijo, que se ha empeñado.

Los abuelos de Ferran han vivido siempre en Calella, tienen su casa en la parte más alta del pueblo. Considerada entre las mejor valoradas, siempre dicen que se la dejarán a él cuando ya no estén. Las vistas desde allí son increíbles: si te fijas bien, se ve el faro de San Sebastián, en Llafranc, que está a diez minutos en coche. Por la noche te dejan sin habla.

Isabel baja apresurada las escaleras y llega al salón, allí ve a su hijo, abrazado a su inseparable hermano. Se da cuenta de que está más mayor, se ha dejado un poco la barba. Ahora se ven menos, pero sabe que en Gerona Ferran está bien y feliz.

—Estás guapísimo, hijo mío —le dice mientras se besan.

—Me encanta tu vestido, mamá —le contesta él.

—El único capricho que me he podido permitir este año —dice mirando a Josep—, pero bueno, ya nos sacarás de pobres, querido —dice bromeando la madre—. ¿Cómo han ido los exámenes?

—Bastante bien. Estoy esperando a saber si me dan o no matrícula de honor en Teoría de la Comunicación.

—¿Has oído, padre? —dice casi gritando Isabel—. ¡Tu nieto esperando una matrícula de honor!

El hombre se saca un pañuelo de tela de la camisa, siempre lleva uno encima, y se seca las lágrimas; ver a sus dos nietos allí y que al mayor le vaya tan bien, le emociona. Últimamente está más sensible de lo normal. En el deterioro de su piel comprueba el paso de los años. El movimiento cada vez más lento de sus huesos acusa el veloz paso del tiempo. Sabe que la vida ya le ha dado todo.

—Abuelo, ¡no llores! —le dice Ferran.

—Venga, vamos a sentarnos, que se va a enfriar la cena —dice Carmen.

*21.46 de la noche.*
*Faltan dos horas para la tragedia.*

Ferran escribe un mensaje; todavía no ha avisado a Marc de que ha llegado y que está todo bien. Mientras teclea, sonríe. En su hogar todo está en orden y eso le hace feliz. Le ha enviado una foto de Biel con el triciclo que le ha llevado por sorpresa. Fue Marc quien lo eligió, después de estar buscando horas y horas algún juguete que le pudiera hacer ilusión al pequeño. Marc le contesta con emoticonos sonrientes y le dice que ya le echa de menos.

En el pequeño salón de la casa está toda la familia preparada para cenar. Nada ha cambiado. Los muebles que decoran la estancia fueron regalo de boda de los abuelos a Isabel y Josep. Los conservan intactos. Ella los limpia diariamente con una gamuza especial, menos el sofá, para el que usa un cepillo de púas de pelo de camello, un producto novedoso que llegó al supermercado del pueblo y al que ella, rápidamente, le vio la utilidad. Mientras están en la mesa, la televisión autonómica conecta en directo con un reportero joven que está en la plaza del pueblo; al fondo se ve el gran escenario con banderolas y farolillos. El periodista informa de que en menos de dos horas allí se congregará mucha gente para escuchar al alcalde y dar comienzo a la posterior fiesta de fuegos artificiales y hogueras en la playa.

—¿Qué es lo que han montado en la plaza? —pregunta Ferran mientras se mete el móvil en el bolsillo—. Lo he visto al entrar al pueblo.

—Máximo, el alcalde, ya lo conoces: como viene la prensa se gasta la mayor parte del dinero en tonterías. Este año la televisión va a retransmitir la verbena desde Calella, y viene el grupo ese de música que está sonando siempre en la radio, quiere que este pueblo sea el más conocido de toda la costa, y así nos va, todo lleno de guiris y turistas que entorpecen.

—Madre —la corta Isabel—, eso también nos viene bien. Los turistas vienen aquí y gastan dinero en las tiendas y en el supermercado. Que te diga Josep cómo se pone el quiosco.

—Yo no sé la cantidad de imanes y postales que he vendido hoy —comenta el padre.

—¿Aún se siguen enviando postales? —pregunta Ferran.

—Pues claro, a sus amigos franceses, diciéndoles dónde están pasando el verano. Yo eso lo hacía con tu madre, ¿te acuerdas Isa? Mira, tú podrías hacer lo mismo con...

La madre abre bien los ojos y le da en la espinilla a Josep. Ferran se ríe. Antonio, el abuelo, lo mira extrañado.

—Qué bueno está el asado, Josep. Madre de Dios —dice Carmen.

—El mío está mejor —sentencia Antonio.

—¡Anda ya! —le responde Carmen, dándole un codazo.

Ferran observa a Biel, que se ha empeñado en cenar sentado en el triciclo que le acaba de regalar su hermano. Desde que se lo ha regalado, el pequeño ha estado todo el rato dando vueltas por el estrecho pasillo que separa la cocina del salón. Y allí está ahora, en una mesa pequeña que le ha preparado su madre, con el babero puesto, e Isabel va haciendo viajes de una mesa a la otra para que se termine el plato de pollo que le ha triturado en la batidora. La familia cena, ajena a los estruendos ocasionados por los petardos unas calles más abajo. Según marca la tradición, la Noche de San Juan has de encender una hoguera y saltarla, y en el momento en el que estás sobrevolando las llamas debes pedir un único deseo.

La playa ya está recibiendo a las primeras familias, cada una tiene ocupada una parte para hacer su hoguera con algunas maderas que han conseguido durante los días previos. La familia Serra está terminando de prepararse para salir a la gran cita. Según el programa de fiestas que encontraron en el buzón, a las 23.50 tendrá lugar el discurso del excelentísimo Sr. Máximo Capdevila, elegido alcalde de Calella por quinta vez consecutiva. A las 0.00, el padre Gabriel, cura estricto pero querido por todos, pues lleva en el pueblo más de cuarenta años, hará sonar las campanas de la iglesia y dará comienzo el castillo de fuegos artificiales y petardos. Este año, como novedad, lo acompañará el padre Borja, un joven cura enviado por la diócesis de Gerona con el fin de que vaya aprendiendo para suceder al ya anciano padre Gabriel.

Ferran sube a su habitación a dejar la maleta, los abuelos esperan abajo junto a Josep y su nieto Biel. Isabel se dirige a su cuarto para terminar de arreglarse. Antes de apagar la luz del baño se ve reflejada en el espejo que hay sobre su cómoda. Sobre esta hay varios marcos de fotos: en uno sale Ferran tomando la primera comunión en la iglesia de Sant Pere de Calella; a la izquierda, una de su graduación, hace un año, y a la derecha, una fotografía de Biel en el hospital de Palamós el día que nació. Isabel se acerca al mueble y la coge. Biel nació muy pequeñito, no pesó ni dos kilos. Fue una noche de mucha lluvia, la recuerda como si fuera hoy mismo. Isabel cierra la puerta de la habitación y va a reunirse con el resto de la familia, que ya está abajo preparada para ir a la verbena. Las luces de la casa se apagan, Josep cierra la puerta con llave y se marchan calle abajo en dirección a la plaza. Los abuelos van cogidos del brazo, han vivido ya muchas noches como la de hoy a lo largo de su vida, pero saben que cada año es muy especial. Ferran va con Biel, que sigue sin poder separarse de su triciclo nuevo y tampoco de su hermano. Isabel observa el cuadro familiar en el reflejo de los cristales de las casas bajas que hay antes de llegar a la plaza. Josep la mira, sabiendo lo mal que lo ha pasado y teniendo claro el deseo que pedirá esta noche cuando salte la hoguera: que por fin sean felices, sabe que es algo que se merecen. La familia pasa por delante del callejón que se bifurca en otras dos calles más estrechas sin percibir que hay alguien dentro de una furgoneta antigua esperando que se alejen de la casa. La puerta del vehículo se cierra. El que está dentro sabe perfectamente lo que tiene que hacer, pero ha de ser rápido, la gente está tomando el mismo camino en dirección a la plaza y todos pueden pasar por allí. El individuo espera al lado de unos contenedores a que pase una familia que vive dos puertas más arriba. Con el camino libre, mira el reloj: son las 23.43.

La plaza, a pie de playa, está a rebosar. Los restaurantes que la rodean tienen el cartel de COMPLETO. La familia se queda atónita. Este año hay más gente que nunca, el alcalde debe de estar pletórico al comprobar que su plan de atraer turistas al pueblo ha funcionado. Raro era el día que encendías la televisión y no aparecía en el programa matinal hablando de la tranquilidad con la que se vive aquí, opinando acerca de otros pueblos; si te tomabas un café en el bar Las Anclas, en la misma plaza, te lo encontrabas saludando a todo el mundo. Para la mayoría del pueblo era un bienqueda, pero también eran conscientes de que hacía que el pueblo escalara puestos en la lista de los rincones con más encanto del país. Por eso seguían eligiéndolo, por eso esta noche es muy importante para él, es el resultado de lo que se propuso hace tiempo: hacer que el pueblo apareciera en los mapas como un referente.

El alcalde Máximo Capdevila está conversando con el padre Gabriel, a veces no puede evitar que la vista se le vaya a la mancha de nacimiento que este tiene en el cuello, pero en cuanto se da cuenta vuelve a mirarle a los ojos. La llegada del padre Borja lo distrae. El alcalde contempla al recién llegado con cierto escepticismo. Le insiste al padre Gabriel que instruya al joven adecuadamente, dada la importancia del acto, del ritmo, de la coordinación. Los fuegos artificiales han de salir tras los maizales, donde se sitúan para que no haya peligro, justo después de su discurso, ni anticiparse ni hacerse esperar. El padre Gabriel asiente y sonríe, seguro de que el padre Borja lo hará bien. El joven se muestra despierto y concentrado, no quiere decepcionar a la diócesis ni al padre Gabriel, al que conoce desde niño, ni al alcalde. Máximo no desea correr ningún riesgo esta noche. El padre Gabriel le da una palmada amistosa en la espalda y se dirige con el padre Borja al interior de la iglesia. Faltan pocos minutos para que dé comienzo el espectáculo.

*23.50 de la noche.*
*Faltan diez minutos para la tragedia.*

Mientras la familia coge sitio en la plaza, Ferran y Biel se alejan del tumulto y se acercan al paseo, desde donde ven tanto el escenario como la playa y las hogueras ya encendidas. Las luces de las fiestas y las farolas juegan con el brillo de las llamas y juntas lamen las fachadas blancas de las casas de primera línea de playa, que se abren junto al paseo para formar la plaza circular. De no ser por la gran cantidad de gente que hay en ella, veríamos los adoquines de colores terrosos dibujando filigranas desde el paseo de palmeras hasta los pilares del ayuntamiento o la iglesia. Ferran y Biel se aproximan a las hogueras, pero sin adentrarse mucho en la playa. Quienes las rondaban ahora se dirigen a la plaza para escuchar al alcalde. Niños, padres, jóvenes, mayores... Nadie quiere perderse la fiesta de esta noche. Al entrar en la plaza les han entregado unas bengalas para que las enciendan al sonar las campanas. Máximo hace su entrada triunfal en el escenario y es aplaudido por todos. Se acerca al micrófono y se aclara la garganta.

—Buenas noches a todos, queridos amigos, familias, niños y niñas. Gracias por acompañarnos en una noche tan especial y bonita como la que tiene lugar hoy aquí en nuestro pequeño tesoro frente al mar. Hace cinco años me elegisteis vuestro alcalde y cada año me demostráis vuestro apoyo, no sabéis lo orgulloso que estoy al sentir el cariño del pueblo en el que nací de una forma tan honesta, sincera y leal. Hace unos años prometí que nuestro pueblo, Calella de Palafrugell, sería un referente nacional, que vendría gente de todos los puntos del país a conocer el encanto que ofrece: playas y calas preciosas, gastronomía inmejorable, paseos y rutas para los más aventureros.

Mientras va enumerando los atractivos del pueblo, mira a los que hoy le acompañan, hay muchas caras nuevas que quizá decidan trasladarse a vivir al pueblo. El alcalde está en pleno discurso cuando alguien se acerca lentamente por el pasillo de arcos del lateral de la plaza. Lleva algo en la mano, algo necesario para completar ese plan que tanto han estudiado. Mira su reloj: las 23.56. En cuatro minutos todo habrá acabado, no puede cometer ni un fallo o el plan se irá al traste. Oculto entre los arcos, decide avanzar poco a poco; pasa desapercibido porque todas las miradas están puestas en el alcalde. Pero hay alguien que lo ve, alguien demasiado pequeño para diferenciar el bien del mal.

—Y por eso, familias —concluye el alcalde su discurso—, hoy es una noche para que celebremos, brindemos, festejemos y, sobre todo, pidamos nuestros mejores deseos. ¡Feliz Noche de San Juan!

El alcalde se gira y mira hacia el campanario mientras la gente aplaude. El padre Gabriel agarra la cuerda y hace repicar las campanas. Son las 23.59. Faltan diez segundos para la medianoche. Es la hora. Ferran y Biel siguen en el mismo sitio, mirando al cielo para contemplar los fuegos artificiales. Isabel y Josep se encuentran en el centro de la plaza, entre la multitud, con el sonido de las campanas de música de fondo. Isabel mira a sus dos hijos: Ferran al lado del pequeño Biel en su triciclo. Le hace feliz verlos, sabe lo mal que lo ha pasado para llegar hasta aquí. Carmen y Antonio, los abuelos, sentados en las sillas que ha facilitado el ayuntamiento, esperan con ansia el castillo de cohetes que dará comienzo en cualquier momento. De repente las luces del pueblo se apagan, la plaza se sumerge en una oscuridad absoluta, y entonces... ¡PUM! Un estruendo sacude la plaza, todos se estremecen y el cielo se ilumina. Las casas de Calella de Palafrugell se tiñen de rojo y la gente aplaude boquiabierta ante el festival de color que está iluminando el pueblo. Ferran saca el móvil, quiere enviarle un vídeo a su pareja. Le encantaría que estuviese allí con él. Mientras graba cómo estallan los colores en el cielo, su cara se ilumina al compás, embobada con el espectáculo de pirotecnia. A Marc le encantará verlo. El pequeño triciclo de Biel en ese momento echa a andar: el niño ha visto algo que le gusta. Ferran pierde de vista a su hermano, atento en su lugar al móvil. Mientras tanto, Biel se dirige hacia los arcos. Los fuegos siguen estallando, iluminan unos segundos y después vuelve la oscuridad. Isabel y Josep se besan, felices ante aquel espectáculo tan bonito. Hoy sienten que sus deseos se van a cumplir, nada puede con ellos. Carmen y Antonio están cogidos de la mano, saben que el tiempo es un tesoro que deben cuidar, y ellos así lo han hecho durante todos esos años, desde la primera vez que vivieron juntos la Noche de San Juan hace más de cincuenta años. Los colores azules, naranjas y verdes tiñen también el mar y a las personas que se bañan en él, observando desde ahí el festival de colores. Ferran está satisfecho con su vídeo y se lo envía a la persona amada. Es entonces cuando baja la mirada y se da cuenta de que ni su hermano ni el triciclo están a su lado. Se le hiela la piel. No puede ser. Mira a su alrededor mientras la oscuridad se apodera de nuevo del pueblo: los fuegos artificiales están acabando. Aprovecha el estallido de un cohete rojo para salir corriendo por una de las calles que sale de la plaza. Los abuelos lo ven cruzar repentinamente por delante de ellos con la cara descompuesta. No saben qué le sucede. Llega al final de la calle Gravina, la calle principal del pueblo, con el deseo de que otro estallido la ilumine. Espera. Espera. Cierra los puños, necesita luz y necesita que cuando el fuego estalle su hermano esté ahí, con su triciclo. La calle se ilumina de azul, pero está vacía. La traca final llena el cielo y el pueblo de luz. Ferran sigue corriendo de un lado a otro, sin rumbo fijo, hasta que decide volver a la plaza. No sabe qué más hacer. Carmen y Antonio acuden a su encuentro.

—¡Hijo! ¿Pero qué pasa? —le pregunta la abuela.

—Es... es...

Antonio rápidamente entiende lo que ocurre.

—¡BIEL! —grita el abuelo.

Carmen mira a su marido, que se dirige hacia los arcos. Los fuegos mantienen la luz, pero durará muy poco. Ya están terminando. Antonio corre tanto como puede. Se trata de su nieto. De su Biel. Carmen corre hacia el centro de la plaza y llama a gritos a su hija. Isabel se gira con una sonrisa en la cara, pero ve en los ojos de su madre la mirada del pánico, llena de terror. Y entonces entiende que algo no va bien. Suelta la mano de Josep aprisa y empieza a empujar a la gente que la rodea y que aún contempla el final del espectáculo de pirotecnia. Consigue llegar hasta la abuela y esta la coge por los hombros.

—Es Biel. No saben dónde está.

Ferran sale apresuradamente detrás de su abuelo y recorre de nuevo las calles aledañas, con una sensación en el pecho que no le deja ni respirar. Necesita encontrar a su hermano, ver el triciclo para saber que solo ha sido un susto, que todo está bien. Pero eso no ocurre. Las calles están vacías, se escucha algún ladrido de perro asustado por el estruendo de los cohetes, pero nada más. Y entonces oye algo que le hace romperse un poco más: a Isabel gritando en la plaza. Acaba de enterarse. Ferran vuelve deprisa, la gente está acercándose a la familia, no entienden qué pasa. Cuando Ferran entra en la plaza, Isabel tiene un ataque de pánico.

—¡Mi hijo! ¡Mi hijo! —exclama sin cesar.

El alcalde baja corriendo del escenario y se abre paso entre la gente para llegar hasta la madre, a la que conoce muy bien.

—Pero Isabel, ¿qué pasa? —pregunta sobresaltado.

—¡Mi hijo no está! —no para de repetir, y sigue como puede a Carmen y a Josep, que intentan salir de la plaza. Hasta ellos llega Ferran, conmocionado.

—Estaba... con él..., estaba aquí, aquí mismo —dice señalando el lugar donde se encontraba con el pequeño— y de repente, no... no sé. No... no lo entiendo. —El hijo mayor de la familia no puede ni hablar. Está en shock.

—¡Antonio! —La abuela ve llegar a su marido.

—Ni rastro —dice el abuelo, cansado de tanto correr.

La gente que está allí no sabe lo que pasa. Algunos siguen ajenos a lo que ocurre. El alcalde sube deprisa las escaleras de madera del escenario y se acerca al micrófono.

—Hola. Hola —dice dando unos golpecitos al micrófono—. Por favor, os pido máxima atención. —El silencio se hace inmenso—. Un niño pequeño se ha perdido, es el hijo de los Serra, Biel. Seguramente anda por aquí desorientado, os ruego que ayudéis a la familia a dar con él. Tiene que estar en alguna de las calles cercanas a la plaza. Miren también en la playa.

Un gran murmullo se apodera de la plaza, el hijo pequeño de Isabel, la del supermercado no aparece. ¿Pero cómo es posible? Por inercia, las familias se agrupan y cogen en brazos a sus hijos más pequeños.

Rápidamente comienzan a dividirse para recorrer las calles y la playa. En pocos minutos, las calles Gravina, Miramar y Lepanto se llenan de gente, todos gritan el nombre del niño. Miran en cualquier rincón que se les pasa por la cabeza: callejones, patios, interiores de coches que están mal aparcados... Ni rastro. Los vecinos avanzan por el pueblo que ya ha recobrado la luz. Mientras, la familia del pequeño busca desesperadamente en la playa: Biel no sabe nadar. Incluso el padre Gabriel y el joven párroco en prácticas han bajado del campanario a toda prisa al enterarse de la noticia después del repique de campanas. Miran entre las barcas y las rocas, saben que él solo no ha podido llegar hasta allí, pero tienen que revisarlo todo. El alcalde ha llamado a la policía, que ya anda patrullando por la zona. En pocos minutos las luces azules de dos coches aparecen en la plaza. Un hombre bien entrado en años baja del primer vehículo con un cigarro en la mano y cara de haber dormido poco esa semana. Es el teniente Alcázar de la policía local de Calella de Palafrugell. Del segundo coche sale un chico muy joven, no llega a la treintena, un poco patoso, casi tropieza al salir. Es el agente Daniel Redondo, que consiguió entrar en la academia a la primera, y cuando le tocó hacer las prácticas, había una plaza libre en Calella. Había visto que era un pueblo precioso, tranquilo y a una hora y media de Barcelona. Llevaba dos meses en el pueblo y a lo más que se había enfrentado era a poner multas y avisos de la grúa. El teniente Alcázar lo dejaba revisando expedientes, haciendo limpieza del archivo y patrullando por la noche mientras él siempre se retiraba dos horas antes. Redondo no se quejaba, cobraba bien, ponía las multas pertinentes y descansaba en una casa bastante grande que había alquilado en el pueblo, tenía veinte días de vacaciones y quería aprender todo lo posible del teniente Alcázar, un hombre que llevaba más de cuarenta años de servicio.

La noche de ese 23 de junio no se le olvidará nunca a Daniel Redondo. Es la primera vez que está frente a algo tan grande sin saber aún que lo es. Un menor de casi dos años se ha perdido sin dejar rastro, no se ha encontrado pista alguna que señale el paradero del pequeño. Hay mucho trabajo por delante, pero, sobre todo, muchas preguntas.

La familia del niño se encuentra a pocos metros de él, alrededor de Isabel, la madre, que al parecer ha sufrido una crisis de ansiedad al estar cerca de las rocas e imaginar todo lo que le puede haber pasado al pequeño Biel si ha tropezado con alguna de ellas.

—Vamos, Isabel. Ya han llegado. —La coge de la mano el padre Gabriel, ayudándola a incorporarse para hablar con la policía.

—Rece por mi hijo, padre. Se lo ruego —le pide la madre.

—Lo encontrarán Isabel. No tengo la menor duda.

El padre Gabriel es un buen amigo de la familia. Encargado de casar a Isabel y Josep hacía muchos años, también de bautizar a Ferran y posteriormente a Biel, no entiende cómo esto puede estar pasando en su pueblo, en aquel lugar tan tranquilo. Carmen, la abuela, se agarra al padre Gabriel y rompe a llorar diciéndole que aquello no es posible.

*00.36 de la noche.*
*Desapareciste hace treinta minutos.*

Las primeras horas después de una desaparición son cruciales, es el momento en el que más cerca puedes estar de encontrar al desaparecido o de perderle la pista para siempre. El teniente Alcázar lo sabe bien, a lo largo de su carrera en Barcelona ha trabajado en varios casos similares y conoce de sobra el protocolo. Se le nota sobrecogido por la situación, ha avisado a los Mossos de Gerona de lo ocurrido para que se personen de inmediato en Calella y ya están de camino. Pese a no ser una persona demasiado empática, no quiere ni pensar en lo mal que estarán los padres en ese momento. Sabe que tiene que brindarles todo su apoyo. Mientras tanto ha ordenado el cierre de la carretera del pueblo hasta próximo aviso, para que ningún coche pueda entrar o salir sin ser revisado. También ha llamado a los compañeros de Palamós, Playa de Aro y Begur, los pueblos colindantes con Calella, y les ha dado una descripción del pequeño, visto por última vez vestido con una camiseta de color amarillo, unos pantalones azul marino y unas pequeñas chanclas del Barça, y subido a un triciclo. Todos ellos mantienen a Alcázar informado a través de los intercomunicadores de los coches patrulla.

—Buenas noches, Isabel —dice el teniente, apoyando su mano sobre el hombro de la mujer como gesto solidario—. ¿Qué ha pasado?

La madre, que está agarrada al padre, no tiene fuerzas ni para narrar lo sucedido.

—Estaba conmigo —suena detrás de ellos—, estaba justo ahí, a mi lado. —Es Ferran, que se acerca al teniente—. Habían empezado los fuegos artificiales cuando de repente miré al suelo, donde estaba con su triciclo, y él había desaparecido. —Ferran se derrumba.

—Venid conmigo, vamos a la comisaría. Allí estaréis más tranquilos. Los vecinos están peinando la zona y ya he pedido refuerzos, hemos cortado las entradas y salidas, así que, tanto si se ha perdido como si alguien lo tiene, lo encontraremos. Redondo, avisa desde tu coche a los Mossos.

—¿Otra vez? —pregunta el agente.

—Sí, cojones, otra vez. No sé qué coño hacen que no están aquí ya.

El teniente Alcázar pide a los padres y al hijo mayor que suban al coche patrulla. El abuelo Antonio decide quedarse en la plaza y seguir buscando con ayuda de los vecinos. El agente Redondo se quedará también allí a esperar la llegada de los Mossos para ponerlos al corriente de lo sucedido. Isabel ve desde la ventanilla cómo los vecinos han cogido linternas de sus casas para buscar al pequeño. Algunos han decidido ir a los acantilados, donde la oscuridad es total. De imaginar lo que le puede haber pasado a su niño, se le caen las lágrimas y cierra los ojos, puede hasta casi sentir la mano de su Biel.

La comisaría de la policía local de Calella de Palafrugell es un edificio grande y parece muy nuevo. En verano tienen más trabajo, pero, en general, durante el resto del año se dedican básicamente a informar a la ciudadanía y dar apoyo cuando hay alguna fiesta popular. El teniente Alcázar abre su despacho y les pide que se sienten. Coge un cigarrillo y lo enciende.

—Me cago en la puta Josep, estate tranquilo, que lo vamos a encontrar —le dice al padre antes de sentarse—. En estas circunstancias tenéis que hacer memoria, todo detalle que se os ocurra aporta luz a lo que haya podido ocurrir esta noche. Vayamos hacia atrás. ¿Qué habéis hecho esta noche?

Los Serra se miran entre ellos, no saben de qué sirve estar allí en vez de buscar al pequeño Biel.

—Estábamos cenando, todos juntos. Ferran llegaba hoy de Gerona, traía un regalo para su hermano, el triciclo en el que iba montado —explica Isabel—, y todo ha sido de lo más normal, nos preparamos para ir a la plaza a ver los fuegos artificiales. Ferran iba con Biel delante de nosotros, mis padres los seguían y mi marido y yo íbamos detrás.

—¿No vieron nada raro en su calle? —pregunta el teniente.

—¿Raro? —dice sorprendido Josep.

—Sí, raro.

La familia niega con la cabeza. Es curioso cómo, cuando sucede algo malo, nuestra cabeza intenta recuperar todos los detalles posibles, pero por la conmoción no consigue rescatarlos hasta pasados los años.

—Y después, ¿qué paso? —pregunta Alcázar.

—Fuimos a coger sitio para escuchar el discurso: Josep y yo estábamos más cerca del escenario, mis padres estaban sentados en las sillas del lateral de la plaza y Ferran se había quedado con Biel más apartado, en el murete que separa la arena de la plaza, porque allí no había tanta gente. —Isabel mira a su hijo.

—Ferran —dice el policía. Él permanece cabizbajo, en silencio.

—Ferran, hijo —le dice Josep mientras le acaricia la cabeza. Los padres lo miran con cariño, saben que está conmocionado.

—Estaba con él —pronuncia tras un largo silencio—, que sonreía en su triciclo nuevo, la luz del pueblo se fue y lo miré por si le asustaban los fuegos artificiales, pero seguía sonriendo. A medida que iban estallando los colores sus ojos se abrían más y más, sorprendido por todo lo que tenía ante él. Cogí mi teléfono y grabé un vídeo para enviárselo a mi pareja. Cuando acabé volví a mirarlo y ya no estaba, se había esfumado. Después de eso, todo fue caos. Salí corriendo a buscarlo por las calles mientras los fuegos terminaban, pero todo estaba muy oscuro, no pude ver nada.

El teniente observa a Ferran, sabe que en parte es culpa suya. Por no haberse sentado con sus abuelos, por haber enviado ese vídeo a su pareja en ese preciso instante. Si su hermano había desaparecido era porque él no había estado pendiente de alguien tan pequeño, tan frágil. Ahora, lo único que sentía era rabia, ira, pero sobre todo dolor. Mucho dolor. Alcázar se levanta del asiento, allí ya no hay nada que hacer. Ya tiene toda la información que ha podido recabar para los Mossos d'Esquadra y ellos le indicarán qué hacer.

—Necesitaremos una foto del niño. Hay que emitir la alerta esta misma noche, normalmente en estos casos hay que esperar cuarenta y ocho horas para poner la denuncia, pero dadas las características del caso y tratándose de alguien tan pequeño, vamos a hacerlo ya.

—Gracias Santiago, de corazón —le dice Josep tendiéndole la mano.

—Faltaría más, hombre.

Josep y Santiago se conocen del pueblo, a veces coinciden en el bar de la plaza tomándose un café antes de empezar la mañana. Josep abre el quiosco y Santiago se va a la comisaría. Siempre se mantienen en contacto, por lo que surja. Santiago está felizmente casado, no tiene hijos y se jubilará en breve. Más de una vez lo había comentado en el bar: en un par de años, lo dejo, yo ya no estoy para estos trotes.

Isabel está abriendo su monedero, allí guardaba una fotografía del pequeño Biel. Se la hicieron hacía apenas quince días, cuando le cortaron el pelo. Sus ojos verdes brillantes por el flash del fotógrafo, su flequillo corto y sus mofletes hacen que Isabel se vuelva a emocionar. Josep tampoco puede contener la angustia y se derrumba antes de salir. El teniente Alcázar le da un abrazo, asegurándole que lo van a encontrar. Que se vayan a casa a descansar y los dejen trabajar. Deben recuperar fuerzas. El teniente Alcázar llama por teléfono a Redondo para saber cómo va todo por la plaza.

—Acaban de llegar los Mossos, teniente.

—Voy para allá —replica Alcázar—. Josep, ¿os acerco a casa?

—Sí, por favor.

—Tened los móviles operativos por si os tenemos que informar de cualquier cosa —les apunta el teniente antes de salir.

Al llegar a casa ven cómo Alcázar arranca su Nissan Qasqhai y pronto desaparece entre las calles empedradas del pueblo. La familia se coge de la mano en silencio y se dispone a entrar en la casa. Es un silencio sepulcral, ninguno se atreve a decir nada. Se cruzan con varios vecinos que les dedican palabras de ánimo. Isabel y Ferran están rotos mientras que Josep intenta hacerse el fuerte para que su familia no se hunda en la tristeza. Está convencido de que Biel aparecerá.

Al entrar perciben también el silencio que reina en la casa.

—¿Carmen? —pregunta Josep. Nadie responde.

—¿Mamá? —pregunta esta vez Isabel.

—¿Aún no ha vuelto? —le dice Josep a su mujer.

—Habrá ido a la iglesia.

—Quedaos aquí vosotros por si alguien encuentra a Biel y lo trae aquí, pero yo necesito ir a buscarlo —añade Josep.

Madre e hijo se quedan solos en el vasto silencio del recibidor y se miran. Ferran ya ha visto antes esa mirada en los ojos de su madre. Él se siente muy culpable de lo que ha ocurrido, pero no soportaría que su madre también lo creyera así. Sin embargo, Isabel abre los brazos y con un hilo de voz le dice a su hijo que no sufra, que todo va a salir bien. Entiende en ese momento que tiene que ser fuerte, ya no solo por ella misma, sino por su familia. Cualquier atisbo de debilidad hará que la familia caiga como fichas de un dominó y ahora necesita que todos estén unidos ante lo que acaba de ocurrir.

*06.37 de la mañana.*
*Desapareciste hace seis horas y treinta y siete minutos.*

Está amaneciendo. Isabel hace poco que volvió de comisaría, donde acabó tras seguir los pasos de su marido al poco de irse este de casa, a patear las calles, dar vueltas y vueltas incansable, en busca no sabe si de su hijo o de una explicación. Subió a su habitación a coger una chaqueta fina, necesitaba salir al patio a fumar.

Ferran está en su cuarto. Se tiende en la cama y respira hondo. Está triste y a la vez se siente avergonzado. Cierra los ojos y desea que la pesadilla termine, que cuando los abra su hermano siga en su triciclo. Se muerde el labio y cierra los puños bien fuerte para intentar contener la rabia y la descarga golpeando la cama mientras las lágrimas comienzan a caer de sus ojos. Un sonido le hace volver a la realidad. Es su móvil. Es Marc. «Qué preciosidad, amor. Pásalo genial con tu familia. Te echo de menos». El mensaje cae como un jarro de agua fría; justo encima está el vídeo que grabó segundos antes de que desapareciera Biel. Le da al *play* y no puede acabar de verlo. Dirige su mirada hacia la ventana de su habitación. Desde allí se ve iluminada la plaza del pueblo, sigue habiendo murmullo de gente y, seguramente, de los policías que están trabajando en el caso.

Isabel baja las escaleras. Alguien ha entrado en la casa. Es Josep, pero viene solo. Ninguno de los dos dice nada. Josep sale al patio a encenderse un cigarro y su mujer se acerca con el rostro descompuesto.

—¿Por qué a nosotros? —pregunta mientras lo abraza y se hunde en su pecho.

—Lo vamos a encontrar, Isabel.

Ella mira al cielo, al mismo cielo que estaba contemplando cuando desapareció su pequeño pocas horas antes.

—Dónde estás, mi amor —susurra Isabel.

Poco después estalla en llanto, preguntándose por qué y por qué. Eso se preguntan todos. Las olas llegan a las orillas de las pequeñas calas que tiene el pueblo, el frescor de la mañana entra por las ventanas de los apartamentos y las pocas habitaciones de los hoteles del pueblo. La casa de la familia Serra permanece en un silencio absoluto, solo se escucha el sonido del segundero del reloj del salón. Tic. Tac. Tic. Tac. Cada minuto es importante y la familia lo sabe de sobra. Cada hora que transcurre los aleja un poco más de encontrar a su hijo. Josep apaga el cigarro y llora en silencio. Se siente muy pequeño, tanto que no sabe qué hacer para ayudar a su niño, necesita saber el camino que hay que seguir para encontrarlo. Decide entrar en la casa y es entonces, cuando va a cerrar la puerta del patio, que echa de menos el candado con el que habitualmente cierran antes de irse a dormir. No está en su sitio, entre la cerradura y la puerta. Se queda pensativo y cierra igualmente, pensando que lo tendrá Isabel. Ella está en el dormitorio, aunque sabe que no podrá descansar hasta que encuentren a su hijo. Se pega al cristal del balcón y por enésima vez analiza mentalmente cómo ha ocurrido todo. Vio a sus hijos felices, en la plaza, poco antes de que Biel desapareciera. Piensa en la gente que había alrededor, estaban cerca de Maika, la dueña del bar Las Anclas, y de su familia, que contemplaban los fuegos artificiales desde la arena. Isabel saca el móvil y piensa en llamarla. Está nerviosa. No son horas de llamar a nadie, pero busca en su agenda y finalmente la llama. Un tono. Dos tonos. Tres tonos. Cuando comienza el cuarto Isabel está a punto de deslizar el dedo por la pantalla para colgar, pero una voz soñolienta contesta.

—¿Dígame? —Por la voz, Isabel reconoce a Maika.

—Maika, perdona las horas. Soy yo, Isabel.

Un silencio de unos segundos.

—Isabel, cielo. ¿Cómo estás? Nos hubiera gustado hablar contigo, pero te agarró Alcázar y no hubo manera.

—Ya, no recuerdo mucho. Me entró ansiedad y tuvieron que sentarme. Te llamaba por...

—Por Biel, lo sé. He hablado con los Mossos. Han venido a casa por lo mismo, por si había visto algo. Les dije que estaba cerca de los dos y que lo único que vi fue al triciclo moverse en dirección a los arcos, nada más. Pensaba que Biel estaba yendo con sus abuelos, pero jamás se me ocurrió que podía pasar esto...

Isabel camina por el balcón mientras escucha a su amiga Maika.

—Vale... Perdona por llamarte a estas horas. Es que estoy muy asustada.

—Es normal, cariño. Han organizado una batida para ayudar en la búsqueda, han escrito el aviso en el canal de WhatsApp del pueblo.

—Ah, no lo he leído en todo el día.

—Es a las nueve, lo coordinarán los Mossos.

A Isabel esta noticia le da un poco de esperanza.

—Muchas gracias, Maika, de verdad.

—No me las des, Isa. Y ya sabes, para lo que necesites, aquí estamos.

Isabel cuelga y se queda mirando el final de su calle, que desemboca en la plaza. Piensa en si Biel se ha perdido o alguien se lo ha llevado. Se muerde el labio inferior deseando que todo quede en un susto y aparezca en pocas horas.

Ya ha salido el sol. En la plaza de Calella de Palafrugell trabajan varios efectivos de los Mossos d'Esquadra, la policía autonómica de Cataluña que lleva a cabo la investigación de los delitos de gravedad, y por eso Alcázar los ha avisado muy a su pesar. Se conocían y no los soportaba, se creían los reyes del mambo, como él decía. El teniente los miraba por encima del hombro, a veces les soltaba malos comentarios y sobre todo discutía con ellos por a quién competía investigar cada caso. Los acusaba de meter las narices donde no les tocaba y de querer colgarse todas las medallas. El equipo, que al fin y al cabo solo cumplía órdenes, terminó avisando al director de la unidad de lo que sucedía cada vez que Alcázar estaba por medio. Finalmente lo suspendieron de empleo y sueldo durante dos meses. Esto había sucedido dos años atrás y desde entonces Alcázar solo tenía ganas de jubilarse y de dejar todo a un lado. Sentía que habían sido unos desagradecidos con él.

—Buenas noches, teniente —lo saluda Miguel Galván Roig, comisario e inspector jefe de los Mossos d'Esquadra y máxima autoridad al mando en ese momento—. ¿Qué tal está agente Redondo? —Le estrecha la mano a Daniel.

—Qué tal Miguel. ¿Cómo vamos?

—Deseando coger las vacaciones, para qué mentirte.

El teniente Alcázar se ríe.

—Si es que cogéis más de lo que podéis abarcar...

El agente Redondo abre los ojos por los comentarios de su superior.

—Bueno, lo que nos toca —responde el inspector. La tensión comienza a aumentar—. En fin... cuéntame.

Alcázar cierra el puño hasta que consigue respirar con normalidad y deja pasar la rabia que le tiene, a él y a todo su equipo.

—Biel Serra, casi dos años. Estaba con su hermano viendo el espectáculo de fuegos artificiales cuando, de repente, desapareció. Ningún sospechoso, y por el momento ninguna prueba y ni el mínimo rastro del menor.

—¿Qué hacía el hermano? —pregunta el inspector.

—Grabar un vídeo para su novio —responde Daniel Redondo.

El teniente Alcázar suelta una especie de risa.

—¿Le hace gracia? —dice Miguel.

—¡Cómo te pones a grabar un vídeo y dejas sin cuidado a tu hermano de ni siquiera dos años! Es alucinante.

El inspector Miguel Galván no quiere intercambiar más palabras con Alcázar. No lo aguanta y no va a poder esconderlo durante mucho más tiempo.

—Los accidentes ocurren. El muchacho no tiene la culpa de la desaparición de su hermano.

—Pero era su responsabilidad cuidar de él. A saber qué le habrá pasado al niño.

Miguel le clava la mirada.

—Déjanos trabajar, Alcázar. A partir de ahora nos encargamos nosotros, tú sigue con tus multitas de tráfico, ¿vale? —Le da un toque en el hombro y se marcha a reunirse con su equipo.

El teniente Alcázar aprieta de nuevo los puños y se muerde el labio. Quiere darle una buena hostia a ese cabrón. Se sube al coche y se va sin avisar a Redondo, que se queda en la plaza sin saber qué hacer. Observa cómo los Mossos se ponen trajes de protección para intentar recuperar pruebas, sacan sus herramientas y comienzan a hacer fotografías del escenario de la desaparición. Daniel se da cuenta de cómo lo miran y se siente responsable directamente de no haber podido ayudar en nada. Era responsabilidad tanto de él como de Alcázar velar por la seguridad de todo el mundo allí esa noche. Se siente inútil en su trabajo. Como bien ha dicho el inspector

Galván, ya podían seguir con sus multitas de tráfico, y poco más. Al agente Redondo se le escapa una lágrima, se siente un fracaso, deberían haber estado más atentos. Un sentimiento de culpa lo recorre por dentro, tan grande que le cuesta respirar, pero intenta disimularlo. Es ya muy tarde y lo mejor será que vuelva a casa a descansar unas horas ya que allí no tiene nada que hacer. De camino, mientras conduce, piensa en si podrían haberlo evitado estando más cerca de la plaza en el momento preciso, y por el cristal mira de reojo los campos de maíz donde ahora solo quedan las cajas de los fuegos artificiales ya consumidos.

*09.24 de la mañana.*
*Desapareciste hace nueve horas y veinticuatro minutos.*

La familia Serra está en casa. Isabel y Josep intentan descansar, ella tiene la mirada fija en el techo de su dormitorio. El espejo de la cómoda aguanta algunas fotos que ahora Isabel no se atreve a mirar. El primer cumpleaños de Biel, quien mira con una sonrisa su única vela, la única que de momento ha podido soplar. A su lado hay otra, junto a sus abuelos, nada más nacer. La luz que entra por los huecos de la persiana pasa por los rostros de esas fotografías y llega hasta la cama de Isabel. Incluso esa poca luz le molesta, no ha podido pegar ojo en toda la noche. Todas las preguntas del mundo han pasado por su cabeza. ¿Por qué a su Biel? ¿Qué le ha pasado? ¿Está vivo? ¿Se lo habrá llevado alguien? Tiene la esperanza de encontrar a su hijo con vida, pero recuerda entonces todos los casos mediáticos que ha visto por la televisión. Años y años de espera y desesperación sin saber a qué llorarle. Ella no se merece eso, su vida no puede terminar así. De esta manera. Si cierra los ojos, le vienen imágenes escalofriantes. Ve cómo lo entierran en un ataúd pequeñito. O todo un reguero de sangre que llega hasta su peluche. Cuando abre los ojos le caen las lágrimas. Josep se incorpora en la cama y la abraza. Juntos lloran en silencio para no despertar a Ferran, que ha caído de puro agotamiento mental y descansa en la habitación de al lado. Y así es como la luz de una familia, poco a poco, se apaga.

Suena el timbre. Josep está abajo, junto con los abuelos, la televisión se oye de fondo. Dos hombres entran en la casa, llevan un chaleco azul que pone MOSSOS D'ESQUADRA. Isabel baja las escaleras, mira hacia el salón y no puede creer lo que ve en el televisor: la fachada de su casa aparece en el programa matinal con el que desayuna cada mañana para enterarse de las noticias. Una joven reportera está informando del caso de la desaparición de su hijo a la puerta de su casa. Se queda inmóvil.

—Buenos días, perdonen el asalto, pero queríamos llegar antes que la prensa.

Isabel acaba de bajar la escalera y mira a Josep.

—Soy el inspector Miguel Galván, comisario de los Mossos d'Esquadra. Este es mi compañero Piqueras. —Ambos les estrechan la mano—. ¿Podemos pasar, por favor? —pregunta el inspector.

Isabel y Josep se sientan en el sofá y el inspector Galván y su compañero en dos sillones que hay a los lados. Los abuelos los observan desde la cocina. El inspector les enseña una fotografía, fue tomada por uno de los fotógrafos que estaban cubriendo la Noche de San Juan para *El periódico de Cataluña*. Muestra la hora a la que fue tomada: 00.02. La deja encima de la mesa y les dice que se fijen bien en ella. Los padres ven a su hijo Ferran grabando el cielo con el móvil y, al fondo, casi imperceptible, se ve a Biel en su triciclo camino de los arcos.

—¡Es él! —Isabel se emociona al ver a su pequeño.

—Lo sabemos. Es Biel. Es la única imagen que tenemos de él a partir de esta hora.

Isabel agarra la fotografía. Roza con sus dedos la silueta de su hijo montado en el triciclo.

—Veamos. —El inspector saca un mapa de Calella de Palafrugell, más concretamente de la zona de la playa. Con un bolígrafo hace una equis—. Aquí es donde vemos por última vez a su hijo; si seguimos en dirección hacia donde pedalea, llegamos al pasillo con arcos. —El bolígrafo está haciendo un camino en línea recta—. Y aquí llegamos a dos posibles opciones. —El inspector marca un camino hacia la izquierda, la calle Gravina, y otro hacia la derecha, más largo, que termina en el área rocosa que da al acantilado.

Isabel mira la última marca el inspector. Las rocas. Una imagen vuelve a cruzar por su cabeza: es su hijo cayendo con su triciclo por el acantilado.

—No —de repente reacciona—, mi hijo no tiene ni dos años, no podría haber llegado hasta ahí en tan poco tiempo.

Ferran baja las escaleras, acaba de despertarse. Oye bastante revuelo fuera de la casa.

—Buenos días, hijo —le dice su padre.

—¿Él es Ferran? —pregunta el inspector.

Se acerca a saludar a los dos agentes que están en el salón.

—¿Eso son cámaras de televisión? —pregunta el joven mirando por la ventana que da a la calle.

—Sí. Intentamos retener la noticia el mayor tiempo posible, pero esta mañana ya había llegado a varias redacciones. —Ferran no puede creerlo—. Un caso como este, en pleno verano, corre como la pólvora. Por experiencia sabemos que una noticia de estas características da audiencia, las cadenas preparan especiales y hacen conexiones en directo durante todo el día desde el lugar donde ocurre. Por eso queríamos llegar antes, para explicarles lo que haremos.

—Ve a desayunar algo, hijo —le dice su madre.

—Espera. Hay algo que nos gustaría saber. —Ferran se acerca al sofá—. Cuando perdiste de vista a tu hermano, ¿qué fue lo primero que hiciste? —le pregunta el inspector—. ¿Hacia dónde fuiste?

Miguel le acerca el mapa. Ferran señala con el dedo.

—Fui corriendo hacia aquí, hacia la calle Gravina.

—¿Y viste algo fuera de lo común?

Ferran hace memoria.

—No. Simplemente el murmullo de la gente y el ruido de petardos.

—¿No viste a nadie?

—No. Seguí corriendo y volví a la plaza. Fue entonces cuando comenzó la pesadilla.

A la vista del mapa solo les queda una opción. El camino hacia el acantilado.

—¿Viste algo por este otro lado, el que lleva a las rocas?

Ferran pone un gesto de extrañeza.

—No. Todo estaba muy oscuro, las farolas estaban apagadas y la única luz provenía de los fuegos artificiales. Por ese camino no vi nada. Pero ¿sugieren que...?

El hijo mayor no quiere ni terminar la frase.

—Tenemos que valorar todas las posibilidades. Hemos organizado una batida con voluntarios del pueblo y Protección Civil, que acudirán de los alrededores para ayudarnos en las labores de búsqueda del pequeño. Para entonces toda la prensa nacional ya estará aquí, habrán venido muchos de Madrid para seguir en directo las novedades. Ustedes son la cara visible del caso y deberán hacer una primera declaración en breve.

Isabel coge aire, intenta procesar toda la información. Aquello solo lo había visto en series y películas... ¿Qué hacen esos hombres en su salón y tantas cámaras fuera?

—Por otro lado, el alcalde ha convocado una rueda de prensa en media hora para lamentar lo ocurrido y mostrar su apoyo a la familia; estaremos cerca para que no hable más de lo debido, ¿de acuerdo?

—Ese hombre no sabe estarse quieto. Quiere protagonismo pase lo que pase —comenta la abuela Carmen mientras acompaña a los agentes a la puerta.

—Gracias por su ayuda —les dice el inspector Miguel Galván antes de marcharse.

—Hagan lo posible por descansar —comenta el otro agente al salir por la puerta.

La prensa se apresura por saber si saldrá alguien de la familia a hacer declaraciones. El inspector Galván les informa de que esta tarde, antes de empezar la batida de búsqueda, la familia hará una primera aparición pública; mientras tanto han de respetar su intimidad y descanso.

El caso ya estaba cogiendo la repercusión mediática suficiente como para que el móvil de Isabel, Josep y Ferran comenzase a ser un no parar de llamadas y mensajes constantes. La familia decidió apagar todos los móviles y dejar en activo el de Josep y el teléfono fijo de casa, cuyo número tenía muy poca gente, entre ellos los agentes, para mantener la comunicación constante con la familia pero, en cualquier caso, la mayoría de las informaciones se las darían en persona. Un coche de los Mossos se quedaría a la puerta de la casa familiar las veinticuatro horas del día por si pasaba cualquier cosa. Los Mossos d'Esquadra, en colaboración con la Policía Local de Calella de Palafrugell, Bomberos y Guardia Civil, ya habían lanzado la alerta «Amber» para que todos los cuerpos de seguridad de los alrededores tuvieran información exacta del caso. Este aviso se lanza cuando un menor de edad desaparece en condiciones extrañas y sin dejar rastro. Antes de apagar su teléfono, Ferran quiso llamar a Marc, le contó lo que había sucedido y este no pudo creerlo. Le dijo a Ferran que podía coger el coche y estar en Calella por la tarde, para ayudar a encontrar a su hermano y para estar con él en un momento así, pero Ferran rehusó la oferta: sabía que tener allí a Marc podía complicar las cosas con su familia. Quedaron en llamarse cada noche y le transmitió todas las fuerzas del mundo para él y los demás. Ferran les dijo a sus padres que su pareja les mandaba ánimos y recuerdos.

Cuando, tras irse los Mossos, Josep enciende el televisor, aparece el alcalde en la pantalla, en directo en el programa matinal acompañado del inspector Miguel Galván y su compañero.

—No puedo creerlo —dice la abuela.

—Buenos días a todos, soy Máximo Capdevila, alcalde de Palafrugell. Desde aquí queremos mandarle todo nuestro apoyo y cariño a la familia del pequeño Biel, nos imaginamos cómo estarán pasando estos momentos tan angustiosos. Pero queremos transmitirles también tranquilidad, que sepan que todo el pueblo está con ellos, cientos de personas venidas de todos los alrededores están colaborando desde el momento de la desaparición con el operativo montado por los Mossos d'Esquadra. También contamos con voluntarios para la búsqueda que se está organizando para esta tarde de no haber novedades durante la mañana. Todos estamos con el pequeño Biel, sabemos que vamos a encontrarlo. Este pueblo es seguro, no hay maldad en estas calles, ni en sus vecinos honrados. Calella de Palafrugell es símbolo de solidaridad, como estamos comprobando hoy aquí. Me dirijo a la población que nos está viendo. Acercaos, si podéis, a ayudar a encontrar al pequeño. Necesitamos muchos más ojos. Os esperamos hoy a las cuatro de la tarde en la plaza de Calella. Gracias a todos.

—Parece que esté haciendo campaña política, no lo soporto —dice Carmen cogiendo el mando del televisor y apagándolo. No suelta la medalla de san Pedro que descansa sobre su pecho, mientras que Antonio aprieta su pañuelo de tela con rabia después de secarse las lágrimas. Ambos aparentan cordura, pero están abatidos.

Las siguientes horas pasan lentas, intentan no encender la televisión, pero el silencio en la casa es tan grande que acababan sucumbiendo. En todos los canales hablan también de otros temas, pero antes de terminar los programas vuelven a conectar en directo para saber si hay novedades. Informan de que el pequeño ha desaparecido a causa de un despiste del hermano, cosa que Ferran escucha. Su madre lo abraza rápidamente y le pide que no se sienta culpable, aunque de poco vale. Josep se levanta y desconecta el cable del televisor. No quiere escuchar más. A las cuatro en punto la familia está preparada para salir de la casa, han llegado muchos más medios tal y como les dijo el inspector Galván. Isabel va a ser la que hablará a las cámaras, acompañada por su marido, Josep, y su hijo Ferran. Carmen y Antonio se quedarán en casa por si pasa cualquier cosa.

La familia sabe que su vida ya ha cambiado. Los tres se cogen de la mano y al abrir la puerta son recibidos por una avalancha de gente en el descansillo. Multitud de cámaras comienzan a disparar sus flashes y el sonido es ensordecedor. Las preguntas de los programas que emiten en directo comienzan a llegar, pisándose unas a otras para intentar conseguir la primera respuesta de la familia del niño desaparecido. Isabel se asusta al ver tantísima gente a la puerta de su casa.

—Gracias a todos por estar aquí. —Los periodistas la miran atentamente, con ganas de querer hacerle todas las preguntas del mundo—. Nuestra familia está rota, anoche nos arrebataron a nuestro pequeño Biel. No tiene ni siquiera dos añitos, todos nosotros no entendemos qué le ha sucedido ni dónde puede estar. Tampoco sabemos por qué nos está ocurriendo esto. Por eso desde aquí queremos pedir a todo el mundo que estuvo anoche en la plaza, en el pueblo, o simplemente a los que pasaron con su coche por alguna de las carreteras cercanas, que si vieron algo extraño, por favor, nos ayuden a arrojar luz sobre lo que está pasando. —Hace una pausa y todos los periodistas la hacen con ella—. También queremos agradecer las muestras de cariño a nuestra familia, a todos los voluntarios que se han unido en la búsqueda de nuestro pequeño... —Isabel empieza a derrumbarse—. Gracias de corazón por venir y apoyarnos. Gracias de verdad.

Cuando Isabel termina todos los micrófonos los siguen mientras avanzan calle abajo. Los cámaras van delante de ellos para conseguir la mejor toma y los periodistas los acompañan por los laterales, mientras los Mossos los escoltan.

—¡Isabel! ¡Isabel! —gritan todos.

—Tenéis la esperanza de encontrarlo con vida, ¿verdad? —añade uno.

—¿Qué creéis que le puede haber pasado? —pregunta otro.

—¿Puede haber sido alguna venganza?

—¡Ferran! ¿Qué sientes?

Su madre lo agarra con fuerza, quiere protegerlo de toda aquella nube de focos.

Llegan a la plaza unidos, los Mossos d'Esquadra ya han instalado una gran carpa, cuyas puertas custodia un par de agentes. Conforme ven llegar a la familia, cada uno agarra de un extremo y el plástico cede para que puedan entrar. El inspector Galván está dentro junto a un gran despliegue de miembros de las diferentes unidades de los Mossos. En el interior de la carpa hay mapas de todo el pueblo de Calella, con anotaciones de los últimos movimientos de la familia y una marca azul, junto a una foto de Biel, sobre el último lugar donde fue visto. A la derecha hay fotografías que parecen de una cámara de seguridad, la del pequeño cajero automático que hay en la plaza. En ellas se aprecia el gentío que había la noche anterior. Cuando el inspector Galván los ve entrar, deja de hablar.

—Familia, ¿cómo están? —pregunta acercándose a ellos.

Isabel está observando el gran despliegue que hay dentro de esa carpa.

—Todo esto es por...

—Por su hijo, sí, señora.

Ferran está alucinando.

—No hay tiempo que perder, acompáñenme.

El inspector llega hasta una gran mesa en la que hay sentados varios miembros de la unidad. Encima hay un mapa de Calella dividido con tres colores.

—Siéntense, por favor.

Los padres del pequeño empiezan a observar el mapa. Reconocen su pueblo y las zonas marcadas por cada color.

—Cuéntenos, inspector —dice Josep.

—Hemos decidido dividir a los voluntarios de la búsqueda en tres equipos, con la gran cantidad de gente que ha venido podemos permitirnos hacer tres rastreos simultáneos en vez de uno por día. De esta manera podemos recabar más información a lo largo del día de hoy. Hemos marcado tres zonas importantes. La primera y principal, el camino que lleva al acantilado. Biel pudo llegar hasta la zona del mirador y, al ser tan pequeño, precipitarse entre el hueco inferior de la barandilla de protección. Bajaremos por él y llegaremos a la cala que hay justo debajo, casi inaccesible. Con la ayuda de un helicóptero que nos ha facilitado la Unidad Militar de Emergencias, y con algunos voluntarios que tengan conocimientos de escalada, triatlón o *trekking*, conseguiremos realizar una inspección exhaustiva de la zona. Segunda, la calle Gravina. Si Biel siguió el camino de los arcos y giró a la izquierda, pudo seguir pedaleando hasta unos maizales. Allí estará el segundo equipo para inspeccionar el terreno en busca de alguna pista del pequeño. La tercera y última, la ruta por carretera hacia Santa Margarida. Allí llevaremos a más voluntarios, junto con el equipo de ReHu, para buscar en el agua estancada; también hay muchas casas bajas a las que ir puerta por puerta por si alguien vio o escuchó algo. ReHu es el acrónimo de la Unidad de Búsqueda de Restos Humanos, sus perros son los mejores del cuerpo encontrando a gente que ha quedado atrapada y no puede pedir ayuda, están entrenados para cualquier tipo de catástrofe: terremotos, hundimientos o, como en este caso, desapariciones.

La familia está sorprendida ante el gran despliegue que ha realizado la policía en tan poco tiempo. Saben perfectamente que están abriendo la mitad de los informativos del país con el caso y no quieren ser la diana de todas las críticas por falta de medios. En aquel momento, en la carpa entra el teniente Alcázar de la Policía Local y su agente en prácticas, Daniel Redondo. Los han llamado para que puedan dar apoyo en las búsquedas, coordinando los grupos y controlando los lugares acotados para que no entre la prensa.

—Buenas tardes, teniente —lo saluda el inspector Galván.

Ha tenido que contar con Alcázar muy a su pesar, pues no hay nadie que conozca tan bien la zona como él. Ha tenido que pedirle disculpas por lo de ayer y Alcázar le pidió a cambio formar parte de la organización de la búsqueda y que Daniel Redondo lo acompañara, ya que sería bueno para su formación.

—Buenas tardes, Galván, gracias por dejarnos estar aquí —dice Alcázar mirando a su alrededor todo el despliegue de los Mossos.

—Ante todo somos compañeros —dice él—, seguro que nos servís de gran ayuda.

Daniel, boquiabierto, se limita a observar las anotaciones, las pizarras, los mapas y los muchos agentes uniformados que preparan su equipación antes de salir hacia las diferentes zonas de búsqueda.

—¿Cómo estáis, familia? —pregunta Alcázar, saludando a Isabel, Josep y Ferran.

—Aquí vamos. Con fuerzas para encontrarlo —responde Josep.

Isabel se limita a escucharlos.

—Vamos chaval, hoy es el día. —Alcázar le da un toque cariñoso en el hombro a Ferran y luego se acerca a observar las pizarras con los mapas de la búsqueda.

—¿Qué te parecen, teniente? —le pregunta Daniel Redondo.

Alcázar mira los mapas en silencio.

—Mucho terreno, aunque ojalá tengamos suerte, Redondo. Vamos saliendo para allá.

Comienza la cuenta atrás.

*Un niño pequeño llora en el interior de lo que parece una cueva. Hay mucho eco y está muy oscuro. Hace un frío tremendo y tiene miedo, mucho miedo, allí no aparece nadie a calmar su llanto y no está acostumbrado a eso. Si quería algo, lloraba y aparecía aquella mujer, fuese la hora que fuese. Ahora está solo y tiembla. De repente, se calma, alguien ha llegado. Es el hombre malo, que se acerca en silencio y le acaricia la cara. Este no es el hombre bueno que le da muchos besos cada día y que le cuida con mucho cariño. Este es otro. Tiene otros ojos. A este solo lo ha visto una vez en su vida. El hombre malo le empieza a quitar la ropa. Es una de sus camisetas favoritas, la amarilla que siempre le pone su madre y que le encanta cuando lo hace. Los pantalones también se los quita y, por último, las chancletas que le regaló su padre de su equipo favorito. Y ahora el hombre malo lo envuelve en una especie de manta vieja que no le gusta mucho al niño, le pica, no es como la manta suave que tiene en su habitación, y le dice algunas palabras y el niño vuelve a recuperar el llanto. El hombre malo busca algo por el suelo y se lo acerca. El hombre malo le sonríe y se desvanece en aquella oscuridad a la que el niño teme. Quiere volver a estar con sus padres, aunque aún es pequeño para entenderlo todo. Y quizá nunca entienda que todo el mundo lo está buscando* sin descanso, que quieren saber dónde está y encontrar la cueva oscura en la que tiene frío. Poco a poco va cerrando los ojos antes de que vuelva a sonar el gran estruendo que lo despierta.

*16.30 de la tarde.*
*Hace dieciséis horas y media que desapareciste.*

El silbido de Piqueras, mano derecha del inspector Galván, suena con fuerza en el exterior de la carpa. Todos los voluntarios se acercan al lugar señalado de la plaza, junto a la iglesia. Allí unos mossos los dividen en grupos según su zona de búsqueda. El primero es solamente para agentes especializados y seis voluntarios, cuatro hombres y dos mujeres. Una de ellas es campeona de triatlón de Cataluña. Se van a enfrentar a una bajada al acantilado con mucha pendiente, un helicóptero comprobará los huecos y grutas que hay en la parte izquierda y a las que ellos no podrán acceder. Una vez consigan llegar abajo, tendrán tiempo para observar la cala con detenimiento y volver a subir antes de que se ponga el sol. El segundo grupo está destinado a hacer la ruta por la que el hijo mayor, Ferran, cree que pudo ir su hermano: la calle Gravina en dirección a los maizales. Y el tercer grupo, el más numeroso, ya tiene preparados todos los coches para salir hacia la carretera de Santa Margarida, una pequeña zona de urbanizaciones que conecta con el pueblo. Hay cientos de casas unifamiliares, chabolas y campos de cultivo que inspeccionar.

La familia ha decidido separarse, la llegada de más parientes, como los tíos y primos de Biel, ha hecho que se repartan entre los grupos dos y tres. Isabel, Josep y Ferran van con el último grupo. La policía les dice que ya pueden encender los móviles: han pedido a la prensa que no llamen a ninguno de los tres teléfonos; si lo hacen, serán acusados por acoso y violación del derecho a la intimidad. Isabel, que va en el coche del inspector Galván, tiene más de cien mensajes sin abrir. Amigos, familia lejana, antiguos compañeros del colegio, compañeros del trabajo... Todo el mundo le envía ánimo y apoyo. Ferran habla con Marc, le dice que es el primer día de búsqueda y espera que el último, que necesita saber que su hermano está bien. A Josep le escriben los muchos proveedores de su pequeño quiosco, el que ahora tiene un aviso que reza CERRADO POR MOTIVOS FAMILIARES. Isabel se ha metido en Facebook y lo primero que le sale al entrar es el cartel de SE BUSCA y la foto que le han dado a Alcázar para que emitiera la orden de búsqueda. Lo han compartido más de treinta mil personas en unas pocas horas. Todos los medios también hablan de la noticia y ella no da crédito a lo que está teniendo que vivir. Bloquea el móvil, y el inspector Galván, que conduce el coche patrulla, le dedica una mirada conciliadora que la tranquiliza.

Son las cuatro y media de la tarde, el coche ya ha llegado al lugar de la búsqueda. Allí también está Daniel Redondo para apoyar al equipo tres. El inspector Alcázar irá a ayudar al segundo grupo. La policía, junto con el equipo canino, encabeza la batida. Los voluntarios se han separado de tal manera que forman una gran línea que puede abarcar casi seiscientos metros de ancho. Hasta el padre Gabriel se ha sumado a la búsqueda suspendiendo la misa de las siete. Gritan el nombre de Biel cada poco tiempo, y los perros caminan separados para seguir posibles rastros del pequeño.

—¡Biel! —grita Josep.

—¡Biel! —repite Ferran tras él.

Josep se ha adelantado con el inspector Galván. El tiempo

pasa lento en aquel lugar, el calor aprieta y cada paso que dan es como si se alejaran del pequeño.

—¿Qué piensas, mamá? —le pregunta Ferran.

—No sé, hijo...Veo este lugar y pienso en las veces que he corrido por aquí con algunas de mis amigas cuando éramos pequeñas. —La madre mira al horizonte mientras recuerda aquellos tiempos y, tras un largo silencio, se atreve a preguntar—: ¿Crees que estará vivo?

Ferran, que miraba hacia abajo, a sus propios pies, levanta la cabeza y encara a su madre.

—Sí, mamá. Todo el país está pendiente de él. Lo están buscando por tierra, mar y aire. Mira a toda esta gente. Hasta hace dos días, muchos no nos conocían de nada y ahora están aquí por nosotros. O, mejor dicho, por él —responde.

—Tenía una luz tan bonita en sus ojos, Ferran —dice Isabel.

—¿Por qué hablas de él en pasado, mamá?

Isabel, que camina junto con su hijo por aquellos campos, no sabe muy bien qué responder.

—Porque ahora no está en mi presente.

Aquello es demoledor, minuto a minuto va bajando el sol y los perros no dan con ningún rastro a seguir. Poco a poco el cielo se torna naranja y el azul oscuro se hace más presente. El inspector Galván tiene la cabeza gacha: los demás equipos no han obtenido ningún resultado. El primer grupo iniciaba el ascenso de nuevo a Calella después de estar varias horas buscando por la cala bajo el acantilado. No han dado con nada. El segundo grupo, desplazado hasta la zona de los maizales, tampoco ha obtenido ningún tipo de pista, y vuelve ahora hacia el pueblo. Faltan diez minutos para las ocho de la tarde, hora en la que se suspenden las labores de búsqueda hasta el día siguiente, dedicado a comprobar la zona de las casas bajas y chabolas, según les ha trasladado el inspector Galván. Isabel se agarra a Josep, entre lágrimas, pues allí ya no hay nada que hacer. La prensa se mantiene a una distancia prudencial, pero todos los objetivos apuntan a ellos. Sus lágrimas abrirán el informativo de la noche con la noticia de que no han encontrado ningún rastro de Biel y, poco a poco, las posibilidades de encontrarlo con vida se desvanecen.

Y en ese momento, cuando la oscuridad avanza, alguien decide enviar un poco de luz. El silbato del agente Piqueras suena y todo el mundo vuelve la vista hacia él. Comienza a correr desde el coche en el que se encontraba hacia el inspector. Isabel se suelta de Josep y corre tras él, angustiada por saber qué está pasando, por imaginarse que lo han encontrado, pero quizá no como ella desea. Josep y Ferran salen tras ella y los voluntarios regresan deprisa adonde ellos se encuentran. El agente Piqueras alcanza al inspector Galván y entonces Isabel escucha.

—Han encontrado algo, inspector.

Miguel Galván abre bien los ojos.

—¿Dónde? ¿Qué han encontrado?

El agente Piqueras se acerca al oído del inspector y le susurra algo en silencio.

—¡Inspector! —Isabel llega casi sin respiración.

—Isabel, Isabel. Cálmate, vamos —dice Josep, con Ferran tras ella. El inspector los hace subir al coche.

—Han encontrado algo en los maizales. Cerca del torrente de agua estancada.

—¡¿Qué han encontrado?! ¡Inspector!

El inspector Galván se sube deprisa al coche. La prensa se da cuenta de que ha pasado algo grave. Se encienden las luces y la sirena y el coche sale a muchísima velocidad, formando una gran nube de polvo.

—Inspector... por favor —suplica Isabel.

—Necesito que lo confirmen ustedes.

Inevitablemente se temen lo peor. A Isabel le cruzan imágenes por la mente que la hacen temblar: su pequeño, flotando en aquel torrente de agua. No puede ser. Aquel no puede ser el final de su niño. Josep agarra su mano y le repite continuamente: «No, no, no». Ferran permanece callado y en completo estado de shock. No puede ser su hermano, tenían que haberlo encontrado sano y salvo, pero, por la cara del inspector, todo apunta a que no son buenas noticias. El todoterreno en el que viajaban pega grandes saltos por el terreno irregular, giran por dos caminos y al fondo ya se ven los maizales. Todos los agentes están allí, las luces de las sirenas están encendidas y cuando escuchan el todoterreno, abren paso entre los voluntarios: saben que llega la familia. Es la hora. Isabel mira por el cristal, buscando que ocurra un milagro. Salta del todoterreno casi en marcha y encuentra a Alcázar en medio de aquel bullicio. Él le coge la mano y la abraza.

—Tranquila. Tranquila. Vamos.

El teniente Alcázar y el inspector Galván la acompañan al lugar.

—¡No! ¡No! ¡No! —grita mientras se adentran en el maizal. Galván los conduce hasta el lugar indicado. Corre todo lo que le dan las piernas, ya cansadas de todo el peso que están soportando. De repente se encuentran con un agente agachado en el suelo, cerca del torrente de agua.

—¡Aquí! ¡Aquí! —exclama Alcázar—. Vamos, muchacho, apártate que pueda verlo ella.

Isabel se abalanza hacia el sitio y lo que encuentra la deja helada. Se arrodilla y, a pocos centímetros de ella, están las chanclas del Barça que le había puesto a su pequeño por la mañana, con barro por todos lados. La madre se rompe, quiere coger las chancletas cuando los agentes la detienen.

—¡No! ¡Isabel! —exclama Galván—. Son pruebas. No toques nada. Necesitábamos que confirmaras que son de Biel.

Isabel, que no puede aguantar el llanto, asiente con la cabeza. Un grito de dolor sale de su garganta. Y los agentes notan cómo su voz se rompe.

—Las llevaba en la verbena —pudieron entenderle entre lágrimas.

En ese momento aparecen Josep y Ferran.

—No os encontrábamos... ¡Isabel! —exclama el padre al verla tendida en el suelo. Luego observa las chanclas, allí tendidas, al lado del agua, en aquel estado tan lamentable.

—Biel. ¡Son de él! —exclama deprisa—. ¿Qué ha pasado? —pregunta perplejo.

—Un voluntario las ha encontrado aquí cuando estábamos volviendo a Calella. Es la única pista que tenemos —comenta el teniente Alcázar.

—Piqueras. Llama a los de la científica, tienen que venir a recoger esto, pero cagando hostias —dice Galván por el *walkie*—, y que monten un dispositivo de búsqueda nocturna con los perros por toda la zona que sigue a los maizales, tiene que estar cerca.

—Recibido, señor —contesta Piqueras al otro lado.

*20.00 horas de la tarde.*
*Hace veinte horas que desapareciste.*

A la familia se la llevan de inmediato al coche. La prensa ha llegado y todas las cámaras están preparadas para grabar lo que allí está ocurriendo. Saben que han encontrado algo y que la familia acaba de confirmar que es del pequeño Biel. Los coches de la policía científica aparecen en ese momento y trazan un perímetro al que nadie puede acceder. El equipo de perros también ha llegado para intentar seguir el rastro de las chanclas del pequeño. Isabel está agarrada a las manos de su marido y de su hijo. Los tres se montan en la parte trasera del coche patrulla. El inspector Miguel Galván arranca y ha de pasar por la zona donde está la prensa conectando en directo con los diferentes programas que se emiten en ese momento. Todas las cámaras se abalanzan sobre el coche para grabar las caras de la familia, de absoluta tristeza. Los micrófonos se estampan en los cristales buscando una respuesta que ni la propia Isabel tiene. ¿Qué hacía aquí su hijo? ¿Habría llegado él solo? ¿Y sino, quién lo habría llevado hasta allí y habría tirado su ropa a los maizales? Todo son preguntas sin respuesta. Isabel se apoya en el hombro de su hijo, Ferran ha colocado su cabeza sobre la de su madre y Josep, que está al otro lado, toca la rodilla de su mujer, demostrándole que también está ahí. Saben que están cerca de su pequeño, pero con ese descubrimiento, ahora necesitan la fe de encontrarlo con vida.

Los abuelos Carmen y Antonio se han quedado en la plaza, son mayores para participar en la redada y hacer tantos kilómetros andando. Maika, la dueña del bar, ha tenido conectada la televisión todo el tiempo para seguir las últimas novedades. Antonio sale del bar tras ver las imágenes con las que se anuncia que se ha encontrado algo y se va directo a la barandilla que da al acantilado a coger aire.

Isabel se fija en el techo del todoterreno, se ve el cielo sobre los campos desde el interior del coche, todo un mar de estrellas. Se fija en una en concreto, la más brillante: la estrella polar. Entonces cierra los ojos y recuerda. Fue hace unas semanas, estaba cogiendo en brazos a su Biel, que lloraba y lloraba. Juntos salieron al balcón, Isabel lo mecía en sus brazos y el pequeño la miraba con sus grandes ojos mientras se calmaba, sus pequeños dedos tocaban la cara de su madre, su protectora, la persona que más le querría en este mundo y al mismo tiempo la que más sufriría por él. Ella lo había tenido dentro, lo había cuidado y lo cuidaría eternamente, era su pequeño y sería su pequeño hasta cuando tuviera treinta años. Porque una madre es una madre.

El coche de los Mossos los acompaña hasta la carpa. Quieren hablar solamente con los familiares que estaban en la plaza la noche que el pequeño desapareció. Isabel, Josep, Ferran, Carmen y Antonio. Una vez allí, les hacen sentarse alrededor de una mesa redonda. El inspector Miguel Galván, su compañero Piqueras, el teniente Alcázar de la Policía Local y su agente en prácticas, Daniel Redondo, toman asiento con varios informes en las manos.

—Buenas noches, sabemos que no son horas de estar aquí, pero dadas las circunstancias de la investigación, tanto los investigadores como nosotros nos preguntamos varias cosas. —Isabel cambia el gesto, Galván ahora suena amenazante—. Repasemos la primera declaración que les tomó el aquí presente teniente de la Policía Local: todos estaban en el mismo lugar en el momento de la desaparición del pequeño. Carmen y Antonio, sentados en las sillas que proporcionó el ayuntamiento. Isabel y Josep, frente al escenario. Y, por último y más importante, Ferrán y Biel, apoyados en el paseo que da a los arcos. ¿Es así? —pregunta Galván.

Isabel mira a su familia y sabe qué es lo que hicieron aquella noche.

—Un testigo asegura —comienza a leer el inspector— que segundos antes de que comenzaran los fuegos artificiales, Carmen se levantó de su silla en dirección a la izquierda de la plaza, donde, según el mapa, está el camino de los arcos.

La familia mira a Carmen, la abuela, que mantiene la mirada en el inspector, interviene:

—Fui al baño, inspector. Le pedí a mi amiga Pilar que me abriese su casa. Ella se lo puede confirmar.

—¿Cuánto tardó? —pregunta el inspector.

—Pues poco. Fui a orinar y volví a salir. Pilar aprovechó para beber un poco de agua.

—¿Tres, cuatro, cinco minutos...? Es importante, Carmen. —La mujer no da crédito.

—Vamos, mamá —le dice su hija, acariciándole el brazo.

—Diría que cinco, entre que salí del baño, Pilar dejó el vaso en la pila y echó la llave de nuevo... Sí, cinco minutos.

—¿Y no vio a nadie?

Carmen abre los ojos intentando recordar.

—Salimos justo cuando comenzaron los primeros fuegos artificiales, ya habían apagado las farolas y no había mucha luz. Fue entonces cuando...

—¿Cuando qué, mamá? —pregunta nerviosa Isabel.

—Un hombre... —dice la anciana.


Pilar estaba cerrando la puerta de su casa, una de las viviendas antiguas del pueblo, situada al final de los arcos. La mujer echaba la llave pero no atinaba ante la poca luz que había en el pueblo.

—¡Pili, date prisa que empiezan ya! —le dijo Carmen, que estaba a su lado.

—Pero si es que no veo un pimiento —respondió ella—, inténtalo tú a ver.

Carmen agarró el manojo de llaves de su amiga. Intentó introducir la larguirucha llave en la cerradura sin éxito. Afinó la mirada y entonces consiguió que entrara. Cerró deprisa y le devolvió la llave a su amiga. En ese momento comenzaron los fuegos a estallar. Un color rojo iluminó el pasillo de arcos. Las dos mujeres vislumbraron la figura de alguien de estatura media, con un abrigo largo oscuro. La luz roja del fuego artificial se apagó y los arcos quedaron a oscuras. Los pasos se escuchaban cada vez más cerca y Carmen agarró a Pilar para no caerse cuando recibió un golpe en el hombro.

—¡Ay!

—¡¿Qué pasa?! —preguntó Pilar asustada.

Carmen se detuvo y se giró.

—¡Que me ha pegado un golpetazo! ¡Oiga! —exclamó aprovechando que volvía a explotar un fuego artificial y todo se tiñó de azul.

—¡Oiga! —gritó más fuerte Pilar.

—Bah, déjalo. Menuda educación, seguro que es alguno de los turistas borrachos.

Las ancianas se rieron y volvieron a la plaza.

La familia observa a la abuela en silencio. Alcázar y el inspector, que se están fumando un cigarro dentro de la carpa por los nervios, han escuchado el relato atentamente.

—¿Cómo no nos lo contaste, mamá? —le pregunta Isabel.

—Hija, pero si es que no le di importancia. Menuda tontería. Pero esa persona no llevaba a mi niño, eso seguro.

El inspector guarda silencio. Isabel lo mira.

—Dice que fue justo cuando los fuegos artificiales comenzaron a explotar.

—Sí. Justo al empezar.

El inspector Miguel Galván le da una calada a su cigarro, se desajusta un poco la corbata, la camisa la lleva empapada de todo el día al sol y de la presión que está recibiendo por parte de su superior para que resuelva aquello cuanto antes y que no quede como uno de esos casos que duran años y años sin que nadie dé con la solución.

—Carmen, haz un poco de memoria. ¿No recuerdas ningún detalle del tipo con quien te cruzaste? —le pregunta Alcázar—. Aquí, en el pueblo, nos conocemos todos. Cualquier detalle es importante.

La mujer no sabe qué más decir, ya ha contado todo lo que recuerda.

—No lo sé. Ya te lo he dicho, estaba todo muy oscuro.

El agente Daniel Redondo anota todo lo que dice la anciana en su libreta del caso.

—¿Qué opina, teniente? —le pregunta Galván a Alcázar.

—No sé. Es todo muy confuso, podría darse el caso de que fuese uno de esos guiris borrachos, que no sabía ni dónde estaba y que pasara por allí en aquel momento. ¿Tenemos una lista de las casas que fueron alquiladas esa noche a gente de fuera del pueblo?

Miguel Galván mira a su compañero Piqueras.

—Eso nos llevará días, inspector.

—¿Qué han dicho los de la científica? —pregunta Galván.

—Se han llevado las chanclas a Barcelona; en cuanto tengamos noticias, se las comunicaré.

El inspector no para de resoplar. La familia está cansada, además han llegado más familiares y no han podido casi ni recibirlos.

—Acércalos a casa, Piqueras.

—Sí, señor.

La familia se levanta de la mesa e Isabel mira a Galván y a Alcázar. Se acerca a ellos.

—Por favor, encuentren a mi hijo. Lleguen adonde tengan que llegar. Miren y rebusquen como si fuera suyo. Imaginen que lo es, sé que harían lo que fuera para conseguir dar con él. —Les coge de la mano y sus ojos vidriosos acompañan a sus últimas palabras del día—. Por favor.

—Haremos todo y más, Isa. Ve a descansar y confía en nosotros —le dice Alcázar abrazándola.

—Pronto lo encontraremos, Isabel. De verdad que sí —añade Galván.

Isabel sigue a su familia al coche de Piqueras, a quien acompaña Redondo, que los llevará a la casa familiar. Galván y Alcázar se quedan en la carpa junto con algunos compañeros de la investigación.

—Cerca de donde han encontrado las chanclas hay un torrente, Galván. Mañana deberíamos revisar todo el camino que sigue hasta llegar al mar. No quiero ser pesimista, pero me temo lo peor.

—¿Y lo del hombre que vio la abuela?

—Podríamos tardar semanas en encontrarlo, si es que sigue en España para entonces. Además, debes de tener a toda la dirección de los Mossos tocándote los cojones cada hora para que resuelvas esto.

—No te haces una idea, Alcázar —dice el inspector encendiéndose otro cigarro—. ¿Dónde coño estará el crío?

—Yo en tu lugar iría llamando a los GEAS —dice Alcázar antes de abandonar la carpa.

Miguel Galván se queda mirando a Alcázar mientras este sale a tomar el aire y, muy probablemente, se va a su casa a dormir. Llamar a los GEAS significa una cosa: ya no buscarían a alguien sospechoso porque se llevó a Biel, sino el cuerpo de Biel: es a lo que se dedica el Grupo Especial de Actividades Subacuáticas de la Guardia Civil.

El inspector Galván va, por fin, de camino a su hotel. Ha decidido ir caminando para así poder respirar, él también, un poco de aire. Aquella noche corre una brisa perfecta, las estrellas y la luna se dejan ver por completo. Está solo en aquel paseo marítimo. Atrás queda el pasillo de arcos que tantos dolores de cabeza le causa. Se detiene un momento a mirar el mar, a escuchar el rugir de las olas, y piensa en lo que ha dicho Alcázar. Quizá es el momento de contemplar la posibilidad de que no haya nadie detrás de esto, sino que simplemente ha sido un fatal accidente. Después de un largo suspiro, el inspector sigue caminando hacia su hotel. Antes de irse a dormir le envía un mensaje al jefe superior de la investigación por parte de la Guardia Civil, el coronel Ortuño. Le prometió avances en los próximos días. Lo que no sabe es que el día siguiente lo cambiará todo.

*09.00 horas del día siguiente.*
*Treinta y tres horas sin ti.*

Amanece en Calella de Palafrugell, es un día de finales de junio y los primeros turistas del año comienzan a llegar, ajenos seguramente a todo lo que está pasando. El alcalde ha aparecido en varios programas para ratificar la seguridad del pueblo, manifestando que esto era un caso aislado y deseando que reinase de nuevo la tranquilidad. Isabel le mandó un mensaje a primera hora de la mañana para decirle, en pocas palabras, que era una mierda de ser humano y que ojalá nunca le tocase vivir algo así con sus hijos. Poco después lo bloqueó en todos los sitios donde lo tenía agregado. Cómo podían tratar así el caso, se preguntaba Isabel. Con tan poco tacto, aun sabiendo que la familia podría escuchar las palabras del alcalde y de los periodistas. Llevaban en el pueblo toda la vida. Isabel tenía claro que aquello no merecía el perdón de Dios.

Josep se acerca despacio a la ventana donde se encuentra su mujer, la abraza por la espalda, no es el mejor momento del matrimonio y ambos lo saben. Las suaves caricias de su marido parecen intentar tejer una red para que, en el momento de la caída, no se hagan tanto daño. Isabel cede y apoya la cabeza en el torso de su marido, él apoya su barbilla en la de

75

ella. No se dicen nada, todo es silencio en sus vidas desde que se llevaron al pequeño Biel. Tenían todo un verano de sueños y planes por delante, habían reservado unos días en Canarias para el mes de julio. Isabel contaba los días para disfrutar de sus dos hijos y su marido en un lugar tan especial. El matrimonio había tenido que ajustarse el cinturón para poder irse de vacaciones; con la llegada de Biel y la carrera de Ferran llegaban muy justos a fin de mes, por eso Isabel hacía horas extras, trabajaba los fines de semana y ayudaba a Josep en el quiosco. Él recibía los periódicos bien temprano para ofrecerlos desde primerísima hora, hacía el inventario, encargaba las novedades editoriales para que todo el que fuese a la playa pudiese llevar una lectura. Ahora, en el quiosco sigue el cartel de CERRADO POR MOTIVOS FAMILIARES y en el trabajo de Isabel no se habla de otra cosa que no sea su niño. La gente comenta cómo pudieron perder de vista así a un crío tan pequeño, con lo peligrosos que son los acantilados más allá del paseo y las barandillas tan pobres que hay. La gente habla, siempre lo hace, y nunca se pone en el lugar de la persona herida y caída en desgracia. Isabel no quiere ponerse en lo peor, pero imágenes horribles, noticias, escándalos vistos en televisión rondan su mente: gente perturbada, asesinos, violadores, redes de prostitución o tráfico de órganos... El horror hecho posibilidad. Pero lo cierto es que en su corazón sabe, y todo el mundo también lo dice, aunque con la boca pequeña, que lo más probable es que Biel se acercara al agua y una ola repentina se lo llevara mar adentro. Todo tiene cabida cuando no te pones en el lugar de la familia.

Los Serra están preparados para afrontar un nuevo día, a las nueve de la mañana han quedado en la carpa, los periodistas hacen guardia a la puerta de la casa para conseguir más imágenes de la familia. El inspector Miguel Galván les ha recomendado que no desvelen nada de la investigación ni cuáles son las líneas a seguir del equipo de policía. Y eso hacen. A las nueve menos cinco salen de casa en silencio y agarrados de la mano. Isabel, Josep y Ferran los primeros y después los abuelos, Carmen y Antonio. Los periodistas los siguen hasta el límite que marcó la policía en la plaza; una vez allí acceden a la carpa y pueden suspirar.

—Buenos días a todos. Pasen, acérquense —dice el inspector Galván acompañándolos al centro de la carpa.

El equipo de mossos ha aumentado, hay caras que a Isabel no le suenan, también han llegado agentes con ordenadores y han establecido dentro de la carpa como una comisaría provisional.

—Hoy nos vamos a centrar en la parte más embarrada de los maizales, lugar donde encontramos ayer las chanclas del pequeño —continúa diciendo Galván—. Cerca está el torrente de agua estancada que lleva hasta la cala que hay escondida bajo el acantilado. Más conocida aquí en el pueblo como la cala de los Cangrejos —añade mirando al teniente Alcázar, ya que es él quien le ha facilitado el nombre—. Esa es nuestra ratio de búsqueda de hoy. Iremos todo el equipo y los voluntarios nos acompañarán, que, por cierto, ya nos están esperando. En marcha.

El torrente de agua estancada sirve a los temporeros como boca de riego puntual y también como desagüe de las lluvias torrenciales que suelen anegar los campos. Hace una semana cayó una gran tormenta de verano que aumentó el torrente hasta su máxima capacidad y ahora tiene casi un metro de profundidad, de ahí que la búsqueda se centre en todo el recorrido que hace hasta llegar a la cala de los Cangrejos. Ven posible que el menor se desorientara en el pueblo y siguiera hasta llegar a los maizales. Es un recorrido de unos diez minutos caminando y no parece imposible que un niño de su edad pueda haberlo hecho, en este caso, pedaleando. Una vez allí, los investigadores valoran la posibilidad de que viese el agua y decidiera acercarse, y pudiera caer accidentalmente, o que él mismo se tirase como lo hacía con su madre en la piscina del pueblo. De ahí que las chanclas se le salieran por sí solas al entrar en el agua. El inspector Galván tiene puestas sus esperanzas en el día de hoy: al haber hallado ayer las chanclas es muy posible que las respuestas a la desaparición del pequeño estén cerca del torrente. Quiere encontrarlo con vida, aunque aturdido, en alguna de las zanjas que confluyen en el torrente, esperando a que alguien lo vea.

Los coches de la policía llegan a la zona acotada, todos los voluntarios están animados, es una buena noticia el hallazgo de ayer, están cada vez más cerca de poder encontrarlo y hoy tiene que ser el día. El coronel Ortuño le ha metido bastante presión a Galván, el caso está llegando a la prensa extranjera y desde arriba no quieren que los Mossos d'Esquadra se vean manchados por un caso de tanta repercusión que no pueden resolver. La familia también muestra energía y ganas, ya que el inspector Galván y el teniente Alcázar les han dado fuerzas. Todos a una. Ese es el ambiente antes de empezar la batida.

—Buenos días a todos —exclama el inspector Galván—. Les quiero dar de nuevo las gracias por estar acompañándonos hoy aquí. Hace unos minutos compartía con la familia las buenas sensaciones que tengo, creo que estamos muy cerca de encontrar al pequeño Biel y traerlo de vuelta a casa. El hallazgo de ayer fue clave para que pudiésemos delimitar una sola zona de búsqueda y estar todos juntos y unidos en un mismo lugar. Todos los ojos son pocos para encontrar al pequeño. Esta zona tiene muchas zanjas y pequeños huecos entre la maleza, creemos que si el pequeño Biel cayó en el torrente, pudo quedar atrapado en una de estas zanjas y estar esperando a que lo encontremos. Tenemos seis kilómetros de torrente, así que no hay tiempo que perder. ¡Vamos!

La gente aplaude y, antes de salir, da ánimos y fuerzas a la familia con múltiples abrazos. Hasta la prensa les grita que muchísima suerte y ánimo para emprender la búsqueda. Los padres dan las gracias y comienzan la ruta acompañados en todo momento por el inspector Galván, su compañero Piqueras, el teniente Alcázar y su compañero en prácticas Daniel Redondo.

—Y tú, Redondo, ¿cómo es que acabaste aquí? —le pregunta el inspector Galván.

—Quería un destino tranquilo y aquí había una plaza libre.

—Y novia, ¿tienes? —pregunta Piqueras.

—Bueno, no de momento...

—Ahora vosotros lo tenéis bien fácil, os descargáis una de esas aplicaciones y encontráis mil candidatas. —Ríe Alcázar—. ¡Cómo han cambiado las cosas, cojones!

—Sí que han cambiado, sí...

—Y tú, Alcázar, ¿cómo lo lleva Tere? —pregunta el inspector Galván.

—Pues ella quiere que lo deje ya, le apetece que nos vayamos a vivir Jaén. No quiere quedarse más tiempo por aquí...

—No le lleves la contraria entonces, te lo digo por experiencia —replica Galván.

Los voluntarios van gritando el nombre del pequeño a medida que avanzan por el borde del agua. ¡Biel! ¡Biel! Todos esperan oír un llanto, aunque sea un susurro, pero algo, para que alguien lo escuche. La familia tiene otra cara, hoy sí que tienen ánimo. Afrontan todo de otra manera, como si el final estuviera cada vez más cerca. Isabel agarra fuerte a su marido y Ferran contesta mensajes en el grupo de clase, que le preguntan cómo está y cómo avanza todo. El inspector Galván va nervioso mirando el móvil cada poco tiempo, sabe que un caso como este pone muy nerviosos a los de arriba y en especial a su coronel. Está utilizando todo lo que tiene a su alcance para poder hallar alguna pista. Ha traído al mejor equipo de búsqueda, junto con los perros y los voluntarios, y todo el trabajo que hacen cada minuto es algo que no le deja dormir mucho. Necesita resultados o pedirán su cabeza.

Las horas andando pasan lentas, los voluntarios miran en cada rincón cercano al torrente, en pequeños huecos que ha dejado el agua al desbordarse, zanjas cubiertas aún por fango y por las hojas secas de los maizales. Según el mapa, han recorrido dos kilómetros de los seis totales que tiene la ruta. Los voluntarios paran a beber agua de los termos que han traído de casa, se aplican crema solar en la frente y siguen adelante con la búsqueda. La familia del pequeño Biel no sabe cómo devolver todo el esfuerzo y el cariño que les están dando estos días, gran parte de las fuerzas las sacan de ver que el caso está cogiendo unas dimensiones desorbitadas. A Isabel le habían enseñado cómo algunos famosos compartían imágenes del pequeño en sus redes sociales y ella no podía creerlo. Cantantes, actrices, cineastas... Todos compartían aquel cartel que se había vuelto viral. La cara de su pequeño ángel recorría todas las televisiones del territorio y en todos los canales se lanzaba la misma pregunta: «¿Dónde está Biel?». Analizaban en directo el recorrido que podía haber hecho el pequeño, salían mapas en los que hablaban de que la zona de búsqueda actual se encontraba llena de pequeños pozos que usaban los dueños de las fincas, y que quizá era una de las posibilidades que manejaban los investigadores.

También hablaban del torrente de agua que conectaba con la cala de los Cangrejos, una cala que los expertos conocían como «la cala maldita», ya que varias veces, años atrás, se había sufrido algún susto por culpa de los jóvenes que se dedicaban a saltar desde el acantilado y después no podían volver a subir, pues la orilla desaparece en la pleamar. Es una zona de muchas corrientes y hay carteles de advertencia contra el peligro de nadar o saltar. Pero al final del torrente hay una gruta, justo debajo, para que pueda salir el agua. Nadie se atrevía a pensar que el pequeño hubiese podido llegar hasta el final.

Y entre todo eso, allí está su madre, aquella mujer de hierro, buscándolo sin pausa, creyendo en la esperanza y en volver a abrazar a su hijo. La mañana llega a su ecuador, son las doce. Les quedan unos dos kilómetros para llegar a la gruta que une el final del torrente con la cala. Isabel sabe que si su pequeño ha entrado en esa gruta, no hay nada que hacer. Aquellos últimos kilómetros son como un tictac. Como si alguien hubiese iniciado una cuenta atrás y cada vez les quedara menos tiempo para el final. Quizá minutos.

La familia comienza a ponerse nerviosa, el final del torrente ya se divisa, están a menos de un kilómetro. Los voluntarios aceleran el paso, el inspector Galván habla por un *walkie*, avisando de que están llegando al final. A pocos metros de ellos, los servicios de emergencia están prevenidos por si encuentran al pequeño. Ya están cerca. Los agentes comienzan a aligerar el paso. La familia va justo detrás y, tras ellos, los voluntarios se miran en silencio temiéndose lo peor. Isabel grita: «¡Biel!». Y entonces suelta la mano de Josep y echa a correr. Allí era donde tendría que estar. Su pequeño se habrá quedado allí, sentadito, muerto de miedo por no saber volver. Pero ahora terminaría su pesadilla, su familia lo encontraría sano y salvo y todo el mundo celebraría en el pueblo su vuelta a casa. A Isabel se le saltan las lágrimas de la emoción. La gente corre hacia el final del agua, están a pocos metros de la gruta. Los Mossos, mientras corren, sacan sus linternas y gritan de nuevo el nombre del pequeño. ¡Biel! ¡Biel! Es entonces cuando quien encabeza la carrera se detiene en seco y, junto con él, todos sus compañeros. Se echa las manos a la cabeza y se gira buscando la mirada de su superior, el inspector Galván. Está a pocos metros, corriendo sin pausa. La cara del agente es de auténtico pánico. Sus compañeros se ponen en cuclillas y se tapan la cara.

—¿Qué pasa? ¿Qué hacen? —exclama Isabel corriendo también. Josep no puede articular palabra.

El inspector Galván llega al lugar y ve lo que los agentes han encontrado. Isabel llega justo detrás con Josep y Ferran. Este último cae al suelo, de rodillas, al ver aquello.

—No. No. No. —Le pega un puñetazo al suelo.

Isabel se queda helada. No puede decir nada. A Josep se le saltan las lágrimas. Justo en la parte en que termina el agua y que da entrada a la gruta se encuentra el triciclo del pequeño. El inspector Galván les señala la entrada, pero los agentes se resisten a entrar, temiéndose lo peor. Sin embargo, hay que hacerlo. Sacan las linternas y se adentran. El lugar es frío, muy oscuro, y al final de la gruta se escuchan las grandes olas rompiendo a pocos metros de altitud. El frío eriza la piel por la humedad acumulada dentro. Los agentes caminan despacio para no resbalar, tienen miedo de encontrar allí el cuerpo del pequeño. El techo rezuma y solo se escucha algo cuando las gotas caen al suelo encharcado. Isabel quiere entrar, pero el inspector Galván se lo impide: aparte de peligro, no quiere que, si encuentran el cuerpo del niño, la madre se quede con esa imagen grabada en la cabeza para siempre. Los agentes empiezan a salir, con la cabeza agachada y sin decir ni una palabra. Josep ya está roto, Ferran sigue tendido en el suelo y, cerca de la gruta, Isabel espera a que salga el último agente. En la gruta se visualiza la sombra de este, como comprobando algo. Unos segundos después se pone en pie y comienza a dirigirse hacia la entrada de la gruta. Lleva algo en brazos, algo muy pequeño. El agente de policía sale de la oscuridad y se acerca a Isabel, la mira a los ojos y le da lo que lleva.

—Lo siento de corazón —dice el agente.

Isabel abre las manos y un pequeño peluche azul en muy mal estado cae en ellas. Es el favorito de su hijo, su elefante. Su hijo lo llevaba la noche que salieron a ver los fuegos artificiales.

Aquello rompe a la familia por completo. Todo el operativo de búsqueda da el pésame a la familia, el inspector Galván se abraza a Isabel y el teniente Alcázar a Josep. Allí no hay consuelo, solo dolor y mucha tristeza. Todo indica que el pequeño se ha ahogado, habrá caído con el triciclo al torrente y una vez allí, junto con el peluche del que no se separaba, fue hacia la única salida posible: la gruta. Los agentes recogen el triciclo y Ferran se acerca, no puede despegar la mirada de aquel juguete que él mismo le regaló. Con lágrimas en los ojos recuerda la sonrisa de su pequeño hermano al ver el triciclo, esa sonrisa inocente y sus ojos llenos de luz. Todos los voluntarios van pasando en silencio a darle un abrazo a la familia, como si de un entierro se tratase. El inspector Galván acaba de informar a los compañeros que siguen en el pueblo que ha sido hallado el triciclo del pequeño al borde de la gruta y su peluche en el interior. Acaba de hacer llegar un aviso inmediato a los compañeros de los GEAS para que se desplacen a la zona. En una llamada con su superior en esta investigación, el coronel Ortuño de la Guardia Civil pone a su disposición el buque oceanográfico Reyes Galiano, un barco de estudio de especies submarinas que más de una vez el Gobierno de España había utilizado en las labores de búsqueda de restos humanos en el fondo del mar. El inspector Galván acompaña a la familia adonde esperan los coches de la policía para trasladarlos a su domicilio. Los colaboradores de los programas de la mañana que están en directo en plató ya se temían lo peor. La noticia sobrevuela las redacciones de los informativos. ¿Lo han encontrado? ¿Vivo o muerto? Cientos de bulos y teorías recorren las redes sociales y los foros: que si la familia estaba detrás de todo, que si la madre había organizado el secuestro, que el hermano estaba celoso del pequeño y quería deshacerse de él... Aquello era maligno, y tarde o temprano, la familia lo leería. Cuando tienes a tanta gente de tu lado, a todo un país parado, pendiente de tu historia y apoyando tu dolor, es ahí cuando también florecen las malas personas, las que, llenas de odio y resentimiento, lanzan dardos envenenados hacia ti con el único fin de hacer daño.

En la gruta ya no hay nada que hacer, los compañeros de la científica sacan fotos de cómo ha quedado el triciclo, del aspecto tan sucio del peluche y del interior de la cueva. Poco después lo embolsan todo y se lo llevan al laboratorio por si hay algo que analizar. Antes de subirse en el coche de la policía, con el peluche en la mano, Isabel mira aquel lugar. Todos se detienen con ella, nadie hace ni un ruido. La madre mira esa pequeña grieta en la montaña que conectaba con aquella maldita cala. Entonces un voluntario rompe a aplaudir. El sonido crece y todos los voluntarios siguen aquel primer aplauso. Los agentes se quitan la gorra con el escudo de los Mossos. Todos allí empiezan a aplaudir, la prensa baja los micrófonos y, mientras los cámaras graban, todos los reporteros aplauden desde la lejanía, sabiendo lo que aquello significa. Isabel mira todo lo que allí está ocurriendo y no puede articular palabra. El inspector Galván y el teniente Alcázar aplauden con fervor. El agente en prácticas Daniel Redondo lo hace mientras una lágrima comienza a asomar por su ojo derecho. Él tenía la esperanza de encontrar al pequeño con vida y darles a los padres una buena noticia, ya que, desde que el caso saltó a la prensa, lo llamaban a diario para saber si avanzaban en la búsqueda. Los aplausos hacen que Isabel, Josep y Ferran se abracen en mitad de aquel sonido, entre lágrimas y temblando, rotos por aquel desenlace. Los voluntarios se emocionan y todos saben que así es como termina esta historia. Isabel envía besos al aire para todo el mundo, pero al final, antes de subir al coche, mira al cielo y susurra unas palabras que solo una madre a la que le han arrebatado lo que más quiere podría entender.

—Espérame, mi ángel.

*16.00 horas del día siguiente.*
*Cuarenta horas sin ti.*

Los coches de los Mossos salen de la zona del acantilado para dirigirse a plaza del ayuntamiento de Calella. Los investigadores, la policía científica, expertos de rastreo y las unidades coordinadas que están trabajando en el caso tendrán una reunión en la carpa policial citados por el coronel Ortuño de la Guardia Civil, quien acaba de aterrizar en Barcelona y se dirige ya hacia el pueblo. El coronel ha dado orden al inspector Galván de que convoque una rueda de prensa para las cuatro de la tarde, donde darán todos los datos de la investigación. El coche del inspector Galván se detiene al inicio de la calle donde se encuentra la casa de los Serra; al fondo, acumulada entre las vallas que han colocado los agentes, espera parte de la prensa, quieren conocer las primeras reacciones de la familia ante la noticia y confirmar esta. Josep abre primero la puerta del coche y Ferran baja deprisa. Los abuelos esperan con la puerta abierta para que no tengan que estar mucho tiempo fuera. Isabel, que está aún dentro del coche, no escucha nada: en su interior todo era silencio. El inspector Galván la ayuda a salir: al poner el pie en el suelo una marea de gente grita:

—¡ISABEL!

—¡Isabel, por favor!

—¿Han encontrado a Biel? ¿Dónde ha sido hallado el cadáver? ¡Isabel!

A Isabel la separan apenas seis pasos de la puerta de su casa; en esos seis pasos no escucha nada más, no se detiene. No puede quitarse de la cabeza el pensamiento de que ha perdido a su pequeño. Cuando entra en la casa, su madre la abraza. El inspector Galván entra con ellos y todos se dirigen al salón.

—El coronel Ortuño está llegando. Quiere hablar con ustedes antes que con nadie.

Isabel se levanta y sube las escaleras. Va a su habitación y cierra la puerta. Necesita cinco minutos. Se tiende en la cama y abraza la almohada, su llanto rompe el silencio del salón. Josep hace ademán de levantarse y Ferran lo agarra; sabe que su madre necesita estar sola. Todos se miran entre ellos, aquella situación es horrible. Isabel no puede quitarse de la cabeza aquel lugar oscuro, frío y siniestro en el que su hijo ha pasado sus últimas horas de vida. Muerde con fuerza la almohada y las lágrimas caen por la tela blanca. En ese momento suena el timbre. Josep va a abrir y se encuentra un hombre serio tras la puerta. Lleva gafas y el pelo canoso, y más de seis medallas y condecoraciones en su chaquetilla verde.

—Usted debe de ser...

—Coronel Ortuño de la Guardia Civil —dice el hombre en el recibidor.

—Adelante, pase, pase.

Ortuño ve de inmediato al inspector Galván, quien acude rápidamente a saludarlo.

—Coronel —dice haciendo el saludo militar.

Galván respeta mucho a Ortuño, ya han colaborado en otras ocasiones, es él quien ha sugerido su nombre desde la Guardia Civil para que estuviera al frente del equipo de investigación.

—¿Cómo estás Galván? —le pregunta.

—Bueno, ojalá tuviera mejores noticias, coronel.

—Tú debes de ser Ferran —dice el coronel mirando al joven—, siento mucho lo de tu hermano.

Carmen y Antonio saludan a Ortuño. El coronel busca con la mirada a Isabel. Galván le señala las escaleras y entonces se oye una puerta que se abre. Isabel empieza a bajar las escaleras y todos la esperan en silencio. El coronel entonces se levanta.

—Isabel, soy el coronel Ortuño.

—Hola, coronel.

—Siento muchísimo lo de su pequeño Biel. En nombre de los Mossos d'Esquadra, la acompaño en el sentimiento. Siéntese, por favor.

Isabel se sienta entre Josep y Ferran. Carmen está destrozada, su niñito ya no estará jamás con ellos. Piensa en que se podría haber ido ella en vez de su nietecito, que a él todavía no le tocaba. Se sienta junto a su marido para conocer los detalles de la investigación.

—Cuando se nos informó de este caso, hace más de dos días, vimos la particularidad del mismo. Un niño muy pequeño que desaparecía en plena Noche de San Juan en un pueblo muy turístico de la Costa Brava. Ningún testigo, nadie que pueda hacer una cronología de los hechos desde el momento de la desaparición hasta el hallazgo de las chanclas cerca del torrente y el triciclo junto con el peluche en la gruta. —El coronel Ortuño saca el informe que ha traído—. Los investigadores ven poco posible que el pequeño hiciera ese trayecto desde el lugar donde desaparece —con el bolígrafo rojo marca una cruz en el mapa— hasta la zona de los maizales, donde uno de los voluntarios encontró sus pequeñas chanclas. —Vuelve a señalar una cruz que hay marcada en el mapa, esta vez azul—. El recorrido es de un kilómetro y cuatrocientos metros. Caminando son trece minutos, y posiblemente en un triciclo de las características del suyo, y teniendo en cuenta su anatomía menuda, serían veinte. Que lo veamos poco probable no quiere decir que no haya ocurrido. Al inicio de la búsqueda barajábamos más hipótesis, una de las líneas nuevas de investigación que abrimos fue gracias al relato de... —El coronel Ortuño busca en sus anotaciones el nombre de alguien—... Carmen, la abuela del pequeño, quien dijo que sobre las doce de la noche se cruzó con un hombre de estatura media vestido con un abrigo largo oscuro. Según hemos comprobado, más de setenta personas alquilaron un apartamento en el pueblo la noche del 23 de junio al 24, en su mayoría familias. No obstante, no vemos ningún indicio para sospechar que alguien pudiese haber secuestrado a la fuerza al pequeño. Hemos hecho entrevistas a casi todo el que se encontraba fuera de la plaza o en las inmediaciones de los arcos en el momento en el que desapareció el pequeño. Nadie vio nada extraño. Al tratarse de una persona tan pequeña, y teniendo en cuenta que todo el alumbrado público estaba desconectado, pudo pasar sin ser visto por las calles de alrededor. —La familia escucha con atención sin perder ni un detalle de lo que el coronel les cuenta—. Dicho esto, la policía científica no ha encontrado huellas, ni ADN en las chanclas por el estado en el que se encontraban, sepultadas en barro. En el triciclo, en cambio, sí hay huellas y ADN pertenecientes a su hijo Ferran y a un tal Marc Bonal, quien según nos consta es la actual pareja de su hijo. —A Ferran le cambia la cara, no le ha dicho nada a sus abuelos de que le gustan los chicos y mucho menos que tiene pareja—. Con lo cual los investigadores trabajan con una hipótesis principal. El pequeño salió con su triciclo calle arriba, desorientado por la oscuridad, y siguió pedaleando hasta el único lugar que sí tenía luz: la gasolinera que hay frente a los maizales. Continuó y encontró el camino que lleva al torrente de agua, donde se precipitó accidentalmente. El triciclo, en cambio, flotaría hasta llegar a la gruta. Creemos que el pequeño se golpeó al final del torrente, donde consiguió ponerse en pie y caminar hacia la gruta. Una vez allí, al no ver bien, se precipitó hacia la cala que hay bajo el acantilado.

Después del resumen todo es silencio. Nadie se atreve a despegar los labios para decir algo. Isabel mira a los ojos al coronel Ortuño. Se nota que no es la primera vez que lidia con un caso así: no vacila ni le tiembla la voz cuando narra esos hechos tan horribles. Es gente que está hecha para esto, a quien no le quita el sueño tener que comunicarle a una familia que ha perdido a lo más importante de su vida y que nadie se lo devolverá. Isabel rompe el silencio.

—¿Usted tiene hijos, coronel?

Ortuño guarda silencio y después contesta.

—Dos. Una mayor de veinte y mi pequeño de trece.

—Entonces, explíqueme, cómo voy a poder llevarle flores a mi niño al cementerio si ni siquiera han encontrado su cuerpo. Cómo voy a llorarle si no ha aparecido. Explíquemelo, coronel, se lo pido por favor.

—Verá, Isabel. Esta mañana le comentaba al inspector Galván que hemos solicitado ya el desplazamiento del equipo de los GEAS, expertos en búsquedas subacuáticas, y el buque oceanográfico Reyes Galiano, para mañana mismo comenzar la búsqueda del pequeño Biel en el mar. Y le prometo —el coronel se acerca para cogerle la mano— que no hay nadie mejor para encontrarlo que ellos. Le doy mi palabra.

Isabel, a quien ya no le quedan más lágrimas, agarra fuerte la mano del coronel, la familia está destrozada. Ferran mira avergonzado a sus abuelos. Josep observa las fotos que hay por el salón en las que sale su pequeño. Isabel recuerda que ha leído que el mayor dolor que puede sufrir alguien es ver morir a un hijo. Es algo a lo que nadie ha podido poner nombre aún: cuando pierdes a un padre te quedas huérfano, cuando pierdes a tu marido te quedas viuda, pero ella se pregunta cómo se le llama a eso de perder un hijo. Y en el fondo sabe que todavía no han podido ponerle nombre a aquello porque no hay forma de expresar tanto dolor con una sola palabra, iba en contra de la propia vida. Pero allí está ella, aguantando el mayor dolor que jamás podría sufrir.

El coronel se levanta y se despide de la familia dándoles un gran abrazo. Les pide que descansen y les dice que les informarán de cualquier novedad. El inspector Galván también le dice adiós y les transmite toda la fuerza del mundo. En breve tendrán que comparecer en rueda de prensa para informar de todas las novedades del caso. Cuando cierran la puerta de la casa todo se queda en silencio, hasta parece que con menos luz. Las persianas están cerradas para evitar que los periodistas les graben desde fuera y solo entra la luz del patio. Ferran se levanta y se va a su habitación, Isabel, a fumar al patio con su marido y los abuelos se quedan sentados en el salón sin decir nada. Ferran enciende el teléfono y ni siquiera lee los mensajes, busca el nombre de Marc y le llama. Cuando Marc contesta, Ferran no puede hablar. A los pocos segundos escucha su llanto.

—Amor.

—Hola —consigue decir Ferran.

—Habla conmigo. Necesito saber cómo estás, te he escrito un par de mensajes, aunque sabía que no los abrirías.

—No he podido... no estoy bien Marc.

—¿Qué ha pasado? En la tele anuncian que en breve hay rueda de prensa.

Silencio.

—Creen que se ahogó —le revela Ferran—. Consiguió llegar con el triciclo hasta unos maizales que hay a las afueras del pueblo y allí cayó a un torrente de agua que iba bastante cargado. Ese torrente termina en una cueva que da a la cala que te enseñé en fotos, ¿te acuerdas?

—No puede ser...

—Con el triciclo que le regalamos...

Ferran se rompe de nuevo y comienza a llorar con más fuerza. Aquello le hace muchísimo daño.

—Te echo mucho de menos, solo quiero estar contigo... no puedo dormir bien desde que todo empezó.

—Ferran, déjame que vaya a estar contigo, por favor.

En ese momento la puerta de la habitación de Ferran se abre. Es Isabel, su hijo la mira mientras ella se acerca a la cama.

—Oye, hablamos esta noche más rato, ¿vale? Ahora tengo que...

—Tranquilo, hablamos más tarde.

Silencio.

—Te quiero mucho, Ferran.

Isabel sonríe a su hijo al escuchar aquello. Este la mira antes de responder:

—Y yo a ti, amor.

Ferran cuelga y deja el móvil sobre la mesita. Su madre le coge de la mano.

—Me alegra que lo tengas a tu lado.

Ferran sonríe.

—No he hablado mucho con él estos días, pero necesitaba oír su voz.

—Haces bien hijo —dice secándole las lágrimas—. ¿Dónde está?

—¿Quién? ¿Marc?

—Sí.

—Está veraneando en Asturias, tiene casa allí.

Ambos se quedan en silencio sin saber muy bien de qué hablar.

—Oye, mamá, yo a los abuelos no tenía pensado contarles nada de...

Su madre le para antes de que siga hablando.

—No te preocupes. Tu abuela ya lo sabe.

—¿Desde cuándo? —pregunta sorprendido, con los ojos muy abiertos.

—Desde que me lo contaste. Esa tarde vino a tomar café y me vio algo rara, ya sabes que al principio para mí fue un poco difícil. No quiero que nadie te haga daño, hijo mío... Esa misma tarde se lo conté.

—¿Y qué te dijo?

—Pues qué me va a decir. Que mientras seas feliz, que hagas lo que quieras.

—¿Y el abuelo? —sigue preguntando Ferran.

—El abuelo es distinto, ya lo sabes. A él quizá hace falta darle un poco más de tiempo para que lo comprenda.

Ferran asiente con la cabeza, mira a su madre, sus ojos están profundamente cansados, las ojeras le llegan casi a la nariz y la piel se ve descuidada. El pelo lo tiene encrespado y su alegría se ha esfumado por completo.

—Era tan pequeño, ¿eh? —dice Isabel mirando hacia una pizarra de corcho que tiene Ferran encima de su escritorio; en una foto salen él y su hermano pequeño en las pasadas Navidades.

—Le prometí que cuidaría de él siempre —dice y se emociona.

—¿Te conté que cada vez que te ibas a Gerona los domingos, al poco tiempo se ponía a llorar?

—No. No lo sabía.

—Lo hacía. Era sentir que se separaba de ti... y no tenía consuelo.

—¿Por qué nos ha tenido que pasar esto a nosotros, mamá?

Su madre se levanta y se acerca a la foto. La toma y observa la carita de su pequeño. Se emociona de nuevo, pero esta vez sonríe.

—Porque ahora le toca a él ser nuestro ángel de la guarda.

Ferran se levanta y abraza a su madre, juntos se funden en lágrimas y aquel abrazo les da las fuerzas que necesitan para seguir adelante. Isabel hace ademán de salir de la habitación para dejar a Ferran que descanse, pero antes de cerrar la puerta, se vuelve y lo mira.

—Por cierto, hijo —dice desde el umbral de la puerta—, dile a Marc que puede venir cuando quiera, si a ti te parece.

Ferran abre los ojos y sonríe.

—Gracias, mamá.

Isabel cierra la puerta de la habitación de su hijo y ve que la puerta de la de Biel está entornada. Se acerca a paso lento, no está segura de querer entrar. El azul de la pared se ve a través de la rendija. Isabel agarra el pomo y abre un poquito más para contemplar la habitación de su pequeño ángel. Está intacta, tal y como la dejaron la noche que todo ocurrió. La cuna en la que dormía sigue con su mantita con la inicial bordada por su abuela. Isabel la toma y acaricia la «B»; se la acerca a la nariz: aún huele a su pequeño. El Action-Man que le regaló su padre está en una esquina, al lado de los juguetes con los que jugaba a diario. Paso a paso Isabel recorre el lugar: allí está su biberón, aquí sus cuentos, encima de la cómoda. Pasa la mano por encima de ellos. Hay uno que le encantaba por encima de todos. Isabel lo coge y sonríe al mirarlo. *Excursión al safari*, se titula. A Biel le encantaba señalar con el dedo los distintos animales e intentar decir su nombre a medida que su madre pasaba las páginas. León. Serpiente. Cocodrilo. A Isabel le parece escuchar la voz de su pequeño. Cebra. Jirafa. Y entonces Isabel pasa la siguiente página: Elefante. Algo hace que la madre no despegue los ojos del dibujo. Un elefante. El peluche que habían encontrado dentro de la gruta era el peluche favorito de su hijo. Su elefante azul. Entonces mira hacia la cama y recuerda. Cuando subió a ponerse la chaqueta antes de salir a la plaza cerró la puerta de la habitación de Biel y vio su peluche encima de la cama, como siempre. Tira el cuento y sale corriendo de la habitación.

—¡Mamá! ¡Mamá! —grita Isabel despertando a su madre, que dormita en un sillón del salón.

—Hija, qué susto —dice Carmen—, ¿qué pasa?

—Biel, ¿qué llevaba la noche que salimos a ver los fuegos?

—Pues la camiseta amarilla, la que le gustaba tanto —responde ella aturdida.

—No, no. De ropa no. Solo llevaba el triciclo, ¿verdad?

—¿Qué pasa? —pregunta Ferran desde lo alto de la escalera al oír tanto escándalo abajo—. ¿Mamá?

—¡Ferran! —exclama su madre mirándole—. ¿Tú recuerdas si Biel llevaba su peluche encima del triciclo? ¿El elefante azul que tanto le gustaba?

Ferran se queda en silencio intentando hacer memoria.

—No, no creo. Iba pedaleando sin nada más encima.

—¿Y cómo es que ha aparecido en la gruta si la noche en la que desapareció no lo llevaba? —pregunta Isabel.

Josep se acerca para intentar calmarla.

—Isabel, tranquila. Seguro que hay una explicación.

—No, no, yo lo recuerdo, de verdad. —Isabel está muy nerviosa—. Estaba encima de su cama antes de irnos. Estaba justo ahí. —Josep se acerca a ella y la intenta calmar—. Biel no pudo irse hasta allí él solo...

En ese momento Carmen manda callar. El coronel Ortuño, acompañado del inspector Galván, el teniente Alcázar y el agente Daniel Redondo salen en la televisión. La rueda de prensa va a comenzar. Isabel, Josep y Ferran se sientan en el sofá. Carmen sube el volumen.

—Buenas tardes a todos —comienza Ortuño—. Nos encontramos aquí el inspector Galván, responsable de los Mossos d'Esquadra de la que hemos denominado «Operación Nemo», el teniente de la comandancia de la Policía Local Santiago Alcázar, el agente adjunto Daniel Redondo y yo mismo, coronel Luis Ortuño de la Guardia Civil. Esta búsqueda ha sido uno de los dispositivos con mayor número de voluntarios de la historia de España. Queremos agradecer desde aquí su labor incansable para ayudarnos a dar con el paradero del pequeño Biel. Sin la cantidad de voluntarios que llegaron hasta el pueblo habría sido imposible peinar tantas zonas de búsqueda en tan poco tiempo.

»En el día de hoy, sobre las trece y veinte del mediodía, los investigadores y el personal de búsqueda hallaban el triciclo del pequeño al final del torrente de agua que pasa por Santa Margarida y que conecta con la gruta de la cala de los Cangrejos. Una vez allí, los efectivos de la policía han accedido al interior de la gruta donde, muy cerca del vacío, han encontrado un peluche del pequeño. La policía científica no ha hallado indicios de que alguien hubiese podido llevarse al pequeño, no hay huellas ni ADN ajeno a la familia en todo lo que ha aparecido del menor. Además, los testigos que estaban cerca del lugar donde desapareció el pequeño manifiestan que no vieron nada fuera de lo común que les hiciese sospechar.

Isabel se levanta del sofá y mira hacia el comedor. Se sienta en su silla y todos se preguntan qué está haciendo. En ese momento lo recuerda. El elefante azul.

—Estaba allí. Estaba en un lateral, vosotros estabais viendo la televisión. Y Biel estaba en el suelo jugando con su elefante.

—Sí, cariño. Estaba jugando con él.

—Después llegó Ferran y fue cuando le dio el triciclo.

Ferran asiente con la cabeza.

—Se lo di y se quiso subir a él nada más verlo. Me acuerdo perfectamente de ese momento.

—¿Y qué pasó después? —pregunta Isabel mirando a Carmen.

Todos se quedan en silencio. Isabel vuelve a hablar.

—Que nos sentamos a cenar. ¿Y dónde quiso cenar Biel? —pregunta Isabel levantándose ahora de la silla.

—En el triciclo —responde Carmen.

—Exacto —sigue Isabel—, cenó en el triciclo y no quiso

nada más que estar con su triciclo. Dejó en este rincón el elefante azul y no lo volvió a coger más.

—Pero eso no tiene sentido —sigue Josep.

—Tu hijo no llevaba ese peluche la noche que desapareció —resuelve Isabel.

Ferran se levanta y mira a su madre.

—No podría haber agarrado el triciclo y a la vez llevar el peluche. Era un peluche pequeño pero sus manos lo eran más —responde Ferran—. Pienso igual que tú, mamá.

—¿No os dais cuenta? —exclama la madre—. Alguien tuvo que entrar aquí y llevarse el peluche.

Carmen abre los ojos.

—Pero ¿quién iba a entrar aquí, hija mía? ¿Y por dónde? —responde ella intentando calmarla—. Echasteis la llave y nada estaba forzado.

En ese momento Isabel recuerda su entrada a la casa la noche de la desaparición de Biel. Abre los ojos y se va corriendo hacia la cocina. Acaba de caer en algo muy importante. Todos la siguen preocupados.

—¡Hija! —exclama Antonio—. ¿Qué pasa?

Llegan a la puerta del patio.

—Josep. La noche que volvimos yo subí a por una chaqueta antes de salir a fumar. ¿Te fijaste en si esta puerta estaba abierta? —pregunta Isabel.

Josep hace memoria, después de todo lo que está pasando no hay ni un hueco libre en su cabeza. Pero entonces recuerda el abrazo a su mujer cuando estaban fumando fuera y vuelve al momento en que no pudo atrancar la puerta del patio.

—No estaba el candado. Pensé que te lo habías subido a la habitación en algún bolsillo sin querer.

Isabel se lleva las manos a la cabeza.

—Alguien entró en casa. Pensarían que habíamos dejado aquí a Biel y, al ver que no estaba, decidieron llevárselo en la plaza.

Se miran entre ellos.

—Hija, lo mejor será que vayamos todos a descansar un poco y mañana veremos las cosas con más claridad —dice Carmen.

—Mamá, te prometo que nosotros cerramos siempre la puerta cada noche antes de irnos a dormir. Díselo, Josep, ¿a que sí? —Su marido no responde—. Hay que hablar con el coronel Ortuño y con Galván, y con Alcázar también.

Antonio y Josep se acercan para que se tranquilice.

—Cariño —le dice Josep—, espera.

El tono y la mirada de su marido hacen que Isabel se dé cuenta de que nadie la cree. Los mira uno por uno. Ferran intenta abrazarla, pero ella sale de la cocina y va a la entrada de la casa. Coge sus llaves y, antes de que nadie de la familia pueda decir algo, se va. En la puerta de su casa no hay nadie. Todos los periodistas están cubriendo la rueda de prensa en directo. Enciende un cigarro, de camino se cruza con varias de sus vecinas y todas la siguen con la mirada. Isabel va a paso ligero. Baja su calle deprisa y gira: al fondo se encuentra la plaza. Está enfadada. Sabe que han pasado algo por alto y tiene que hacérselo ver a los investigadores. No hay nadie allí salvo un par de niños jugando con una pelota. Sigue caminando hasta el ayuntamiento y se encuentra con Máximo Capdevila, que se había recorrido todos los programas de televisión esos días para insistir en que el pueblo era un lugar seguro.

—Isabel, ¿qué haces aquí? —pregunta el alcalde.

—A ti qué te importa, quita.

Isabel lo esquiva por la derecha.

—Pero mujer, no te vayas así.

Ella respira para no contestar y no perder el tiempo que no tiene. Cuando está llegando al segundo piso, lugar donde se está celebrando la rueda de prensa, el alcalde vuelve a hablar:

—Ni yo ni este pueblo tenemos la culpa de lo que le ha pasado a tu hijo.

Bum. Isabel nota como si un tiro le atravesara el pecho. Sabe de qué pasta está hecho el alcalde. Es un aprovechado y solo sabe mirar por su propio interés. Isabel se gira y baja los pocos escalones que los separan.

—Mira, hijo de la gran puta. Hasta el último día que tenga de vida lo usaré para buscar a mi hijo y saber qué es lo que le ha pasado. Y por tu bien espero que no tengas nada que ver, porque entonces... —Isabel se acerca a él hasta casi juntar su nariz con la del alcalde—... no vas a tener país suficiente para esconderte. Cualquier cueva será pequeña para que quepáis tú y ese culo que tienes.

Isabel mira los zapatos de Capdevila, que están relucientes y hasta puede verse en el reflejo. Entonces le escupe encima de ellos. Cuando se gira para seguir subiendo los escalones se encuentra de lleno con Piqueras, el agente de los Mossos que siempre acompaña al inspector Galván.

—Isabel, ¿qué pasa? —pregunta el agente, que se ha asomado desde la sala de la rueda de prensa al oír el follón.

—Nada. Necesito hablar con Galván y con Ortuño. Con todos.

El agente Piqueras la agarra y, antes de que abra la puerta, la detiene.

—Espere —Isabel lo mira sin decir nada—, vamos a una sala que hay aquí al lado. Si irrumpe ahora en la rueda de prensa todos los periodistas querrán ir a por usted.

Ella lo mira sabiendo que si entrase ahora y contara lo que quiere decirles, podría ser una locura.

—Es urgente, Piqueras. Es el peluche. Biel no lo llevaba la noche de la desaparición. Y es que mi hijo no desapareció, se lo han tenido que llevar. Alguien entró en la casa y cogió el peluche.

Él abre los ojos en un gesto de sorpresa y de inmediato se dispone a salir de la sala.

—Voy a avisarlos. Espere aquí y no salga, Isabel, por favor.

—Tranquilo.

El agente Piqueras es algo más joven que el inspector Galván y bastante más que el coronel Ortuño. Es simpático y agradable, las veces que Isabel ha podido entablar una conversación con él mientras se dedicaban a la búsqueda le ha resultado agradable. Isabel se encuentra en una sala pequeña junto al salón de actos del ayuntamiento. Hay muchas fotografías de Máximo Capdevila saludando a personalidades importantes que han pasado por el pueblo colgadas de la pared. Las sonrisas impostadas del alcalde contrastan con el reflejo del rostro de Isabel en los cristales que cubren esas fotos: un rostro acosado por las escasas horas de sueño, la angustia y la desesperación, un rostro duro que va perdiendo luz cada minuto que pasa. Isabel no para de dar vueltas por la sala. Se fija en un reloj que hay colgado de la pared. Tic. Tac. El tiempo. Piensa en la posibilidad de que su hijo siga con vida pero secuestrado en alguna parte. Hay que darse prisa y allí no viene nadie. Vuelve a fijarse en reloj. Ha visto en las noticias casos parecidos de desapariciones y sabe de sobra que cada segundo cuenta. Coge aire y empieza a caminar hacia la puerta. Cuando va a abrirla se queda inmóvil. Todos los periodistas están bajando las escaleras. Se queda congelada, sin moverse. No hace ni un ruido. Los periodistas comentan la rueda de prensa.

—¿Cuándo os vais vosotros? —pregunta la reportera de las noticias del Canal Tres.

—Grabaremos recursos del barco de búsqueda y si no se hace muy tarde, esta misma noche —le responde el cámara del Canal Cinco.

—Nosotros, ¿qué hacemos? —le pregunta ella a su compañero.

En ese momento la reportera vuelve la vista atrás y ve a alguien en la sala del fondo de la escalera. Le parece familiar. Isabel baja la cabeza y en ese momento aparecen el coronel Ortuño, Galván y Alcázar en el descansillo. Redondo y Piqueras van los últimos.

—Cerrad la puerta, vamos —dice deprisa el coronel—. ¿Cómo se le ocurre venir aquí, Isabel? ¿Sabe la que se podría haber liado con estos aquí dentro?

Piqueras acaba de cerrar la puerta.

—¿Qué pasa Isabel? —pregunta el inspector Galván.

—El peluche. Mi hijo no se llevó ningún peluche la noche que desapareció.

Galván mira a Ortuño y después al teniente Alcázar. Redondo abre los ojos por la sorpresa y se gira hacia Isabel.

—¿Está segura, Isabel? —pregunta el coronel Ortuño.

—Se lo prometo. No pudo llevarlo con él al ir en el triciclo. No hay manera de que lo sujete y se agarre al mismo tiempo al manillar. Además, el candado de la puerta del patio no está. Alguien pudo entrar en casa.

—Me cago en la puta.

El coronel Ortuño se pasa la mano por la frente. Hace mucho calor y lleva el uniforme reglamentario.

—Vamos a ver. ¿Pudo ser que el niño le diera el peluche a su abuela o a su hermano y que con la conmoción no se acuerden? Tiene que haber una explicación.

—Nadie de nosotros recuerda ver el peluche fuera de la casa, coronel.

Galván mira a Ortuño, que está empezando a sudar cada vez más.

—Pero las chanclas, el triciclo, todo eso sí que lo llevaba tu hijo. Hemos preguntado a todos los testigos que había en el momento de la desaparición y recuerdan verlo con esa ropa —dice el teniente Alcázar—. Sé que es doloroso pero tu hijo tuvo que llegar hasta el torrente. Y allí se precipitó fatalmente al agua.

Galván se queda en silencio. Isabel lo mira.

—O eso es lo que quieren que creamos —responde el inspector Galván.

Alcázar suspira.

—No me jodas ahora, Galván —contesta Alcázar—. Acabamos de explicarle a toda España que esta misma tarde empiezan las labores de búsqueda del cuerpo del crío en la cala de los Cangrejos.

El coronel Ortuño tiene la mirada perdida. Este caso le está sobrepasando.

—Vamos a hacer lo siguiente —comienza el coronel—: de cara a los medios estaremos buscando el cuerpo de Biel en la cala. Pero tenemos que repasar todo de nuevo. Desde el principio —añade mirándolos—. Quiero todas las cámaras de cajeros, gasolineras, hoteles, y hasta las del puto aparcamiento del Media Markt si hace falta, de aquella noche. Lo quiero todo. Cada matrícula. Cada coche que lleve una sillita de bebé en la parte de atrás. Todo. ¿Estamos?

—Pero coronel, eso nos puede llevar días —responde Galván.

El inspector Alcázar coge el móvil. Seguramente esté mirando todo lo que la prensa publica de la rueda de prensa.

—Tú —dice el coronel mirando a Redondo, que observa la situación callado, al fondo de la sala—. ¿Tienes buena vista?

—Eh... sí. Veo muy bien.

—Alcázar, ¿me lo prestas unas horas? —pregunta el coronel.

—A mí me haces un favor —dice Alcázar saliendo del despacho.

El agente Redondo pone una sonrisa tímida al coronel. Siente que alguien le está dando una oportunidad. No puede defraudarle. El coronel Ortuño se levanta y se acerca a la ventana del despacho. Los periodistas están fuera comentando la rueda de prensa. El teniente Alcázar, a paso ligero, pasa por en medio de ellos, mientras habla con alguien por el móvil. El coronel Ortuño clava su mirada en él y en ese momento recibe un mensaje: el buque oceanográfico Reyes Galiano acaba de llegar al puerto de Calella. Todo el equipo se dirige hacia allí, están esperando a que las lanchas de la Guardia Civil les indiquen el lugar exacto de búsqueda. El buque tiene un robot submarino especializado en detectar restos humanos a más de cincuenta metros de profundidad marina. El coronel Ortuño quiso también contar con los GEAS porque su primera hipótesis es que el pequeño entró en la gruta y se precipitó al agua la Noche de San Juan. Mientras tanto tiene a Galván, Piqueras y Redondo buscando algún tipo de rastro que señale que el pequeño ha podido ser secuestrado por alguien. Buscan cualquier indicio que los pueda llevar a una pista. Se han dividido de tal manera que Piqueras se quedará revisando todas las cámaras de tráfico a las que tiene acceso la policía y, por otro lado, Galván y Redondo irán a preguntar a todos los locales de carretera, cajeros y gasolineras que hay en las dos direcciones de salida de Calella de Palafrugell.

Los rayos del atardecer están comenzando a asomarse por el horizonte de la Costa Brava cuando el inspector Galván detiene el coche en la gasolinera que está frente a los maizales. Es una estación de servicio de paso antigua y destartalada. Lo primero en lo que se fija son las esquinas: allí hay una cámara de seguridad.

—Ojalá funcione —dice Daniel Redondo.

—No tiene mucha pinta de que sea de verdad.

Entran juntos a la estación. Un hombre de unos setenta años, con unas gafas de culo de vaso, está detrás del arcón de congelación usado que hace las veces de mostrador.

—Buenas tardes —dice Galván nada más entrar—, le quería preguntar por la cámara de seguridad que tiene ahí fuera.

—El viejo se limita a mirar al inspector. No dice una palabra—. ¿Funciona?

El hombre, que tiene un palillo en la boca y está leyendo el periódico, cierra este.

—Vienen por el crío, ¿no?

Galván mira a Redondo. El hombre se levanta del taburete en el que está sentado tras el mostrador y se encamina al pasillo de los aseos.

—Vengan.

Al lado de los servicios hay una puerta; el viejo saca unas llaves que tiene atadas al cinturón con una cuerda y abre la cerradura. Los agentes se encuentran con una habitación oscura con multitud de cosas por en medio: sillas viejas, estanterías con muchísimo polvo, envases tirados por el suelo... y un ordenador antiguo en mitad del caos. A su lado, una gran disquetera.

—Las grabaciones se guardan encima unas de otras. Tenemos seis cedés. De lunes a sábado, que son los días que vengo. Han tenido suerte, porque en dos días se hubiera grabado encima de la grabación de ese día. Aquí la tienen.

El agente Redondo coge el cedé, bastante arañado por el uso, pero aun así funcional.

—Muchas gracias, caballero —dice el inspector Galván—, ha sido muy amable.

—Ahora les toca a ustedes serlo conmigo —contesta.

El inspector Galván y Daniel Redondo no saben muy bien a qué se refiere. El viejo mira a través de la cristalera a los depósitos de gasolina y el todoterreno de los Mossos que conduce el inspector. En ese momento, Galván lo entiende.

—Llénelo —le dice al viejo.

Este sonríe y sale a poner el combustible al coche.

—¿Cree que encontraremos algo? —pregunta el agente Redondo.

Galván vigila al viejo, que está ya con la manguera de la gasolina.

—Si alguien huyó por carretera tiene que estar grabado aquí. Pero no va a ser fácil.

—¿Dónde vamos ahora? —pregunta Daniel.

El inspector Galván mira una gorra que hay en una de las estanterías. Es la caja de ahorros del pueblo.

—Al primer lugar al que teníamos que haber ido.

*18.00 horas del día siguiente.*
*Cuarenta y dos horas sin ti.*

El banco de Calella de Palafrugell está en la esquina de la plaza. Dispone solamente de un pequeño cajero fuera, con lo cual puede ser que alguna cámara de seguridad estuviera grabando la noche que el pequeño Biel desapareció. Los dos agentes acceden al interior del banco. No hay casi nadie, ya que están a punto de cerrar. Las dos trabajadoras, ocupadas en recoger su mesa, se quedan mirando a los agentes. El director del banco, que se encuentra en su despacho, sale deprisa para atenderlos.

—¿Agentes? —pregunta—. ¿En qué puedo ayudarlos?

—Buenas tardes, disculpen las horas. Somos el inspector Galván, de los Mossos d'Esquadra, y el agente Redondo, de la Policía Local de Calella de Palafrugell. Ambos trabajamos en el caso de la desaparición de Biel Serra.

—Encantado. —El agente Redondo estrecha la mano al hombre—. Me llamo Gonzalo y soy el director del banco.

—Verá, Gonzalo. Estamos buscando alguna pista que nos facilite más información acerca de la desaparición del pequeño. Hemos ido a la gasolinera de las afueras, a algún pub de carretera en vano y queríamos saber si tienen las grabaciones de la cámara del cajero automático.

El director del banco mira a las dos compañeras que están en sus mesas cogiendo el bolso y apagando las luces.

—Me encantaría poder ayudarlos, pero la noche de la desaparición sufrimos una caída del suministro eléctrico. Toda la oficina se quedó sin conexión, el cajero no estuvo operativo en todo el día. Las cámaras de seguridad sí funcionaban, pero el circuito cerrado de almacenamiento donde se guardan las horas de grabación quedó desconectado.

—Joder —exclama el inspector—, ¿cree que alguien pudo entrar aquí a desconectarlo?

—Mire, agente. El banco tiene dos entradas. La principal —señala el director a la espalda de los agentes— por la que han entrado ustedes, en la que no hay señales de que fuese forzada. Y la del personal del banco, que está al fondo, junto a la máquina de fichar.

Redondo mira a Galván, aquello es muy extraño.

—¿Es posible que alguien más tenga llaves del banco? —pregunta el inspector.

—Yo soy quien abre cada mañana. Mis dos compañeras, Sandra y Julia, tienen una copia por si he de asistir a alguna reunión fuera el banco o me encuentro mal. Nadie más.

Todos se quedan en silencio. Las dos trabajadoras se despiden de su jefe, pasan su tarjeta identificativa por el lector y salen por detrás.

—¿Y el cajero? —pregunta Daniel Redondo—. ¿Cada cuánto tiempo se rellena de billetes?

—Cada lunes por la mañana. Sandra es quien se encarga de eso.

—Gracias por su colaboración, Gonzalo —dice el inspector estrechándole la mano.

Galván sale del banco y Redondo le sigue. Ambos se quedan parados en la plaza de Calella.

—Vaya casualidad que la noche de la desaparición haya un apagón de luz justo en la zona del banco, ¿no te parece? —le pregunta a Daniel.

—Sí que lo es. ¿Cree que está relacionado, inspector?

Galván no puede quitar la mirada de la cámara de seguridad que hay en la esquina del banco. Apunta directamente a los arcos por los que desapareció el pequeño.

—Solo sé que la única manera de saber si alguien se llevó al pequeño es esa grabación.

—¿Y qué hacemos? —pregunta Redondo.

—Necesito conseguir toda la información acerca de esas dos trabajadoras. ¿Te encargas tú? —pregunta el inspector.

Daniel se queda en silencio un momento, dudando.

—Pero... yo no tengo acceso a mucho desde el ordenador de la comisaría.

El inspector Galván camina hacia el centro de la plaza. Se gira sobre sí mismo, mirando hacia mil sitios a la vez.

—No hay ninguna cámara más.

Entonces Daniel ve algunos turistas merodeando por las calles tomando fotos con sus móviles. Y eso le da una idea.

—Pero lo que sí que había era fotógrafos.

—¿A qué te refieres? —pregunta Galván.

—La Noche de San Juan siempre atrae prensa, pero este año más todavía ya que el alcalde se ha paseado por todos los platós de televisión vendiendo el pueblo como un lugar ideal para el turismo de verano.

—Los periódicos.

—Exacto.

Daniel Redondo se gira ahora y ve el quiosco cerrado.

—El quiosco del padre de Biel. Los periódicos se entregan en ese cubo de chapa azul que hay junto a él, necesitamos que nos lo abra.

—Vamos pues.

*Alguien llega al lugar oscuro donde tienen guardado a este pequeño ángel. Se encuentra dormido, no puede hacer mucho* ya que está atrapado allí a oscuras. *El hombre malo ha vuelto,* enciende una vela que lleva en la mano. Es entonces cuando el pequeño abre los ojos y le ve la cara: le produce pánico. En él hay oscuridad, huele mal y sabe que no es bueno. Antes de que empiece a llorar, le dice algo: «Ha llegado la hora de acabar con esto». Las manos del hombre malo se acercan al pequeño, que se encuentra envuelto en esa manta fina con la que le tapó hace horas. El niño no entiende nada, quiere que venga la mujer que le da siempre muchos besos, caricias y abrazos. Pero no la ve por ningún lado. No la encuentra entre tanta oscuridad. El hombre malo lo alza con una mano, se lo coloca en el brazo, mientras con la otra sujeta la vela. Hace frío entre aquellas paredes estrechas. Poco a poco la luz comienza a bañar ese sitio tan tétrico. El hombre malo llega hasta su furgoneta antigua blanca y mete al pequeño en la parte de atrás. Lo cubre con una fina sábana y le pone un chupete. No puede llorar. Cierra las puertas deprisa, no tiene mucho tiempo. El hombre malo arranca y ya sabe adónde tiene que dirigirse. A aquel lugar tan cerca del mar.

El buque oceanográfico Reyes Galiano entra en la zona de búsqueda justo cuando el sol comienza a ponerse y el reflejo del mar se vuelve naranja. Están preparados para comenzar. El coronel Ortuño acompaña a los GEAS en el buque para cualquier imprevisto que pueda surgir.

—¿Preparados? —pregunta la comandante de los GEAS a través de un micrófono con el que mantiene el contacto con sus buzos más expertos, que están a punto de hacer la inmersión.

—Preparados, comandante —responde uno.

La idea es realizar primero una comprobación ocular de la zona que hay justo debajo de la gruta: buscarán restos del pequeño entre las rocas. Después, si no dan con nada, enviarán al ya conocido Liropus 2000, el robot submarino no tripulado experto de los GEAS, que puede buscar hasta los dos mil metros de profundidad. En el equipo lo llaman Wall-e porque se parece al dibujo animado de Disney.

—¡Inmersión! —suena a través de los altavoces del buque.

El azul del fondo del agua empieza a teñir los monitores del puesto de mando. Los buzos llevan una cámara con conexión remota al buque. Así podrán observar en él lo que ellos ven en el mar de forma simultánea. La familia está avisada para que no salgan de casa por si hay alguna novedad. La imagen es increíble; las rocas forman una arquitectura submarina digna de admirar. Los peces salen de todos lados, desde pequeños agujeros que hay en las paredes rocosas hasta de los corales y algas que se empiezan a apreciar.

—Descended hasta la pared de rocas que tenéis a vuestra izquierda —dice el general al mando de la unidad de los GEAS, que observa junto a su equipo las imágenes que llegaban de los buzos.

Los buzos siguen las órdenes y comienzan a descender. Poco a poco se van acercando a la pared de rocas que hay a la derecha. Es la misma pared que llega a la superficie donde está la gruta. Los buzos llevan un pequeño foco en el hombro que les ayuda a ver un poco mejor. No quisieron posponer la búsqueda hasta el día siguiente para poder ganar tiempo y así dar resultados lo antes posible. No querían dar pie a que se piense que hay horas muertas sin que nadie trabaje en la búsqueda. Y allí están, sumergiéndose en el corazón del mar para intentar devolverle a la familia alguien a quien llorar.

Los buzos llegan a la pared señalada y comienzan a entrar en las cuevas abiertas en la roca. Algunas son profundas y otras no tanto. Los tres buzos especializados en búsquedas submarinas saben perfectamente dónde tienen que mirar y hasta dónde pueden acercarse. Allí no hay nada. El gesto de uno de los buzos con sus brazos informa de que está limpio. Desde el puesto de mando del Reyes Galiano nadie pronuncia una palabra. Todos guardan un silencio sepulcral. La gente mira el reloj, los periodistas esperan a pie del puerto para entrar en directo en los informativos que darán comienzo en unos minutos. Todos los focos comienzan a encenderse. Es la hora.

El inspector Galván y el agente Daniel Redondo llegan a casa de la familia Serra para pedirle a Josep que les abra el buzón de prensa del quiosco. Quieren saber si las fotografías que se publicaron al día siguiente de la desaparición en los periódicos local y regional pueden darles alguna pista acerca de quién pudo llevarse al pequeño Biel, reporteros que estuvieran en los alrededores de los arcos, aunque en el fondo, el inspector Galván cree que están persiguiendo una sombra, un fantasma que no existe, y que el pequeño se ahogó en el mar. Pero lo único que quiere es poder dormir cuando vuelva con su mujer y sus dos hijas, no llevarse a casa la duda de si en realidad alguien estaba detrás de esto. Necesita creer que no hay más vías, que las ha revisado todas, que la única posible es aquella en la que trabajan en ese momento los GEAS y el buque, aunque sea esa a la que nadie habría querido enfrentarse. Por eso necesita comprobar hasta el último susurro que le haga dudar de la verdad de la desaparición y muerte del pequeño Biel. Y allí está, escuchando aquel susurro e intentando que no se haga más fuerte.

Tocan al timbre de la casa y esperan que alguien salga a abrir. Mientras tanto, el agente Redondo mira su móvil. Nada. Ni una llamada de su superior, el teniente Alcázar. El inspector Galván aprovecha para preguntarle por él y le responde que la última vez que lo llamó le dijo que se había pedido el día libre para celebrar el cumpleaños de su mujer en su casa del campo, sin que la desaparición lo molestara. Galván piensa en lo gilipollas que es aquel viejo policía.

Los buzos siguen revisando cada parte de la zona que hay bajo la gruta. El fondo tiene grandes rocas, la visibilidad comienza a ser escasa. El coronel Ortuño lo sabe y la comandante de los GEAS mira la hora: rondan las nueve de la noche, tiene que suspender hasta mañana, la visibilidad empieza a ser casi nula. La sintonía de los informativos comienza a sonar en todos los hogares de España cuando la comandante está a punto de informar de que abandonan hasta la mañana siguiente. Coge el intercomunicador que la conecta con los buzos para ordenarles que vuelvan a la superficie cuando, de repente, las manos del primer buzo señalan hacia el lateral de una roca.

—¡Ahí hay algo! —exclama la comandante de los GEAS.

Los buzos avanzan velozmente hacia una cosa que brilla a la luz de las linternas. La comandante y el coronel Ortuño se acercan a los monitores y ni parpadean. Los agentes que los acompañan en el buque notan cómo sus corazones se aceleran. El primer buzo se acerca a la roca y entonces todos los allí presentes lo ven en los monitores.


Es Carmen, la abuela del pequeño Biel, quien abre la puerta de la casa.

—Buscamos a Josep —dice el inspector Galván.

—Pasen, estamos en el salón.

Entran a la casa, aquel lugar que alberga tanta tristeza, bien lo sabe el inspector. Ha visto cómo ese hogar dejaba de ser tal con el paso de los días: las persianas apenas dejan que entre algo de luz, las caras de la familia acumulan lágrimas y se les hinchan las ojeras por no poder dormir. Llegan al salón, Josep está sentado al lado de su mujer, agarrándole la mano mientras ven la conexión en directo del informativo para saber si hay alguna noticia de la búsqueda del pequeño en el fondo del mar.

—Josep —dice Galván.

Ambos miraron al inspector y se levantaron enseguida.

—Inspector... —dice Josep— ¿Qué ocurre? —preguntan al unísono.

—Necesitaríamos que nos abriera el buzón de la prensa que le llega cada día al quiosco.

La pareja se mira y Josep piensa dónde tiene las llaves del quiosco.

—Voy arriba a por las llaves y vamos.

—Gracias, Josep —dice el inspector Galván y se vuelve hacia la madre—. ¿Qué tal, Isabel?

—Nerviosos.

—Algunos estamos intentando encontrar más pistas por si hubiese algún posible sospechoso.

—Gracias.

—¿Y Ferran? —pregunta el agente Redondo.

Isabel mira el reloj.

—Acaba de ir a recoger a su pareja a la estación de autobuses. —Isabel está seria, como si hubiera perdido la esperanza.

Galván la había escuchado y decidió encargarse de la búsqueda paralela de pistas o rastros que corroboraran lo que cree la madre: que alguien se pudo llevar al pequeño. Pero ahora la ve sin energía para seguir manteniéndose en pie. El inspector se queda tocado y espera en silencio a que baje Josep, lo que hace a los pocos minutos.

—¿Nos vamos?

Cuando se dirigen a la puerta la reportera que entra en directo desde el puerto de Calella informa sobre la búsqueda del pequeño Biel en el fondo del mar. La chica dice que de momento no han vuelto al puerto, pero que es cuestión de minutos que la búsqueda se suspenda. En ese momento la cámara apunta directamente al buque, en el que se acaba de encender una luz roja.

—Un momento, compañeros, parece que ha pasado algo. —Josep, Galván y Redondo, que estaban a pocos pasos de abrir la puerta, se detienen en seco y miran hacia el televisor—. Ahora mismo el buque acaba de encender una luz roja bastante intensa. Parece como si... efectivamente: la lancha que hay en el lateral se prepara para descender. Han encontrado algo, estoy segura.

Isabel, que está de pie, dirige su mirada hacia su marido. Carmen y Antonio se levantan deprisa. El agente Redondo tiene que hablarle al inspector para que vuelva a la realidad. Aquello está ocurriendo de verdad.

—Inspector. Inspector. —Galván vuelve en sí.

—Esperen aquí, por favor. No se muevan —le pide a la familia.

—No, Galván. No nos haga esto —dice Isabel—. Llévenos a ese barco, por favor. Necesitamos que esto acabe ya, no podemos más. —Todos se quedan en silencio—. ¿Es que no nos ve? Somos zombis. No dormimos, no comemos, pasan las horas y seguimos aquí encerrados. —Los abuelos se acercan a Isabel para arroparla y ella rompe a llorar—. Solo quiero abrazar a mi hijo. Una última vez —dice destrozada.

Galván se queda en silencio y saca las llaves del coche.

—Vamos. Yo los llevo.


El todoterreno de los Mossos en el que van enciende las sirenas. Daniel Redondo saca su móvil para escribir un mensaje al teniente Alcázar y que acuda al pueblo lo antes posible, pero los mensajes no le llegaban. En el coche Isabel llama a su hijo para informarle de lo que está pasando, pero recuerda que ha apagado el móvil y se lo ha dejado en casa antes de irse. Ella misma se lo ha recomendado ya que su hijo solo quiere estar tranquilo con Marc, dar un paseo y respirar la brisa del mar. Josep informa a su familia, que se encuentra lejos del pueblo, a través del grupo de WhatsApp. El todoterreno va a toda velocidad y coge un desvío para llegar al puerto evitando a la prensa. El inspector Galván ha pedido que una lancha de la UCO esté esperándolos a la entrada del muelle. La prensa nota que hay muchísimo movimiento: algo está ocurriendo. El coche aparece por una esquina del puerto, los zooms de las cámaras enfocan al todoterreno, del que bajan deprisa Isabel y Josep tras el inspector Galván y el agente Redondo. La pequeña lancha de la UCO los está esperando. Todos los periodistas graban cómo suben a la embarcación y salen disparados hacia el buque oceanográfico situado en la cala de los Cangrejos, a menos de cinco minutos del muelle.

Los reporteros, ahora sí, lo tienen claro: algo muy importante ha pasado. Los presentadores de los informativos no saben muy bien qué decir, esto les ha roto la escaleta y no pueden quitar ojo de la imagen del monitor que está frente a ellos. En directo desde Calella, los periodistas informan de que, aunque la zona de búsqueda es profunda, la dificultad mayor está en las grandes rocas que hay bajo la gruta. Rocas en las que el pequeño podría haberse agarrado. Todas las teorías son posibles, nadie quiere escuchar la posibilidad de encontrar al pequeño sin vida. España entera ha compartido imágenes del pequeño por todas las redes sociales con un mensaje de esperanza: TE ESPERAMOS es lo que más se repite en los carteles, pero hay uno en concreto que rompió el corazón de Ferran y que hizo que quisiera no mirar más el móvil en estos días. En una red social habían compartido una foto del triciclo. Se hizo viral en muy poco tiempo y se llenó de comentarios. En ella se veía el juguete como nuevo, el mismo modelo que le había regalado nada más llegar a Calella, y aquello le dejó destrozado.

La lancha desaparece en la oscuridad, la velocidad a la que navegan hace que Isabel se tenga que agarrar fuerte a su marido. Las olas pegan grandes golpes a la embarcación cada vez que superan una. Les queda muy poco para llegar al buque, del que ya asoma la popa. El coronel Ortuño ha salido a la cubierta principal del barco para ver llegar la lancha de la Guardia Civil que lleva a los padres hasta el buque. El coronel avista pronto las luces de la lancha y señala al lugar por el que tienen que subir: una escalera en la proa que los llevará a la cubierta primera del buque; allí los esperan Ortuño y la comandante de los GEAS. Todos están muy nerviosos por la llegada de los padres al buque y los informativos no contribuyen precisamente a que baje la tensión, pues momentos después de la llegada, las redacciones de los informativos reciben una fotografía que no tardan en hacer pública. Un contacto de la Guardia Civil se la ha filtrado a los medios: es lo que los buzos han hallado en el fondo del mar.

Los padres ya están en el barco con el coronel Ortuño y la comandante de la unidad de los GEAS, llorando porque se temen lo peor. Nadie abre la boca. Tienen que ser ellos quienes confirmen el hallazgo para cerrar el caso de una vez. Los cuerpos de seguridad que investigan la causa están bajo una presión que pocas veces han vivido, los responsables de cada unidad se juegan su continuidad al frente.

—Lo siento mucho —dice Ortuño mirando a los ojos a los padres del pequeño—, lo siento de corazón.

En ese momento los padres corren los pocos metros que los separaban de la proa del barco. Los agentes que allí se encuentran han tendido un plástico transparente en el suelo del barco y todos miran lo que allí hay. Isabel y Josep giran la esquina izquierda del barco y ven algo que les rompe el corazón por completo. En el fondo de su alma había algo de esperanza por encontrar a su hijo con vida, pero en ese momento se desvanece como una pompa de jabón que explota contra el suelo. Ese es el mayor golpe que han recibido. Josep se echa a llorar y se va hacia un mamparo, y mientras repite «No, no, no», se da con la cabeza contra el muro azul del barco. Isabel se acerca poco a poco al plástico. Se arrodilla y le da igual lo que le puedan decir los agentes. La camiseta amarilla y los pantalones azules que llevaba el pequeño Biel el día de la desaparición se encuentran en el plástico en medio del barco. Agarra la pequeña camiseta amarilla y se la lleva a los labios.

—Mi niño.

Rompe a llorar y cierra las manos con la camiseta dentro. Es entonces cuando el coronel Ortuño y la comandante se acercan a ella.

—Hemos intentado encontrar su cuerpo pero no está, Isabel. Se lo ha tenido que llevar la corriente hacia otro lugar, pero vamos a dar con él. Se lo prometo.

Josep se acerca a su mujer e intenta levantarla en vano. Josep se arrodilla con ella y solo le puede dar besos en la cabeza. El inspector Galván y Daniel Redondo observan la escena desde el lateral del barco y a Daniel se le cae una lágrima. Aquel es el final de la historia. El niño se ha ahogado en el mar sin que nadie pudiese hacer nada para salvarlo. Su camiseta amarilla y su pantalón azul marino se habían quedado sepultados bajo una piedra. Una tragedia infinita.

Eso fue lo que minutos después declaró el coronel Ortuño a los medios de comunicación que se encontraban en el muelle del pueblo Ni una mínima posibilidad existía ahora de encontrarlo con vida. El país entero quedó conmocionado viendo las noticias en los salones de cada casa. Los ancianos fueron a abrazar a sus pequeños nietos, a terminar de darles ellos el yogur del postre. Muchos padres y madres despertaron a sus hijos, que ya dormían, para contarles un cuento más. Muchos hermanos y hermanas se pusieron a ver una película juntos para sumar memorias a ese álbum que está en el corazón.

Para la familia ya no hay más momentos felices con su pequeño. Ya no quedan cuentos que contar y leer, películas, ni tampoco potitos que darle a su ángel. Ahora ya solo les quedan los recuerdos que les regaló durante sus casi dos años de vida. Sus primeras risas, su primera Navidad, aquel primer verano en el pueblo. Como si de una película se tratase, Isabel mira hacia arriba y contempla de nuevo el cielo, pero a causa de la luz del barco no se pueden ver las estrellas. Se levanta y mira hacia todos los que allí se encuentran mirándolos a su marido y a ella.

—Por favor, apaguen las luces del barco.

El equipo de búsqueda de los GEAS y los guardias civiles se miran entre ellos. El inspector Galván entiende entonces lo que quiere decir aquello. Recuerda el momento en el que antes de subirse al coche en la gruta, Isabel miró al cielo. Ahora necesita despedirse y con las luces del barco no puede ver el cielo estrellado.

—¿No la habéis oído? —exclama Galván desde la esquina—. ¡Fuera luces, ya!

Los agentes corren hacia el puesto de mando sin saber muy bien qué pretenden al apagar todas las luces del barco, pero se ponen manos a la obra. La comandante de los buzos y un agente de la UCO se encargan de narrar las zonas donde va cayendo la luz a medida que bajan los plomos.

—Amura de estribor —comienza ella.

—Fuera —contesta él.

—Línea de crujía.

El agente busca el interruptor de esa parte del barco.

—Fuera.

—Pasarela derecha.

—Fuera.

El barco se desvanece en la oscuridad de la noche. Los periodistas contemplan atónitos lo que está ocurriendo. Nadie entiende aquello, pero tampoco hace falta, solo necesitan que lo entienda una persona. Biel.

—Aleta de estribor.

—Fuera, comandante.

—Popa.

El agente sigue bajando interruptores.

—Fuera.

El barco está casi a oscuras, solo queda la parte superior izquierda y sería la oscuridad total.

—Aleta de babor.

—Fuera.

—Pasarela izquierda.

La pasarela en la que se encuentran algunos agentes se sume en la oscuridad.

—Fuera.

Los que se encuentran en el puesto de mando se miran entonces. Solo queda una, la más importante, donde están los padres del pequeño. En ese momento la comandante alza la voz por fuera de la ventana para que todos la oigan.

—¡Proa! —exclama.

El agente de la UCO mira ese último interruptor y lo baja con toda la fuerza del mundo, mirando al cielo.

—Fuera.

La oscuridad total reina en el barco. Es entonces cuando Isabel mira al cielo y todas las estrellas empiezan a brillar con más fuerza que nunca. Ahí está su deseo, que la dejen despedirse de su hijo por si aquel barco no pudiese encontrar su cuerpo. Agarra la ropa entonces con más fuerza que nunca, las lágrimas le caen a ambos lados de la cara, pero ahora siente que todo lo malo ha pasado. Que no está en ningún sitio más que en el corazón de su madre, no quiere asumir que nadie se lo haya llevado para hacerle nada malo, sino que simplemente quiso ser curioso y voló. Voló hasta el fondo del mar para después subir a lo más alto del cielo. Ahora todo duele un poco menos, aunque aquel dolor sea el mayor que padecerá nunca. Y lo sabe de sobra. Pero aquel momento es para despedirse. Poco a poco se levanta con ayuda de su marido y se acerca a la parte central del barco. Allí, sola, mira a la estrella que más brilla. Ahí está su pequeño, susurrándole. Y entonces, Isabel cierra los ojos y pronuncia las palabras más sinceras que alguien pudo decir jamás.

—Nunca dejaré de buscarte.

Y lanza un beso. Cuando abre los ojos escucha una voz en el interior de su corazón. Un pequeño susurro con la voz de su hijo. Un susurro del ángel que ahora tiene en ese cielo estrellado. Y entonces sonríe. Sonríe por última vez bajo aquellas estrellas sabiendo que, a partir de ahora, lo buscará en sus recuerdos pero no en la vida. Que lo besará en las fotos pero nunca más lo hará en la realidad. Que le contará un cuento pero ya no mirando cómo se duerme, sino escrutando el cielo y buscándolo en las estrellas. Y entonces, en aquel momento, entiende que no sabe si podrá superar el dolor. No sabe si podrá seguir adelante sin él. Sin su pequeño.

SEGUNDA PARTE

# EL AHORA

# 1

*Tres años después.*

Un sonido me despierta. Me muevo lentamente porque me duele mucho la espalda. Observo dónde estoy y reconozco mi cocina, al fondo. Estoy en el sofá de mi apartamento, pero no recuerdo muy bien cómo he acabado aquí. Me incorporo y veo que la televisión sigue encendida. Recuerdo entonces que mi compañero Silas anoche me recomendó esa película malísima. Una de las cosas en que no pensé cuando alquilé este apartamento fue en el ruido. Vivir en una de las calles más céntricas de Madrid tiene muchas ventajas, pero también cientos de inconvenientes. Aun así, me encanta este lugar. Es muy acogedor, la mesa de madera que gobierna el centro del salón sostiene un jarrón de porcelana blanco con un ramo de flores silvestres que compro cada lunes en la plaza de Tirso de Molina. Por todas partes hay pilas de libros que ya he leído pero a los que me encanta volver de vez en cuando. La luz que entra por los ventanales del salón roza las tablas de madera del suelo y, en verano, sacarme una cerveza a la mesa del balcón y leer alguna novela es de los planes que más calma me producen. Me mudé hace casi un año, cuando rompí con mi marido. En este lugar lloré todo lo que pude y aquí también fue donde me quedé durante tantas y tantas noches observando las vigas vistas del techo. Agarro la cafetera y enciendo el fuego para que comience a hervir el agua. El calendario de Roma que tengo pegado a la nevera con un imán indica que hoy es 21 de junio. Debajo del número aparece algo resaltado: «Visita a Dr. Germán». A las diez de la mañana. Miro el reloj y aún me da tiempo para ducharme tranquilamente. Me tomo el café en el balcón, es pequeño, pero con las luces, la mesita y la silla que le he puesto, ahora es allí donde más tiempo paso. Leyendo, observando a la gente que desfila sin parar por la calle Preciados, o a la que hace cola en la administración de Doña Manolita. También observo la boca del metro de Sol y recuerdo cuando yo era una de esas personas que entraban allí, tras una noche de juerga, con el sol a punto de salir.

Para la gente en general, soy Eva, la amable administrativa que trabaja en la Biblioteca Nacional de Madrid ordenando las nuevas adquisiciones de libros, organizando charlas culturales en los centros que tengo a mi cargo y revisando el catálogo de novedades editoriales para hacer pedidos. Pero para mí y mi familia soy la inspectora Eva Ayala, investigadora de la UNI, siglas que corresponden a la Unidad Nacional de Inteligencia, una división interna de la Policía Nacional. Esta unidad es estrictamente secreta y confidencial, el equipo del cual formo parte y del que estoy al cargo somos las seis cabezas más brillantes del Cuerpo Nacional de Policía. Seis personas desconocidas que asumimos dejar atrás nuestra vida, nuestras amistades, nuestras ciudades y todo lo que nos rodeaba para resolver los casos más difíciles a los que se ha enfrentado este país.

Hemos resuelto crímenes que llevaban décadas sin encontrar una explicación. Desapariciones en las que nadie revisó bien los detalles de la investigación. Abusos sexuales infantiles que las propias víctimas tenían enterrados en el cajón más oscuro de su alma. Nos reclutaron a nivel nacional, entre las ciento veinticinco comisarías que hay en todo el país. Necesitaban a los mejores. Los comisarios apostaron por sus agentes más brillantes y dieron sus datos.

Un día, en la comisaría de Alicante donde yo estaba destinada, aparecieron dos señores junto con el comisario. Me pidieron por favor que fuera a una sala. Y allí me expusieron un caso como ejemplo: Un día de verano el hijo de una familia adinerada va de camino a casa de sus padres, una mansión con hectáreas de bosque a su alrededor. Han quedado para celebrar el embarazo de la hermana y preparar una gran fiesta. La madre mira el reloj y se da cuenta de que su hijo se retrasa. Decide llamarlo pero nadie contesta y da la voz de alarma. Cuando los investigadores llegan a la casa familiar, encuentran el coche cerrado y al chico en el interior, desangrado. Rompen los cristales y se dan cuenta de que el joven tiene dos orificios de bala y el arma en el asiento del copiloto. La familia está rota por la pena y entierran al hijo la misma semana en la que tenían que celebrar el embarazo de la hermana. Nadie entiende el porqué del suicidio. Nadie pudo dispararle desde fuera, ya que el coche estaba cerrado en el momento del asesinato y las ventanillas subidas. ¿Por qué se suicidó?

La pregunta iba, claro está, para mí. Comprendí aquel rompecabezas. En mi cerebro fui separando las pistas que tenía. Revisé rápidamente los informes. Cerré los ojos y al cabo de unos segundos rompí el silencio: «No se suicidó, le dispararon a bocajarro». Los tres clavaron en mí sus miradas. «Explícate», decían. Y entonces expuse mi teoría: El hijo sale de su casa en su cochazo hacia la gran mansión de sus padres. Va bien vestido y desea celebrar la gran noticia de que su hermana espera un hijo. ¿Por qué iba a suicidarse a la puerta de la casa familiar? En el noventa por ciento de los suicidios se esconden cartas de despedida o se llama una última vez a la persona que más se quiere para decirle adiós. En este caso no hay ninguna nota ni en los informes aparece ninguna llamada en las horas previas a la muerte del chico. Mi comisario tenía la mano en la barbilla, gesto que utilizaba para reflexionar sobre lo que le contaban, y los otros dos hombres seguían mi explicación al detalle. «¿Y cómo lo dispararon según usted?», me preguntó uno de ellos. «La solución siempre está entre las palabras, y sobre todo entre las primeras —respondí—. Ustedes han empezado diciéndome: "Un día de verano..." y ahí es donde tienen la solución al misterio. Lo dispararon a bocajarro desde fuera y no rompieron los cristales porque no los había». Los dos hombres me clavaron aún más la mirada y yo les devolví una sonrisa antes de continuar: «Iba en un descapotable. De ahí que las puertas siguiesen cerradas y los cristales subidos. La parte de atrás estaba abierta y solamente tuvieron que activar de nuevo el mecanismo para tapar el coche y dejar el arma dentro». Los dos señores se miraron y estrecharon la mano al comisario. Me quedé en silencio, pues no entendía lo que estaba pasando. Supuse que quizá podría tener una paga extra o algún ascenso en la comisaria, pero no. Mi comisario me confesó que le habían formulado el problema a más de cien mil agentes en todo el país y que tan solo seis lo habían resuelto, entre ellos, yo. Después de aquel misterio hubo muchos más. Análisis de coeficientes, cientos de horas haciendo cálculo mental y, cuando estaba a punto de dejarlo y tirar la toalla, ocurrió. Me ofrecieron la opción de unirme a la Unidad de Inteligencia.

Son las nueve y media de la mañana. La luz de la habitación acaricia mis sábanas, he dejado doblada toda la ropa sobre la cama para ir guardándola: estoy haciendo las maletas, voy a Alicante a ver a mis padres. Llevo sin hacerlo varias semanas y ya tengo el runrún en la cabeza. Ver como mis padres envejecen es algo que no llevo demasiado bien. Desde que perdimos a mis abuelos, hace casi cinco años, todo cambió. Es ahí cuando comprendes que las personas estamos aquí por un tiempo limitado y que por más que le dediques a la gente que amas, nunca será del todo suficiente. Ese vacío siempre se queda, como cuando voy ahora a la casa de mis abuelos y paseo por ese hogar que perdió su esencia, esa casa vacía, que ahora no sabes si vender porque nunca es fácil deshacerte de tus orígenes. Aquella silla de plástico en el patio, donde mi abuelo cascaba nueces. O ese tocador de mi abuela, que aún exhibe el collar de perlas que usaba en las mejores ocasiones. Por eso voy a ver a mis padres, quiero aprovechar al máximo el tiempo que nos quede para compartir. Pero mientras hago la maleta entiendo por qué no he ido a verlos últimamente. Ha pasado un año desde la separación, pero para mí ha sido un infierno. Un año lento que no acababa nunca. Lágrimas y más lágrimas derramadas en las sábanas blancas que compramos los dos. En seis años de relación hay espacio para todo. Son tantos los detalles que te hacen no poder dar el primer paso hacia el supuesto olvido... Aquella canción, que suena ahora en la radio y que te transporta al concierto que vimos juntos. Alguna de sus sudaderas, que después de unos meses, puse en bolsas y subí al altillo del armario. Los viajes juntos, las cenas tranquilas en casa o paseando por el puerto de la ciudad. La llegada de Luna, nuestra hija. El decidir mudarnos a Madrid cuando me comunicaron mi ascenso a la unidad. Ha sido casi un año en el que he estado apagada, alejada de lo que me gusta, de mi trabajo, de mis amigos, un año en el que mi luz se ha apagado y en un lugar en el que me he ido haciendo más pequeña. Creo que todo lo podría haber superado. Pero lo que más me dolió fue su pérdida. Y con ella, yo también me fui.

Alquilé un apartamento diminuto en Madrid, ese era el primer paso para olvidarlo, salir de nuestro hogar para hacer el mío propio, en solitario. Pero tampoco fue fácil elegir los platos, los vasos, el color de las sábanas, el no necesitar ya dos toallas, el no pensar en plural. Por suerte estaba ella. Nuestra hija es lo mejor que me ha pasado en la vida, pero también lo que me une con él. Ese lazo inquebrantable que por más tiempo que pase siempre estará ahí. Desgastado, casi roto, pero aguantando la tormenta. Héctor y yo nos separamos la víspera de la Noche de San Juan del año pasado. Mi trabajo requería muchas horas de dedicación, y cuando llegaba a casa él quizá ya dormía. Con el tiempo las discusiones eran más habituales y por insignificancias. Un gesto, una mala respuesta, incluso una luz encendida. Cualquier cosa hacía que nos enzarzáramos y durmiésemos dándonos la espalda. No éramos conscientes de que aquello era el principio del final, esa bola que crece... hasta que explota. Ninguno queríamos que aquello terminase, pero simplemente nos dejamos ir. Hoy por hoy no lo he superado. Y lo admito, porque es una de las cosas que hablo a menudo con mi psicólogo, el doctor Germán. Al principio pasaba horas mirando sus fotografías en Facebook, entrando a menudo en su chat de WhatsApp. Escuchaba sus audios, lo veía en línea, y pensaba que quizá él también haría lo mismo. Ponía nuestras canciones, las de la *playlist* que creamos juntos para los viajes en coche. Era horrible. Además Luna seguía creciendo y el régimen de visitas era infernal; por mi trabajo no podía estar todo lo que quería con ella. Y decidimos que viviría con él entre semana, pues Héctor podía dedicarle más horas, llevarla al colegio, recogerla y hasta hacer los deberes con ella; además acababa de alquilar una casa nueva en las afueras de Madrid. Yo me encargaría de Luna los fines de semana. NO dejé de trabajar hasta que mis compañeros notaron que no estaba bien: mi rendimiento no era bueno, me estancaba en casos que antes solucionaba en un solo día. Entonces mi superior, el director de la unidad de la que formaba parte, me comunicó que tenía que marcharme. El equipo me necesitaba, necesitaban a la investigadora que durante todos esos años había ayudado a resolver muchos casos. Esa Eva que conseguía encontrar la aguja en el pajar. La que veía el hilo del que tirar para completar los rompecabezas más difíciles a los que la Policía Nacional se había enfrentado jamás. Pero esa Eva ya no estaba. Sus capacidades se habían sesgado y ahora era una persona débil y vulnerable, una mujer responsable de las personas más brillantes del cuerpo policial, pero incapaz de sacarse a flote a ella misma.

Me miraba en el espejo y sabía que así no podía seguir o acabaría consumiéndome. Por ello me ofrecieron coger una baja voluntaria durante un año. Una vez pasado, se valorarían de nuevo mis capacidades. En el caso de no haberme recuperado, buscarían un lugar para mí en una comisaría de Madrid.

Faltan apenas dos semanas para que se cumpla el plazo de ese año.

# 2

Antes de salir para Alicante he decidido ir a ver a Maca, mi mejor amiga. Vive en uno de los callejones que atraviesan la conocida plaza de Tirso de Molina, en el centro de Madrid. Llamarla plaza quizá es demasiado generoso, ya que el espacio es en realidad angosto y está lleno de parterres de cemento y muretes fríos que separan la calzada de terrazas llenas de mesas y sillas, y de quioscos florales. Las floristerías son en realidad el alma de la plaza. Las floristerías y los cantantes o grupos de baile que se turnan los pocos espacios abiertos de la plaza para actuar y, acabada la función, pasar, gorra en mano, por las terrazas a rebosar de gente tomando vermús, cervezas y aperitivos. Mientras espero a que me abra la puerta, entro en Facebook. Hace tiempo que no uso la aplicación por recomendación del doctor Germán. El logo aparece y se carga la pantalla de inicio. Lo primero que me encuentro es a Héctor, mi ex: ha actualizado su estado. Me pongo nerviosa, me salgo al segundo de la aplicación y, antes de que me dé cuenta, vuelve esa sensación que tanto odio. Noto el vacío en el interior de mi cuerpo, como si me dejara caer hacia atrás y no hubiese nadie esperando para cogerme. Cojo aire, mucho, muchísimo. Y lo dejo salir poco a poco para encontrar el silencio y la calma. Me traslado a aquel atardecer en la playa de Alicante en el que el cielo estaba lleno de tonos azules y naranjas. Y entonces abro los ojos.

—¿Quién es? —preguntó la voz al otro lado del interfono—. ¿Hola? —insistió.

Entonces reaccioné.

—Maca, soy yo, Eva.

—Ah, vale. ¡Te abro!

Maca y yo nos conocemos desde el instituto. Su hermano fue mi primer novio. Guille. Rubio, ojos claritos, de los chicos más guapos con los que he estado. Nos íbamos en su moto muchas noches por Alicante, me recogía en casa y a mi padre, que no le gustaba nada la moto, le prometía que iría con mucho cuidado. Con él me sentía libre. Nos reíamos muchísimo juntos, nos besábamos siempre que podíamos. Éramos unos chiquillos. Cuando la relación terminó, Maca fue mi gran apoyo. Y ahora, muchos años después, también lo está siendo. Salgo del ascensor y allí está ella, esperándome pletórica.

—¡Tíaaa! —me grita mientras sale a abrazarme.

—Hola, amor.

—Ya pensaba que no venías.

—¿Por?

—Porque como dijimos de desayunar juntas hace unos días, pensaba que igual se te habría pasado. ¿Cómo estás? —Le sonrío.

—Bien. La verdad. Tengo ganas de ver a mis padres, me ha dicho mi hermano que podemos ir a ver las hogueras de San Juan a la playa esta noche.

—¡Dios, es verdad! Son esta noche.

—Sí...

—¿Te acuerdas de aquel año que nos escapamos de casa para irnos con estos con las motos?

Me río recordando aquella anécdota de cuando no teníamos ni quince años.

—Los mejores momentos los he vivido contigo.

Maca se gira hacia el frigorífico y empieza a buscar algo entre los miles de imanes que tiene de todos los destinos que ha visitado por su trabajo. Es azafata y siempre me trae algo de los países a los que va.

—¡Mírala! —exclama—. Sabía que la tenía por aquí.

Quita un imán de Playa del Carmen, en Cancún, y me acerca una foto. Salimos las dos sonriendo, con unos flequillos imposibles y con la pandilla con la que nos juntábamos rodeándonos. Estábamos preparando la hoguera de San Juan que minutos después saltaríamos.

—Qué recuerdos...

—Y tanto, tía. Los años pasan —dice devolviendo la foto al lugar donde se encontraba—. Oye, Eva... de lo tuyo, ¿has decidido algo? —pregunta curiosa. Sé perfectamente a lo que se refiere.

—¿De volver a la unidad? —pregunto. Maca asiente mientras prepara café y unas tortitas—. Sinceramente, no he decidido nada. Tengo dos semanas para dar una respuesta; después tienen que valorar que siga estando capacitada para el cargo, si no me mandarían de nuevo a una comisaría. Que tampoco lo veo mal plan, muchas menos horas de trabajo, más tranquila y con más tiempo libre.

Maca no dice nada, solo da la vuelta a las tortitas.

—No, claro, si es lo que piensas...

Noto su tono de voz.

—¿Qué pasa?

Maca deja la paleta de madera con la que está removiendo las tortitas sobre la encimera.

—Pues que tú eres brillante, Eva. Brillante. Siempre lo has sido. Estamos de acuerdo en que después de todo lo que ha pasado es normal que no estés al cien por cien. Vamos, nadie podría estar al cien por cien, pero no puedo oírte decir que te conformarías con volver a una comisaría de barrio. No de ti al menos.

—¿Por qué no?

Maca se cruza de brazos.

—Vamos a ver una cosa. Cuando yo estaba currando en el Burger de Atocha, ¿te acuerdas?, no hace mucho tampoco. ¿Qué me dijiste un día que fui llorando a tu casa porque no aguantaba más, ni el horario ni a mi jefe ni a la gente tan borde?

—Maca...

—No. Es verdad, Eva. Me secaste las lágrimas y ¿qué me dijiste? ¿Que me aguantase y me quedara en el Burger? ¿Me dijiste eso?

—No —respondo yo recordando perfectamente la escena.

—Por supuesto que no. Me dijiste que los mandara a tomar por culo y que me pusiera manos a la obra con lo que yo verdaderamente quería. Que por algo me había sacado mis idiomas y mi carrera. Y a los pocos días empecé la formación como auxiliar de vuelo. —Le sonrío recordando lo orgullosa que estoy de que ahora trabaje en lo que siempre ha deseado y que sigue siendo una persona muy especial para mí—. Eva, tú eres la mente más brillante de esa unidad. No me hace falta conocer a los demás para saberlo. Has resuelto casos en los que nadie habría encontrado una salida. Y tú no solo la hallaste, sino que también diste con los responsables para que los juzgaran. No sé si alguna vez lo has llegado a pensar, pero has traído muchísima paz a mucha gente.

Esas palabras calan en mí de una forma que nunca lo han hecho. Son reveladoras. Traer paz a la gente. Sí era verdad que en ciertos casos, al resolverlos, dábamos con los responsables de la trata de personas o del tráfico de estupefacientes, que normalmente usan a menores como transporte. Seguíamos el rastro casi invisible que iban dejando por el planeta hasta que dábamos con ellos de una manera insólita.

—Toma —dice dándome el plato con las tortitas recién hechas—, vamos al salón.

Cogemos los platos y nos vamos al salón de la casa. Es un piso precioso, que da a la plaza; se oye el ajetreo del centro de

Madrid. No como en mi casa, pero sí ese bullicio característico de la ciudad.

—Ya está aquí el verano —digo yo al ver que tiene las ventanas abiertas y entra un sol radiante.

—Lo estaba deseando, después de todo el año de frío y hasta nieve: lo necesitaba ya. Además, ahora en breve tengo vacaciones y me voy a poner bien morena.

—¿Dónde vas?

—Pues estoy viendo con este si le apetece ir a Río de Janeiro. —Cuando se refiere a «este» habla de su ligue, Víctor, al que conozco hace meses y me parece la pareja perfecta para Maca.

—Qué guay. Ya me traerás otro imán.

Nos reímos las dos. La tele está encendida, apenas con volumen, y en pantalla hay uno de esos programas matinales. En el rótulo dice algo de «Tres años sin Biel». Me fijo un poco más y en el vídeo, que muestra un pueblo costero. Están recreando lo que parecían haber sido los últimos pasos de un pequeño que se desvaneció.

—Dale volumen, Maca.

Macarena busca el mando entre los lados del sofá, lo encuentra y sube bastante el volumen.

La reportera dice que las únicas pruebas que encontraron fue su triciclo y su ropa a unos kilómetros de allí. En el interior de una gruta que conecta con una cala en la que el pequeño se precipitó. Los padres están hablando en directo. No puedo apartar la mirada de la pantalla. La madre tiene unos ojos sin vida, la piel arrugada y muy consumida.

—Nuestro pequeño no pudo hacer ese camino con su triciclo. Él nunca se iría de nuestro lado... de verdad que no. Su hermano mayor le acababa de regalar el juguete, y es que no pudo irse tan lejos él solo, siendo tan pequeñito... Por favor, tenéis que escucharnos y ayudarnos para que se reabra el caso. Estamos desesperados, en la búsqueda que hicieron en el mar solo encontraron su ropa, pero nada más, eso no quiere decir que se ahogara. Si alguien lo tiene, o alguien sabe algo, por favor, contactadnos o llamad a la policía. Necesito estar con él de nuevo. —La mujer enseña un cartel con la cara del pequeño. En él se ve una fotografía y su nombre justo encima, al lado de la palabra DESAPARECIDO, así, en mayúsculas. La piel se me eriza y no puedo ni parpadear.

—Qué fuerte, tía —dice Maca.

Miro al balcón intentando recordar.

—No recuerdo que nos llegara nada de este caso hace tres años a la unidad —digo mientras saco mi móvil para buscar información—. Cuando llegaba a casa no tenía tiempo ni de poner la televisión y no sé absolutamente nada de este caso.

—Fue muy mediático, Eva.

—Qué raro.

Tecleo el nombre del pequeño y al segundo aparecen multitud de noticias. En todos los titulares de los diarios principales del país dieron por hecho que el pequeño se había ahogado. «Trágico desenlace en la historia del pequeño Biel», «Encuentran la ropa en el fondo del mar», «Concluye la búsqueda del cuerpo del pequeño ante la duda de si cayó o no cayó al mar». No puedo parar de leer noticia tras noticia. Hay mapas del recorrido que se supone que hizo el pequeño en su triciclo hasta una zona en la que había un gran campo de maíz. Señalan un torrente de agua estancada que sirve de regadío para las cosechas de esos campos. El torrente llega hasta la entrada de una gruta a casi seis kilómetros desde el lugar en el que encontraron unas chanclas del equipo de fútbol favorito del pequeño, el Barcelona.

—Podríamos salir cuando vuelvas de San Juan, me han hablado de un local que está ahora súper de moda.

—Ah, ¿sí? —digo curiosa.

Salir de fiesta con Maca es increíble. Nos lo pasamos en grande las dos juntas, aunque últimamente, cada vez que lo proponía, yo solía darle alguna excusa, pues no tenía el cuerpo para muchas fiestas. Desde hace tiempo, disfruto más sentada en el sillón de mi casa, leyendo algún libro o viendo una peli romántica que me haga llorar, pero hasta eso me gusta más que estar por ahí bebiendo. No sé, quizá me estoy haciendo mayor aunque acabo de cumplir los treinta.

Miro el reloj y ya son las diez y media. Hasta Alicante tengo cuatro horas y he prometido a mis padres llegar a comer.

—Me voy, que se me va a hacer tarde —digo mientras termino el café y pruebo las tortitas.

—¿Ya? ¡Pero si ni te las has terminado!

—Les he dicho a mis padres que llegaría a la hora de comer y ya sabes cómo estará la carretera de tráfico —digo levantándome y abriendo los brazos para despedirme.

—Bueno... cuídate mucho, Eva. Y cualquier cosa me llamas, sea la hora que sea. Libro hasta el domingo, así que ya sabes.

—Vale. Te quiero mucho —añado al despedirme.

—Y yo a ti.

Bajo las escaleras de madera a toda prisa. Necesito llamar a Silas. Un tono. Dos tonos. Tres tonos. Venga, joder. Cuatro tonos.

—¿Eva?

—Silas, ¿qué haces?

—Aquí, en la unidad. ¿Qué tal? ¿Ha pasado algo?

—No. Nada en especial. Te quería preguntar acerca de un caso.

—¿De un caso? ¿Estás revisando alguno? —pregunta emocionado.

—No. No. Es simple curiosidad. Lo acabo de ver en la tele y no me suena de nada.

—Dime, qué caso.

—¿Tú recuerdas, hace tres años, el caso de un niño que desapareció en un pueblo de la Costa Brava?

Silas se queda en silencio al otro lado del teléfono. Según me ha dicho Maca, le sonaba la cara del niño de verlo por televisión.

—¿El del triciclo?

Me quedo atónita.

—¿Cómo lo sabes?

—Fue un caso muy mediático. Tú, porque vives de espaldas a la actualidad, pero no se hablaba de otra cosa en aquel momento.

—¿Y nos llegó a nosotros? Ni siquiera me suena que lo comentásemos.

—Nosotros estábamos con el caso de Torrent, ¿te acuerdas? El padre que mató a sus dos hijas pequeñas y sus cuerpos no aparecían por ningún lado. Cuando estaban a punto de dejarlo en libertad, finalmente descubrimos que las había enterrado en el cementerio junto al féretro de su madre. —Sonrío al instante de escucharlo—. Le soltaste, haciéndole creer que era inocente, y a las pocas horas de dejarlo en libertad compró, en vez de un ramo de flores...

—Tres —digo yo—. Y lo seguimos hasta el cementerio, allí lo detuvimos.

—Pues llegó a la vez que la alerta de la desaparición de aquel niño. Pero cuando resolvimos el caso de Torrent, ya habían avisado del hallazgo de su ropa en el fondo del mar. Ahora mismo no lo recuerdo bien, pero lo descartamos porque se había cerrado el caso desde arriba.

—No encontraron el cuerpo.

—¿Y qué encontraron? —pregunta Silas.

—La ropa.

Se queda en silencio.

—Y tú crees que está vivo, claro —añade.

Cojo la maleta y cierro la puerta de casa. Compruebo que no me dejo nada antes de salir y echo la llave. Luna se queda con su padre este fin de semana y ya deben de tener las entradas para ir a algún zoológico o al cine. Me miro en el espejo del ascensor. Suspiro un poco. Pero después sonrío. Intento olvidar el tema del niño de la Costa Brava. Llego al garaje y abro mi Peugeot 308. Me lo he comprado hace menos de un año y, de momento, no lo he arañado a pesar de lo jodido que es este garaje. Me monto en él y busco la ubicación de casa de mis padres. A continuación selecciono la *playlist* que suelo poner cuando conduzco, una mezcla de todo: indie, rock, bandas sonoras y un poco de reguetón. Voy cantando a todo volumen. Vetusta Morla. Shinova. Rosalía. Estopa. Amaral. No me importa que me miren y se rían los demás conductores. Canto como si no hubiera un mañana. Por fin puedo reír. Creo que va a ser un día especial. Tengo ganas de ver a mis padres, de pasar la Noche de San Juan con mi hermano, al cual hace mucho tiempo que no veo. Desde que se fue a estudiar a Barcelona, junto con su grupo de amigos, que acaban de empezar la carrera en una de esas escuelas prestigiosas de literatura, está más desconectado. Julio es bueno, noble y tiene mucho talento. Regresará a Alicante a pasar el verano, y para buscarse un trabajo e intentar pagarse él su propio alquiler, cosa que me hace estar aún más orgullosa de él.

Voy observando el paisaje mientras sigo avanzando por la carretera. Los letreros de la autopista anuncian que cada vez estoy más cerca. Pero aparece el sueño y necesito parar y tomarme un café. Tengo claro que no será como el que me ha preparado Maca esta mañana. Veo en el siguiente desvío un área de servicio, me detengo y aprovecho para ir al servicio. Silas me ha mandado un mensaje:

—Si quieres, te puedo buscar más información del caso del niño.

Lo leo en la taza del váter y me quedo mirando la puerta llena de pintadas y rayones que se hicieron con llaves, seguramente que de alguna casa. En ellas se leen cosas como:

«Taniia X Lukas, 10-02-04» y un montón de corazones. Leo de nuevo el mensaje de Silas y contesto.

—No te preocupes, déjalo.

Bloqueo el móvil y tiro de la cadena. Al lavarme las manos me miro de nuevo en el espejo y me digo: «Disfruta del descanso». Pido un café malísimo y aviso a mis padres para que vayan preparando las cervezas y el aperitivo. En menos de una hora y media estaré allí. Dejo las monedas encima de la barra y me voy hacia al coche. Esta vez no conecto mi música, dejo que suene la radio. La presentadora, muy conocida en la radio por su larga trayectoria, está hablando de las noticias más importantes del día.

—Y vamos ya con el llamamiento de Isabel, seguro que la recuerdan. La madre del niño que desapareció en un pueblo de la Costa Brava un 23 de junio de hace tres años: «Nuestra familia dejó de vivir hace tres años. Llevamos tres años siendo una sombra de lo que fuimos, porque nuestro pequeño desapareció y no sabemos qué fue de él. No tenemos un lugar al que ir para velarle, no pudimos enterrar un cuerpo o tener la certeza de que fue un accidente, de que no sufrió, de que no volverá. Cada noche me acuesto y tengo pesadillas con mi niño llamándome, porque si una madre no tiene la seguridad de que su hijo ya no está, no dejará jamás de esperarlo. No voy a rendirme. No puedo rendirme. No tengo elección. Mientras me queden fuerzas alzaré la voz para que se haga justicia, para que el caso no se olvide sin más, para que las autoridades nos escuchen y ustedes, los medios de comunicación, nos ayuden. Necesitamos ayuda, por favor».

Cambio de emisora. Ahora suena una canción. «Así mejor», pienso. Es muy duro asumir la pérdida de tu hijo; es más, posiblemente nunca en la vida lo llegues a asumir del todo, y menos aún si ha ocurrido en circunstancias extrañas. Los letreros de la autopista me dan la bienvenida de nuevo a la ciudad. Ahora todo parece diferente, el sol entra por el final de las calles, la gente ya va en manga corta y con las toallas al hombro de camino a la playa, las terrazas están a rebosar y la gente, cerveza en mano, da la bienvenida a lo que promete ser un verano feliz. Mi casa está en la zona de Luceros, en pleno centro de la ciudad. Mis padres la compraron cuando nací y allí fue donde crecí. Mi colegio está a pocas calles y una de las cosas que más me gustaba era que vivíamos en un séptimo piso y desde las ventanas del salón se veía el cole y el castillo de Santa Bárbara. A mi padre le gustaba contarme historias y me decía que en el interior del castillo se hallaba un dragón al que siempre podría pedir ayuda si alguna vez sentía miedo. Aquel castillo era una entrada a todas las fábulas que quisieran contarme.

El navegador anuncia que ya he llegado a mi destino y veo el portal de mi casa, el número 22. Sonrío y entonces escucho un silbido, reconocible, que me transporta a mi infancia. Ese silbido era un aviso para regresar. Me asomo por la ventana del coche y ahí están, los dos, saludándome desde el balcón con la mano y mi padre accionando la puerta del garaje. Les sonrío de vuelta. En este mismo garaje fue donde mi madre y yo practicábamos diferentes maniobras de conducción, hasta que rayé el coche de mi padre y se acabaron las maniobras y el bajar al aparcamiento a practicar.

Mi madre y yo nos reímos muchísimo juntas, somos confidentes, amigas y, sobre todo, nos admiramos mucho la una a la otra. Es jueza de la Audiencia Provincial de Alicante. Su nombre, Milagros Ortiz, preside todos los juicios. Pero nadie la llama así. Todos la conocen como «la Dama de Hierro». Es imposible de intimidar, ha mandado a prisión a los mayores asesinos, narcos y violadores de la costa valenciana. Le ofrecieron un puesto en la Audiencia Nacional, en Madrid, pero lo rechazó. Nos dijo que su lugar estaba aquí, en Alicante. Que le encantaba pasear por la playa de San Juan cada atardecer junto a mi padre y que admitía que eso era lo que querría hacer el resto de sus días. Este es su último año profesional, antes de prejubilarse. Muchas veces le pedía ayuda acerca de casos que me recordaban a algunos que ella había juzgado en el pasado. Muchos de los delincuentes o asesinos son imitadores, copian a otros que ya han sido atrapados. Es una manera de honrarles. Y por ello es imprescindible recordar la mayoría de los casos, por muy duros que parezcan.

Bajo las maletas del coche y subo en el ascensor. Marco el séptimo y hay algo que sigue rondando mi cabeza. «No», me digo. No. Son los ojos de aquel niño, aquel lunar encima de su ojo derecho, su sonrisa tímida en los vídeos que han mostrado los medios esta mañana. Esa madre. «Esa madre», me repito. «No, Eva. Fuera». Abro los ojos casi al mismo tiempo que las puertas del ascensor. Como si pulsara un interruptor, desconecto lo que tenía en la cabeza y sonrío al ver a mi familia al completo. Mi madre me abraza nada más verme.

—Hija —dice.

—Hola, mamá. Cuántas ganas tenía ya.

Mi hermano Julio se acerca también.

—Cada vez cuesta más verte, hermanita... Por lo visto te cuidan bien en Madrid.

Oigo a mi padre desde la cocina, supongo que él es quien está preparando el aperitivo, ya que puedo oler las almejas al vapor que sabe que me encantan. Voy a la cocina y allí me lo encuentro, secándose las manos con un paño de cocina y, a la vez, abriendo los brazos para recibirme.

—Mi niña —dice.

—¿Cómo estás, papá? —pregunto mientras lo abrazo.

—Ahora ya mucho mejor —responde él—. Corre, venga. Ve a dejar eso y sentaos a la mesa, que esto ya está.

—¡Papá, mira los petardos que hemos comprado Tote y yo! —dice mi hermano sacando de una bolsa una multitud de cajas.

—¡Julio! —exclama mi madre—. Te he dicho que no, de verdad. Que, aparte de que es peligroso, los perros lo pasan fatal.

—Mamá, es solo una noche ...

Me voy a mi habitación y los dejo ahí con el asunto de los petardos. Abro la puerta y me encuentro aquellas paredes azul cielo. Entro con la maleta y camino lentamente hacia la pared de gotelé: las fotos están mal pegadas con celo a ella. La fiesta de mis dieciocho con todos mis amigos, el concierto de El Canto del Loco al que fui con Maca en Mestalla, la primera foto con Héctor en una discoteca el día de Carnaval. Poco a poco recorro la pared y esta vez voy sonriendo a diferencia de otras veces. Miro mi cama y están los mismos peluches, los que me consiguió el hermano de Maca cuando estuvimos saliendo y me llevó a la Feria de Alicante; consiguió todos los que me gustaban. Y después nos fuimos en la moto con todos ellos. Nos reíamos tanto al contar esa historia que ahora también hace que me ría. La puerta de mi habitación se abre y es mi madre.

—Eva, ¿cómo estás? —me pregunta con un tono de voz más bajo.

Le sonrió.

—Todos estos peluches me los consiguió el hermano de Maca, ¿te acuerdas? —digo cogiendo el oso que hay encima de la almohada.

—Sí que me acuerdo, entraste con todos ellos juntos. Tu padre no sabía qué hacer ya con el muchacho de la moto. No le gustaba nada que te subieras en ella. Y a mí tampoco claro, pero te entendía —dice riéndose y mirando los peluches: se nota que los años también han pasado para ellos.

—Tenía ganas de venir —le digo.

—¿Sí?

—Sí. Las últimas veces todo me recordaba a... ya sabes. Cualquier cosa. Pero creo que algo está cambiando.

—El tiempo, cariño. Para todos fue un palo. ¿Cómo crees que está tu padre? Todos los días piensa en si estarás bien, en si saldrás para delante. Yo le digo que sí, que eres fuerte y luchadora y que saldrás de esta. Pero todos estamos preocupados, Eva.

—Lo sé mamá.

—¿Qué crees que está cambiando? —me pregunta.

Me quedo mirando a ese oso, los hilos de las costuras de un lateral se están empezando a abrir.

—No lo sé, pero noto como si hubiera algo más de luz en todo lo que miro. Es como si la vida me estuviera diciendo «ya has tenido suficiente», ¿sabes?

—Es que ya has tenido suficiente. Demasiado, diría yo. ¿Cuánto hace de...?

—Un año hará en estos días.

Mi madre asiente con la cabeza.

—¿Volverás? —me pregunta.

Y yo solo la miro y aguanto en silencio.


La comida está en la mesa, el plato de almejas al vapor es inmenso. Y en la cocina mi padre sigue preparando una paella de las que tanto le gusta hacer. Mientras tanto va sacando platos de jamón, mejillones, patatas asadas. Y cerveza fresca. Mi hermano disfruta tanto que yo me río solo con mirarlo; todo está buenísimo.

—De esto no te prepararán en Madrid —dice mi padre desde la cocina.

—No papá, de esto no —contesto recordando que muchas noches pido comida a domicilio de cualquier sitio que esté abierto.

—¿Cuándo te vuelves? —me pregunta mi hermano—. Si quieres podríamos ir esta tarde al faro, antes de las hogueras.

—¿Al faro? —digo yo.

Mi madre asiente con la cabeza mientras termina una almeja.

—Es verdad. Dicen que es precioso.

—¿El del cabo? —pregunto recordando aquel faro.

—Sí... El atardecer desde allí es precioso. Y si vas un poco antes puedes hasta subir, así puedo aprovechar y sacar algunas fotos yo también.

—Pues sí. Vamos si quieres.

—Genial. ¿Esta noche saltarás la hoguera? —pregunta mi hermano.

Mi padre se mosquea.

—Vamos a ver, salta-hogueras —dice frunciendo el ceño—, tú qué quieres, ¿que eche la llave y la esconda y no os vayáis ni al faro ni a los petardos ni a saltar hogueras? ¿Eso es lo que quieres?

Mi madre se empieza a reír y yo con ella.

—Pero, vamos a ver, papá... —dice mi madre, pero él la interrumpe.

—Eso, Mila, tú ríete, pero luego no me digas que los llame a ver dónde están.

—La culpa es de los programas esos que te pones por las noches de Policías en Acción, 112 dígame y todo eso. Claro, pues te piensas que nos va a pasar lo peor —dice mi hermano mientras pela una gamba.

Mi madre entonces no puede aguantar la risa sabiendo que, en parte, mi padre lleva razón.

—Mira, Julio... —dice mi padre.

Yo lo miro y le sonrío. Él también empieza a reírse.

—Dime, papá —dice mi hermano muy serio.

Mi padre vuelve la cabeza hacia la cocina para que no le veamos reírse.

—Que cualquier día cojo un camino...

—¡Ya estamos con el camino! —exclama mi hermano.

Yo observo aquella escena y me pregunto por qué no vengo más a menudo. Me sienta tan bien estar aquí ahora, con ellos... Estoy arropada por mi familia, que sabe que necesitaba tiempo, pero el tiempo es algo invisible, lento e imperceptible, y a veces eterno. Noche tras noche pensaba que aquel pozo se hacía más profundo, que la ausencia de Héctor me había partido el corazón y me había quitado las ganas de todo: de levantarme para ir a trabajar, de coger un libro, conducir, bailar, hasta de reír. Pero ahora estoy empezando a ver algo de luz.

Miro mi fondo de pantalla y entonces la veo a ella. Mi luz. Mi Luna. Sonriente, tiene los ojos de su padre, pero mi nariz y mi boca. Los ojos se me humedecen. La echo de menos. Mi madre lo nota y toma mi mano. Mi padre y mi hermano siguen discutiendo, pero ella siempre lo sabe todo. Ella siempre se da cuenta. Y ahí tengo su mano, acariciándome los dedos para decirme que todo está bien. Que todo curará. No quiero mirarla porque sé que si lo hago me vendré abajo. Pero cojo aire y suspiro, y mi madre me mira y sonríe. Me siento afortunada por la educación que he recibido de ella, que me ha enseñado a tener el valor para levantarme cuando caigo, aunque nada esté a mi favor. Así he crecido y así me he hecho mayor.

Mi padre descorcha una botella de vino cuando el rifirrafe con mi hermano Julio ha terminado. Saca cuatro copas y nos las da, estiramos la mano y vamos a brindar, pero antes de que las copas choquen, mi madre nos interrumpe:

—Porque se cumplan tus deseos, hija.

—Por ti, hermanita —dice mi hermano a mi lado.

Y las copas se reúnen en el centro de la mesa.

Durante la comida hablamos de los planes de Julio: ha encontrado trabajo en una heladería del paseo marítimo y empieza la semana que viene, en el inicio de la temporada alta. Le pagan bien y está muy contento; cuando acabe el verano, regresará a Barcelona, quiere escribir su primera novela y ver si tiene suerte en alguna editorial.

# 3

Después de comer descansamos un rato en el salón. Papá en un sillón reclinable —no tardará en dormirse ni cinco minutos—, con el mando de la tele en el reposabrazos; mi madre en una mecedora junto a la ventana, y Julio y yo en el sofá, frente al mueble librería que decora la habitación. Julio se hace con el mando en cuanto papá emite un primer suspiro, señal de que ya duerme. Mamá y yo nos reímos con complicidad. Mi hermano se dedica entonces a hacer *zapping* mientras mamá lee distraída una novela y yo me quedo poco a poco aletargada. No puedo evitar sonreír. La luz del mediodía atraviesa los ventanales y caldea la estancia, amodorrándome. La estantería ante mí está repleta de marcos de fotos, trofeos ganados por la familia a lo largo de los años —de mamá, en la judicatura; de Julio, en concursos literarios, e incluso míos, cuando competía en triatlón de adolescente, antes de entrar al cuerpo de Policía—, recuerdos de viajes compartidos, etcétera. Se respira una sensación de paz, de armonía, de hogar. «Estás a salvo», me digo a mí misma. Y esa es una sensación que no tengo desde hace mucho tiempo. Volver a casa siempre me recarga las pilas porque me ayuda a recordar lo importante: la familia, las personas que te quieren y sostienen cuando más lo necesitas, sin presionarte, sin juzgarte; eso es lo único que importa al final. La vida está llena de dolor y lo que he vivido este último año y medio no se va a borrar por más que contemple todas esas fotos de comuniones, bautizos, graduaciones y viajes familiares, pero sí se diluye. El dolor se desvanece. Lo empapa mi piel y, de alguna forma, lo convierte en otra cosa. No sé si me fortalece —me gustaría pensar que no hace falta sufrir para ser fuerte—, pero de lo que estoy segura es de que el dolor no me hunde. Ya no.

Mientras mis párpados caen de agotamiento, puedo escuchar de nuevo su nombre. El pequeño Biel, el niño que se ahogó en la Costa Brava. Es la voz de ese presentador lo último que escucho antes de sumergirme profundamente en mis sueños. Todo es oscuridad, pero empiezo a vislumbrar un paisaje. No hay mucha luz y casi tropiezo. Miro al suelo y descubro que es una calle empedrada. Observo el lugar donde me encuentro. Es una plaza, una plaza muy pequeña. Hay un escenario y subido en él, el alcalde del pueblo, a quien he visto en algunos reportajes. Está hablando con alguien. Es un hombre, baja las escaleras del escenario y se va por detrás, se dirige al campanario para hacer sonar las campanas. Quiero seguirlo con la mirada, pero entonces veo a la familia del niño bajando por la calle que desemboca en la plaza. Es ella, la madre. Está guapísima, nada que ver con la imagen de esta mañana en la televisión. Y espera, no puede ser. Ahí está, subido en su triciclo, con sus chanclas del Barça, pedaleando hasta llegar junto al gentío. Su hermano mayor no se despega de él, por detrás los siguen sus abuelos, que se quedan junto al estanco, donde hay unas sillas esperándolos. El hermano y Biel se van hacia el final de la plaza. Los padres hablan con él y sobreentiendo que quieren estar cerca del escenario; el hermano decide quedarse donde está junto con su hermano pequeño para no meterse en semejante bullicio y así poder disfrutar del espectáculo de fuegos artificiales que dará comienzo en unos minutos. Les sonríe para que se vayan tranquilos y eso es lo que hacen. El alcalde comienza a hablar. Me fijo en los dos hermanos: el pequeño está en su triciclo al lado del mayor, que juega con él, hablándole y acariciándole. Los abuelos están sentados, pero entonces la abuela se levanta y sale de la hilera de sillas. La gente aparta las piernas para que la mujer pueda salir; detrás de ella va otra. Las sigo con la mirada y luego la dirijo al reloj del campanario: está a punto de llegar la medianoche. El alcalde sigue con su discurso y vuelvo a ver a Biel, que está junto a su hermano en el mismo lugar que hace un minuto. Los padres escuchan atentos el discurso de su alcalde y la madre de vez en cuando busca con la mirada a sus dos hijos. Al verlos se queda tranquila y decide disfrutar del espectáculo. Las dos mujeres mayores se van por los arcos y entran en una casa, tal y como he leído en los artículos sobre el caso. El alcalde da inicio a la Noche de San Juan y, por consiguiente, al castillo de fuegos artificiales. El alumbrado se apaga y todo el pueblo queda a oscuras. Busco entonces al pequeño Biel. Pero ya no lo veo. Intento moverme, pero no puedo. No puedo caminar, tengo que verlo todo desde la misma perspectiva y no hay ni un punto de luz. El rojo inunda todo el cielo, me llevo un susto, y entonces, rápidamente, miro hacia el pequeño muro que separa la playa de la plaza. Siguen allí. Los dos, Biel y su hermano. La luz roja del cielo se está apagando cuando veo a alguien en los arcos. Intento fijarme bien, pero hay tan poca luz que es casi imperceptible. Lleva un abrigo oscuro. Topa contra las dos mujeres que salen de la casa. Lo pierdo de vista y, cuando todo se vuelve a iluminar, esta vez de azul, me fijo en el hermano mayor. Acaba de sacar el móvil. Sé que es este el momento clave del caso. Y otro fuego artificial explota. De repente me llevo un susto y abro los ojos. Estoy sola en el salón, la luz del sol está desapareciendo. Miro el reloj, son las seis y media de la tarde y mi hermano aparece por la puerta del salón.

—Buenos días, bella durmiente —dice mientras se arregla el pelo en el espejo de la entrada.

—¿Cuánto tiempo llevo durmiendo?

—Pues, dos horas diría yo. Los papis se han ido al cine a ver no sé qué peli. ¿Te arreglas y nos vamos al faro?

Me quedo mirando hacia la cristalera del salón intentando volver a la realidad.

—Tienes mala cara. ¿Una pesadilla? —me dice mi hermano acercándose al sofá.

—Sí..., muy rara.

—Pues venga, ve arreglándote que salimos en breve.

Me voy al baño a lavarme la cara y siento cómo las gotas de agua fría caen desde mis pestañas. La pesadilla ha sido muy real. Los artículos que he leído daban una cronología muy similar a la que he vivido en el sueño. El discurso del alcalde. Las campanas sonando. La oscuridad y después la pesadilla. Me miro en el espejo y me parece como si algo o alguien me estuviera diciendo que tengo que entrar en ese caso. Cojo mi teléfono y le envío un mensaje a Silas: «¿Puedes conseguirme el informe del caso que te dije? Gracias». A los pocos segundos me contesta: «Ya lo conseguí por si acaso. ¿Cuándo vuelves a Madrid?». «Mañana seguramente», le contesto. «¿Cenamos y te lo doy?». Escribo un «Ok» y doy por terminada la conversación.

Quiero al menos leer cómo había sido la investigación y si habían dejado algún cabo suelto, o si por el contrario todo el trabajo se había hecho de manera correcta y no hay más que asumir la pérdida del pobre niño. Guardo el móvil y apago la luz del baño. Mi hermano me espera en la puerta de casa. Cojo mi bolso y salimos hacia el garaje. El atardecer es radiante, mi hermano hace de guía, él sabe cómo llegar al faro. En poco tiempo estamos en la playa de San Juan, donde esta noche, a las doce, saltaremos las hogueras. Ya hay gente preparando las suyas, otros cogen sitio agrupando sus sillas de playa mientras charlan y beben a la vez. El faro del cabo está al final de la playa; aparcamos a pocos metros de la entrada.

—Nunca pensé que se podía entrar —le digo a mi hermano.

—Es que no se puede.

Me quedo mirándole.

—¿Cómo que no se puede?

—Ven, anda.

Mi hermano, que llevaba su cámara analógica colgada del hombro, me la da.

—Aguántala un momento.

—Pero Julio, no irás a...

No he podido terminar la frase. Se ha encaramado a la puerta de hierro que separa el recinto del faro del camino de grava. Primero pasa una pierna y después la otra hasta pegar un salto y llegar al otro lado.

—Vamos hermanita, te toca.

—Julio, no me jodas, yo pensaba que esto se podía visitar en condiciones.

—¡Claro, pues eso es! Una visita guiada, pero el guía es tu hermano. ¿No es lo mismo? —me dice riéndose desde el otro lado.

—¡No! —exclamo—. ¡Claro que no es lo mismo!

—Es verdad —dice él—; de hecho es hasta mejor. Va, dame.

Me coge el bolso y su cámara, y me detengo a comprobar que nadie me ve. No puedo creer que esté allí, saltando la puerta. No es lo que he planeado para esta tarde, aunque, a decir verdad, he dejado de planear las cosas y me dejo llevar. Pero de ahí a esto...

—Ahora la otra pierna —me grita mi hermano.

—¡Cállate! ¡Que me estás poniendo más nerviosa aún! —le grito yo desde lo alto de la puerta metálica.

Abajo, él se ríe a más no poder. Consigo pasar la otra pierna y ahora queda lo último, dejarme caer hasta el suelo. Una. Dos. Cojo aire, cierro un poco los ojos y... Tres. Caigo y apoyo las manos en el suelo. Mi hermano me agarraba por si acaso me caía, pero allí estoy.

—Perfecto, hermanita. Corre, vamos dentro, que vas a alucinar.

—Pero tú ¿cómo has conseguido pasar aquí? —pregunto.

Él, que ya va de camino al faro, me mira medio sonriente.

—Lo descubrí el año pasado. Cuando cambiaron la mecánica del faro, jubilaron al farero que trabajaba aquí. Un día lo vi salir y le pregunté si se podía entrar. Era su último día aquí después de más de cuarenta años de trabajo. Me explicó que ya era mayor, pero que le encantaría que alguien pudiese hacerse cargo del faro como lo había hecho él.

Mi hermano saca del bolsillo una llave.

—¿Te dejó su llave?

—Con una única condición: que no lo utilizase para cosas que no eran buenas. Le dije que me gustaba escribir y observar, y me dijo que entonces sería el mejor lugar que habría descubierto jamás. Y lo es.

Nos acercamos al faro. Una puerta casi diminuta, de color azul, se abre al pie de la torre. Mi hermano mete esa vieja llave y la puerta se abre.

—¿Preparada? —pregunta.

Le sonrío a modo de respuesta. Entro en aquel lugar y lo primero que hago es mirar hacia arriba. Una escalera de caracol de madera llega hasta la parte superior de la torre. Mi hermano va en cabeza, yo le sigo. Los escalones son muy bajos, tanto que tropiezo en algunos. Mientras asciendo, puedo escuchar las olas cada vez más cerca, el olor es inconfundible y siento el frescor que inunda esta construcción preciosa. Ya faltan pocos peldaños para llegar. De repente, al subir el último, me quedo sin palabras. Un círculo perfecto de cristal corona la torre. Hay una mesa pequeña junto con un taburete pegados al cristal; encima hay unas cuerdas de esparto con algunas fotografías de mi hermano, páginas de libros subrayadas y un montón de folios sobre la mesa, bolígrafos y anotaciones.

—Bienvenida a mi refugio.

Yo estoy boquiabierta. Es un lugar de fábula.

—¿Aquí es donde vienes cuando no contestas? —pregunto. Mi hermano no suele coger el teléfono y tarda mucho en contestar los mensajes, algo que a mis padres les molesta bastante.

—Sí. He perdido la cuenta de los libros que he leído aquí. La pasada Navidad vine cada atardecer.

—Pero Julio... ¿y si viene alguien del ayuntamiento o la misma policía? Hasta yo te podría denunciar —le digo preocupada mientras sigo mirando los detalles del lugar.

—¿De verdad crees que un faro le ha preocupado alguna vez a alguien? Siempre han estado aquí, los vemos y decimos lo bonitos que son, pero entendemos que no podemos acceder a ellos. Son inquebrantables. Nadie vendría aquí.

—Estoy alucinando.

—Pues espera a que se ponga el sol. Que será justamente en...

Mi hermano mira un reloj que hay colgado en un panel de madera.

—Justamente en veintidós minutos.

Me acerco al escritorio, el taburete es de la casa de mi abuela. Lo reconozco al instante. En la mesa hay muchos folios escritos a manos, también leo las partes subrayadas de las páginas de los libros que están colgadas de la cuerda.

—¿Estás intentando escribir? —le pregunto.

—Tengo una idea, pero... no sé si es suficientemente importante.

Me quedo observando al sol, que roza ya el horizonte del mar.

—Yo diría que más que importante, debe ser especial.

Mi hermano se acerca a mí y juntos miramos hacia el mismo lugar.

—La más especial...

El sol va cayendo y mi hermano enciende unas luces que

ha puesto alrededor del fanal. Son guirnaldas de bombillas enlazadas unas con otras. Coge su móvil y busca entre su música y al pulsar el *play* empieza a sonar una canción de Tracy Chapman. Es una artista que nos dieron a conocer nuestros padres y, desde el momento que le enseñaron las letras a mi hermano, ya no pudo dejar de escucharla. Empieza a bailar como si estuviera con alguien, agarrando unas manos inexistentes y apoyando su mano en una cadera invisible. Me río al verlo. Entonces me acerco y le agarro para enseñarle cómo se baila bien de verdad. En las bodas, o incluso en el salón de nuestra casa, solíamos hacerlo cuando ya estábamos un poco piripis por el vino.

—Un, dos, tres. Un, dos, tres —le digo a mi hermano para que acompañase la melodía de la canción con los pasos.

Él lo intenta, pero no le sale muy bien. Poco a poco va pillándole el tranquillo. Nos reímos mientras me da una vuelta sobre su mano y después se la doy yo a él. Nos abrazamos y mi cara se queda apoyada en su hombro izquierdo, desde donde puedo ver cómo el sol se está escondiendo sobre las olas.

—Qué lugar tan bonito, Julio.

Mi hermano se asoma sobre mi cabeza para contemplar aquella preciosidad. Entiendo lo afortunado que es al poder tener acceso a ese lugar.

—Y tanto que sí, hermanita.

El naranja inunda toda la cristalera del faro y el sol se esconde hasta que el azul oscuro y los magentas empiezan a reinar en el cielo de la costa alicantina. Mi hermano y yo nos quedamos en silencio y sabemos que es el momento de marcharnos.

—Te noto distinta, Eva —me dice sonriendo antes de bajar por la escalera.

Yo le devuelvo la sonrisa.

—Solo necesitaba un poco de... —miro aquel lugar de nuevo y acabo la frase— luz.

Mi hermano sonríe de nuevo y se queda apagando las guirnaldas de luz y comprobando que el mecanismo automático del encendido de la antorcha principal funciona mientras yo empiezo a bajar. Una vez abajo me fijo en la playa de San Juan: ya hay muchísima gente haciendo sus grupos para las hogueras. Mi hermano llega enseguida.

—Vaya, qué ambientazo, ¿no? —dice nada más llegar.

—Mucho, la verdad.

—Lo pasaremos bien, ya verás.

Julio cierra la puerta del faro y volvemos a saltar la verja metálica, aunque esta vez no me cuesta tanto. Vamos a cenar a un restaurante italiano que le han recomendado. Es un sitio precioso, del techo cuelgan grandes lámparas y huele genial. Mientras pedimos varias cosas para compartir, miro fijamente a mi hermano.

—¿Y de amores?

Sonrió mientras le entrega la carta el camarero.

—De amores... —dice él—. Bueno, no hay mucho que contar, la verdad.

—¿No?

—Estuve ilusionado por una chica, antes de venirme, pero no sé.

—Qué no sabes.

—Pues que me da miedo aferrarme a alguien, soy una persona que se ilusiona muy rápido y por consiguiente es más fácil hacerme daño.

—Pero no puedes tener miedo de que te hagan daño, Julio; es como tenerle miedo a sentir.

Él me mira de reojo.

—Pero tú... tú mira por lo que has pasado.

—¿Y qué? He pasado por algo muy malo, sí, no se lo deseo ni al peor de mis enemigos. Pero aquí estoy, cenando con mi hermano después de haber saltado una puerta de más de dos metros, haber bailado en un faro prohibido y a punto de saltar una hoguera con él. —Entonces mi hermano se ríe—.

Lo que quiero decir es que en este tiempo he comprendido que la vida es esto: caerse, levantarse y seguir. Y hay veces que la caída es tan tan grande que levantarte se vuelve imposible. Pero si no lo haces, pierdes. Y yo ya he perdido muchas cosas Julio, no quiero perder más.

Mi hermano suspira.

—Eres muy fuerte, hermanita —dice justo antes de que traigan nuestros platos.

—La vida te enseña a serlo.


Cenamos superbien en aquel lugar, mi hermano quiere invitarme ahora que ha encontrado su trabajo de verano, pero no le dejo. Y le recuerdo que si necesita algo, que cuente conmigo. Vamos a aparcar el coche por la zona de la playa. El reloj marca las once y media pasadas.

—Mierda, es un poco tarde.

—¿Dónde están tus amigos? —le pregunto—. ¿Dónde has quedado?

—Me han dicho que estarían por la playa, pero me acabo de quedar sin batería.

Suspiro.

—Joder, Julio —digo riéndome un poco.

—Mira, vamos para allá y los buscamos, que seguro que se han puesto en el mismo lugar de siempre.

Vamos a la playa de San Juan caminando. Mi hermano no para de mirar su reloj. Son las 23.42; está nervioso y me agarra de la mano para que vayamos más deprisa.

—¿Por qué tanta prisa? —le pregunto.

—Hay que saltar la hoguera a las doce en punto.

—¿Qué?

—Si quieres que se cumpla tu deseo, debes saltarla a las doce en punto —dice mientras llegamos a la arena—. Corre, quítate las zapatillas.

Mi hermano se desata los cordones de las suyas, se las quita y las coge; yo hago lo mismo. Levanto la mirada y lo que veo es completamente alucinante: una playa irreconocible plagada de gente alrededor de inmensas hogueras y la luz naranja iluminando sus caras. Algunos tiran petardos, otros arrojan más cosas a la hoguera, otros bailan al ritmo de la música, otros brindan y se hacen fotos con las cervezas en la mano. Aquello es increíble.

—Vamos —dice.

Caminamos deprisa por la arena, buscando a sus amigos, pero no vemos a nadie conocido. Vamos de un lado a otro sin parar, mi hermano se acerca a cada grupo. Las hogueras lanzan chispas que me asustan y puedo llegar a sentir el sofoco del fuego.

—Siempre se ponen en este lado, joder.

—A ver, tranquilo. Fíjate bien, tienen que estar por aquí —le digo intentando calmarle.

El reloj del paseo anuncia las 23.55 y la gente se prepara para saltar. El fervor es tal que se forman ya las primeras filas ante las hogueras. Mi hermano se pone aún más nervioso. Yo le toco la mano para que se tranquilice y pueda encontrar a sus amigos.

—Ven —dice de repente.

Unos se acercan a la playa para ver cómo se saltan las hogueras. Otros sacan fotos al ver aquel espectáculo de luz. Mi hermano se queda en medio de dos grupos y mira de nuevo a su alrededor. Allí no están.

—¡Dos minutos! —grita uno.

Mi hermano suspira y yo me acerco a él.

—Julio, no te preocupes, de verdad. Ya las saltaremos el año que viene... Vamos si quieres al paseo antes de que esto empiece.

—No. Tienes que saltarlas hoy, Eva.

—¿Pero por qué, Julio? —digo yo mirándole la cara de asustado—. No pasa nada.

—Por tu deseo. Tienes que pedirlo.

No puedo creer aquello. Nunca he pensado que mi hermano fuese tan supersticioso, pero su cara es de real preocupación. En ese momento la luz del paseo se desvanece y todo queda a oscuras menos las hogueras.

—¡Diez! —grita uno.

—¡Nueve! —grita otro al lado.

—¡¡¡Ocho!!! —gritan varias chicas próximas a nosotros.

—Un segundo —dice mi hermano—, son ellos. ¡Son ellos! ¡Están ahí! —Señala al grupo de las chicas que acaban de gritar.

Me agarra de la mano y me sacude de tal manera que casi caigo en la arena. Empezamos a correr mientras la cuenta atrás sigue avanzando. Los gritos son enormes. ¡Seis! Nosotros seguimos corriendo entre las hogueras de la gente, que nos mira atónita. ¡Cinco! Siento que, a cada paso que dan, mis pies se entierran más en la arena. ¡Cuatro! Estamos casi llegando al grupo de los amigos de mi hermano. ¡Tres! Su hoguera es bastante alta, todos le saludan ahora que nos acaban de ver. Llegamos y, de repente, toda la multitud grita: ¡Dos! Mi hermano me mira y me quita las zapatillas de las manos, las tira en la arena y me coloca ante la hoguera de sus amigos. Yo me quedo mirando aquel fuego enorme y las chispas que rugen con fuerza. No puedo. No podré saltarla. Es demasiado grande. En ese momento siento cómo toda la playa grita a la vez: ¡UNO! Mi hermano me suelta la mano y oigo su voz diciéndome algo a la espalda.

—¡Ahora, Eva! ¡Salta!

Y sin pensármelo, retrocedo tres pasos, busco la mirada de complicidad de mi hermano y asiento con la cabeza mientras empiezo a correr en dirección a las llamas. Pienso en el deseo mientras corro. Quiero que sea volver a trabajar, volver a ser quien era, a tener ilusión por vivir. Todo ello forma el mismo deseo: recupera a la Eva de antes. Y cuando voy a dar el último paso para coger impulso, algo se cruza en mi cabeza: la imagen de ese pueblo de la Costa Brava, ese niño, su triciclo, la cala en la que cayó, los ojos de su madre, el túnel de arcos y aquella figura oscura. Mientras cruzo el fuego noto el calor en mis piernas y luego aterrizo en la arena. Una gran explosión resuena. Los fuegos artificiales acaban de comenzar y la playa ahora se ilumina con un sinfín de colores. La imagen repetía el sueño que he tenido horas antes. Me quedo boquiabierta. Mi hermano se reúne conmigo después de saltar la hoguera.

—¡Lo has hecho! —exclama—. ¡La has saltado!

—¡Sí! —le digo abrazándole.

—¿Has pedido un deseo? —me pregunta.

—Sí, lo he pedido.

Saludo ahora a sus amigos, que hace tiempo que no me ven y me preguntan qué tal me va todo en Madrid. Ellos creen que soy bibliotecaria, tal y como debía ser para la gente que no fuera del círculo más cercano. Me abren una cerveza y nos quedamos allí bailando casi toda la noche. De vez en cuando mi hermano me observa y me ve disfrutar. Sabe que en ese momento soy feliz. Al cabo de unas horas le digo que me vuelvo a casa caminando, que me apetece dar un paseo por la ciudad. Me pregunta varias veces si estoy bien y le digo que sí, que simplemente necesito descansar un poco. Me despido de todos y me pongo a caminar.

Mi lugar no está en esa fiesta con los amigos de mi hermano, aunque sean muy amables conmigo. Al fin y al cabo ellos apenas pasan de los veinte, y yo hace poco que he superado los treinta. Supongo que Julio les habrá contado lo mal que lo he pasado todo este año. Mi separación de Héctor y todo lo demás. Lo duro que se me está haciendo no poder estar con Luna... Eso hace que todo el mundo me trate especialmente bien, lo noto. Y me reconforta, pero también me hace sentir como alguien herido, falible. Así que le envío un beso a mi hermano por el aire y me alejo entre las hogueras, las dunas y las risas. Lo he pasado bien con ellos, me ha encantado que Julio me abriera las puertas de su escondite secreto, donde lee y escribe las que serán sus futuras novelas y poemarios, pero ahora necesito estar sola, reencontrarme, dedicarme tiempo a mí.

De camino a casa cojo el móvil y busco en el navegador: «Caso Biel». Al segundo aparecen cientos de titulares por el aniversario del suceso. Entro en un par de ellos y veo la foto del pueblo, Calella de Parafrugell. Nunca he estado allí. Abro otra pestaña en el navegador y lo busco. Es un pueblo precioso, casi de cuento, con esas casas blancas que llegan hasta la playa. En todas las fotos se ve el pasillo de arcos donde se vio al pequeño por última vez. Cierro las pestañas del navegador y en pocos minutos llego a casa. Abro la puerta: los siete pisos de viaje en el ascensor me dan para que mi cabeza vuelva al tema, pero no le doy mayor importancia. Abro la puerta y veo la televisión del salón encendida.

—¿Hija, eres tú? —Oigo la voz de mi madre. Cierro la puerta, voy al salón y la veo allí, en un sillón.

—¿Mamá? ¿Qué haces despierta?

—Ay, hija, tu padre, que no sabes cómo se mueve en la cama. No podía dormir entre eso y el calor... Vosotros, ¿qué tal?, ¿cómo ha ido el día? —me pregunta.

—Genial mamá. He disfrutado muchísimo y Julio está feliz. Se ha quedado un poco más con sus amigos, yo quería venirme a descansar un poco.

—¿Te vas mañana ya?

—Creo que sí.

—¿Crees?

Me siento a su lado.

—Hay un caso que quiero revisar.

Abre los ojos sorprendida, pues sabe que hace mucho tiempo que no me ocupo de ningún caso, no estoy en ninguna investigación.

—¿Qué caso?

—El del niño de Calella.

Mi madre se queda mirando a la televisión.

—¿El que ha salido hoy? —pregunta—. Eso ocurrió hace tres años. Además lo dieron por muerto, se ahogó en...

—En una cala, sí. Fue hace tres años, pero he visto a su madre decir que era prácticamente imposible que su hijo pudiese recorrer esa distancia con un triciclo.

—Hija, sabes perfectamente que una madre se agarra a un clavo ardiendo con tal de tener un poco más de esperanza, pero si el caso se cerró, sería por algo. ¿No crees?

—Sí, lo sé. Aun así quiero echarle un vistazo. He quedado mañana con Silas, va a darme el dosier del informe pericial que se hizo en su día.

—¿A quién pertenece?

—A los Mossos. Aunque participaron la mayoría de los cuerpos: GEAS de la Guardia Civil, Policía Nacional, Policía Local...

—En los Mossos está Miguel...

—Sí, Galván, lo he visto en las entrevistas.

—Miguel no cerraría un caso si no estuviera cien por cien seguro, hija, te lo digo yo, que lo conozco bien —afirma mi madre.

—Te iré contando, mamá.

—Pero me gusta mucho que decidas revisarlo, creo que es bueno que vuelvas a la normalidad y sentirte una más de la unidad.

—Creo que puede ser un buen momento para plantearme volver.

—Cuando tú lo sientas así, hija.

—Me voy a la cama, mamá. Descansa un poco tú también.

—Buenas noches, hija.

Me voy a mi habitación y pongo la alarma del móvil a las ocho. Calculando las cuatro horas que tengo de viaje, podría estar en Madrid a las doce. Le envío un mensaje a Silas y le digo que reserve en algún sitio para comer. Miro el fondo de pantalla y ahí está mi Luna. Le doy un beso a su foto, la luz del móvil poco a poco se apaga y yo me sumerjo en mis sueños.


Me levanto y pienso en si vale la pena de verdad volver hoy a Madrid. Podría quedarme un día más en Alicante y volver mañana temprano. Pero sé que si me quedo aquí no podré quitarme de la cabeza aquel asunto. He intentado no obsesionarme, pero creo que ya ha adquirido la importancia necesaria en mi cabeza como para que cuanto antes me ponga manos a la obra con ello. Cojo de nuevo el bolso y busco las llaves del coche. Están encima de mi escritorio, junto a una fotografía que hay al lado del flexo. Es de cuando juré bandera al incorporarme a la Policía Nacional, en el puerto de Alicante, hace siete años. Esa foto me hace comprender que hago bien en marcharme hoy, si no leo el dosier de ese caso no podré desengañarme. Necesito darme cuenta por mí misma de que quizá mi corazonada no es suficiente como para remover tantas cosas. Apago la luz de mi habitación y pego una nota en el espejo de la entrada diciendo que debo marcharme por un asunto de trabajo, y que mi madre se encargará de dar las oportunas explicaciones. Antes de irme, miro la puerta de la habitación de mi hermano. Pienso en si habrá vuelto ya. La abro lentamente y lo veo en la cama descansando, le sonrío y le doy las gracias en silencio. Por lo de anoche y por todo en general. Por ser como es conmigo. Cierro su puerta sin hacer mucho ruido y estoy preparada para poner rumbo a Madrid. Mientras bajo en el ascensor busco una canción que me dé aún más fuerzas para el viaje. Reviso todas las que tengo guardadas, me transportan al momento en que las guardé: risas, algunas lágrimas, besos, muchos besos, verlo a mi lado en la cama. Encuentro la canción que necesito: *Y esta soy yo, asustada y decidida. Una especie en extinción, tan real como la vida.* Me subo al coche, pulso la apertura de la puerta del garaje y salgo. Mientras la canción suena me incorporo a la autovía siguiendo el ritmo con la mano en la rodilla: *Y esta soy yo, ahora llega mi momento. No pienso renunciar, no quiero perder el tiempo.* El cuentakilómetros marca ciento veintidós. Disfruto del paisaje y sigo cantando: *Dicen que voy como perro sin su dueño. Como barco sin un mar, como alma sin su cuerpo.* Y me doy cuenta de que, hasta ese viaje a Alicante, hacía mucho tiempo que no cantaba en el coche, que no daba el paso de atreverme, de cruzar la línea de lo prohibido. Ahora comenzaba a sentir que volvía a estar viva. *Dicen que soy un océano de hielo. Que tengo que reír más y callar un poco menos.*

Hace un día espectacular. Tengo ganas de encontrarme con Silas para ponernos al día. *Dicen que soy una chica normal. Con pequeñas manías que hacen desesperar.* Sonrío recordando los momentos que he vivido en estas veinticuatro horas, las peleas de mi hermano y mi padre. La mano de mi madre, siempre a tiempo. El faro secreto de Julio. La hoguera imposible de encontrar. Y el salto que jamás pensé dar. *Que no sé bien dónde está el bien y el mal. Dónde está mi lugar.* La canción termina y sonrío al saber que ya veo la luz al final del túnel.

# 4

Llego a mi casa de Madrid y lo primero que hago es abrir las cortinas para que entre toda la luminosidad posible. Tengo aún dos horas hasta mi cita con Silas. Enciendo también la impresora para sacar varios artículos del caso de Biel de aquel entonces y los mapas que acompañaban a las noticias. Noto que algo está ocurriendo en mi interior, una chispa empieza a nacer. Mi cerebro comienza a trabajar al leer de nuevo la cronología: un niño pequeño, en su triciclo. El pueblo entero apagado, sin luz. Comienzan los fuegos artificiales, su hermano está mandándole un vídeo a alguien y cuando se da cuenta ve el triciclo al fondo en una calle con arcos. Recuerdo mis primeros días en la unidad: ese era mi mecanismo, leer y releer hasta la saciedad los dosieres y archivos del caso, ya que la verdad siempre está ahí, oculta entre cientos de miles de palabras y declaraciones. Y me acuerdo también del primer día que llegué a aquel edificio en la plaza de Santa Bárbara de Madrid.

Salgo del metro de Alonso Martínez buscando la dirección que me han facilitado. Bajo hasta la mitad de la plaza y giro trescientos sesenta grados sobre mí misma intentando ver el número del portal. En una esquina hay un 24, pero ahí se termina. Cruzo el paso de peatones y el siguiente portal es el 28.

Pero ni rastro del número 26. Pienso que me lo he pasado y vuelvo a cruzar el paso de peatones. De nuevo el 24 en la esquina de la calle. Hay una terraza de un bar llena de gente cogiendo sitio para tomarse sus cervecitas frescas. Estoy a punto de acercarme a preguntar por el número 26 pero no quiero quedar de tonta. Y regreso al paso de peatones, pero esta vez no cruzo, me quedo bajo el semáforo intentando averiguar qué ocurre. Miro bien y en la esquina, al lado de una reja de una obra, hay un pequeño callejón, está tapado por una lona de color blanco con el logo de una empresa de construcción. En el suelo hay varios sacos de cemento, pero en él se ve lo que parece la puerta de atrás del bar. Me acerco, aparto una barra metálica que sale de un bloque de piedra de la obra y consigo meterme entre el hueco. Un alambre se ha agarrado a un hilo de mi jersey y se me ha hecho un agujero. Camino por aquel callejón, hay dos gatos sentados en un escalón. Veo la puerta del bar y antes de llegar, encuentro una puerta de chapa con algo en el lateral. Me acerco: es una especie de lector, rojo y de una forma un poco rara. En ese momento la puerta se abre, dándome un susto de muerte. Me quedo mirando el hueco negro. Doy un par de pasos y entonces escucho una voz.

—¿Es aquí? —pregunta alguien por mi espalda.

—¡Joder! —exclamo.

Un hombre de unos treinta y pico años está frente a mí. La mandíbula muy marcada y unos ojos claros como el agua. Se aparta nada más oír mi grito.

—Perdona, perdona. No quería asustarte.

—Pues casi me da algo.

—¿Estás aquí por lo de...? —Duda si seguir la frase. Yo me limito a mirarlo con las cejas arqueadas—. Por lo de la unidad...

—¡Eh! Vosotros. ¿Pensáis quedaros ahí tonteando toda la mañana? Manda cojones. —Una voz profunda y grave suena por el hueco. Un hombre está esperando en el descansillo que da al tercer piso—. Subid cagando hostias.

—Me llamo Silas, por cierto —dice él mientras subimos deprisa las escaleras que quedan.

—Yo, Eva. Encantada —le digo siguiéndole.

Silas y yo llegamos al tercer piso de aquel edificio ruinoso; un hombre rudo y con bastante mal humor nos espera en la puerta. Es una puerta distinta a las otras dos que había en el segundo y el primer piso. Esta parece de metal o de algún material muy resistente. El hombre nos mira de arriba abajo, es bizco y no puedo dejar de mirarlo. Hasta que su voz, tan grave y oscura, me hace volver a la realidad.

—Buenos días. Os han mandado aquí para formar parte de la Unidad Nacional de Inteligencia. Yo soy vuestro responsable, Luis Verdejo. Trabajo aquí seguramente desde antes que echarais vuestros primeros polvos o antes de que empezaseis en la academia —nos quedamos boquiabiertos con aquella presentación—, y anda que no han cambiado las cosas en estos años. Hay que joderse. Acercaos.

Silas da el primer paso y se acerca a aquel hombre con seguridad. Este lo mira a los ojos y le pide que le muestre el dedo índice.

—Nuevo registro —dice Verdejo.

Coge el dedo y lo coloca sobre una pantalla que hay en la pared junto a la puerta. Lo levanta un par de veces hasta que en la pantalla aparece una luz verde y un rótulo que anuncia: REGISTRO COMPLETADO.

—Ahora ponte frente a esta cámara.

Verdejo se aparta y sitúa a Silas de tal manera que la cámara le apunta directamente a los ojos. REGISTRO DE IRIS COMPLETADO, reza un nuevo rótulo. Yo alucino: lectura de huellas, reconocimiento de iris. No sé si voy a entrar en una unidad especial de la Policía Nacional o a las instalaciones de la NASA.

—Ahora tú—dice mirándome a mí.

Sigo los mismos pasos que mi compañero Silas y una vez que se completaron también mis registros podemos pasar dentro. Cuando la puerta se abre, no espero encontrarme lo que veo: un piso completamente reformado, con el suelo de mármol, espacios diáfanos y grandes mamparas separadoras, de tal manera que no hay tabiques por ningún lado. Salas repletas de ordenadores que tienen cientos de datos y una zona de reuniones con multitud de pantallas para videoconferencias.

—Este piso no está en ningún registro —dice Verdejo—, no hay planos sobre él ni fotografías del interior. Lo compró la unidad cuando las antiguas instalaciones se quedaron obsoletas para todo el trabajo que nos llega. En el piso segundo y en el primero hay en total siete habitaciones, para los días que tengamos que quedarnos toda la noche trabajando y necesitéis descansar. Aquí, en el tercer piso, está la sala donde nos reuniremos para estudiar los casos, entregar los historiales e informes que nos hayan preparado los compañeros para ponernos a trabajar y no perder ni un minuto. Esto no es como estar en una tienda, aquí vendréis única y exclusivamente cuando se os necesite. Pasad, aquí os están esperando vuestros compañeros.

En la gran sala de reuniones hay otras cuatro personas más. Uno es muy joven, diría que demasiado, parece que acaba de salir del instituto. No tendrá más de veinticinco años y viste con sudadera y pantalones anchos. A su lado hay una mujer, calculo que será de mi edad. Es pelirroja y lleva unas gafas muy monas que le hacen parecer la típica sabionda. Frente a ellos, otros dos hombres. Uno posiblemente ya roza la edad de Verdejo y el otro parece el típico policía chulo que cae mal a todo el mundo, lleno de tatuajes hasta en el cuello. Silas y yo entramos a la sala y nos sentamos en las dos sillas que quedan libres. Verdejo cierra la puerta, despliega una pantalla, apaga las luces y unas filas de luces led suaves se encienden en el suelo para que nos podamos ver al menos las caras. El proyector arranca con la imagen del escudo de la unidad de la que formamos parte: Unidad Nacional de Inteligencia, Grupo Santa Rita.

—¿Santa qué? —me pregunta Silas en voz baja.

—¿Santa Rita? —le respondo quizá demasiado alto.

—Sí. Santa Rita. Grupo Santa Rita, señorita Ayala —dice Verdejo con dureza y con su particular voz profunda—, patrona de los Imposibles. Decidí ponerle este nombre a nuestra unidad cuando se formó. Año tras año tenemos bajas de compañeros que no pueden aguantar la presión, o que deciden que el momento de dejarlo ha llegado. Vais a estudiar casos que aparentemente no tienen explicación alguna, muchos de ellos serán extremos, buscaréis asesinos que, después de cometer un crimen, se desvanecen y no dejan ni una migaja para poder seguirlos. Desapariciones que os llevarán a perder la cabeza intentando seguir a fantasmas que no vais a poder encontrar a no ser que lo deis todo. Por eso este grupo recibe ese nombre, porque espero que vosotros y vosotras no tiréis la toalla tan fácilmente. A continuación os voy a presentar según los perfiles que me han facilitado vuestros superiores: Adam Revuelta. —El chico más joven que llevaba la sudadera y los pantalones anchos levanta la mano. Todos dirigimos la mirada hacia él—. Experto en tecnología avanzada, encriptación y control remoto de todo tipo de puertos informáticos. Veo que no has perdido el tiempo, chavalote —le dice Verdejo.

—Para que luego digan que es malo saltarse las clases —contesta él.

Verdejo le tiende la mano.

—Bienvenido.

—Amaia Ande... —A Verdejo parece que no le sale muy bien su apellido— Andetx...

—Andetxaga, capitán —dice ella. Es la chica pelirroja.

—Joder, manda cojones. Amaia Andetxaga, agente de la Ertzaintza y capitana de la Unidad de Subsuelo del Gobierno Vasco, expertos en hallazgo de zulos, análisis geoterrestres y búsqueda de cadáveres bajo tierra. Bienvenida, Amaia —dice Verdejo tendiéndole la mano a ella también. «Vaya pasada de tía», pienso.

—Curtis Peña —sigue Verdejo.

—Aquí —dice uno de los dos hombres que tenía frente a mí. Todos lo miramos.

—Exmilitar de las Fuerzas Armadas. Comando Alfa. Experto en armas militares, desactivación de bombas y operaciones de asalto. Bienvenido al equipo.

—Gregorio Rodríguez —continúa Verdejo sin esperar a más.

—Gregorio Rodríguez Jiménez —dice un hombre con unas gafas bien grandes. Puede tener cerca de sesenta años y no soy capaz de intuir de dónde viene.

—Un placer, Gregorio. Usted es... —Verdejo se queda en silencio al leer aquella página— usted es el director del Anatómico Forense de Madrid.

—Así es, capitán —dice él sonriendo—, cerca de cuarenta años de servicio. Imagínese lo que he visto —bromea.

—Bienvenido, Gregorio. Silas Ventura —dice ahora Verdejo.

—Presente, mi capitán.

—Policía Nacional en la Unidad de GEO. Has participado en más de cien operaciones terroristas y fuiste condecorado con la Cruz con Distintivo Rojo por tus heridas en el atentado de la Terminal 4 de Madrid-Barajas. Bienvenido, agente Ventura.

—Un placer, capitán. —«Me toca a mí», pensé.

—Y por último... —El capitán Verdejo pasa el último folio—. Eva Ayala. Policía Nacional de la Comisaría Central de

Alicante. Tiene usted un coeficiente intelectual del 159, a un solo punto de ser considerada como una mente de excelencia. Ha trabajado en los casos más importantes de la Comunidad Valenciana, experta en desarticulación de banda criminal, intercepción de comandos de la droga y hallazgo de desaparecidos. Pero además fue usted quien resolvió la identidad del asesino de las flores, dándole caza finalmente.

El asesino de las flores había conmocionado a la sociedad española hacía apenas dos años. Es considerado hoy uno de los asesinos en serie más sangrientos de los últimos tiempos. Mataba en Alicante a niñas menores de diez años y junto al cuerpo dejaba una flor distinta en cada uno de sus ataques. Murieron nueve niñas antes de que pudiésemos dar con él. Actuaba solo, las víctimas eran capturadas a plena luz del día en parques de la ciudad y en barrios sin mucho tránsito. Debían de estar solas o el asesino esperaba a algún despiste por parte de los padres.

El ambiente que se respiraba en la comisaría era de absoluta tensión, todos los medios aguardaban en la puerta y el comisario se subía por las paredes ante la falta de respuestas. Se nos encargó dejar todo lo que estuviéramos haciendo y montamos en la planta baja de la comisaría una gran mesa para poner en común los perfiles de todas las víctimas. Fue así cuando, con mi compañero, me di cuenta de algo que todos habían pasado por alto: ninguna de las niñas había gritado, huido o al menos ningún testigo de los nueve ataques escuchó nada en el momento en que se produjo el secuestro. Comenzamos a investigar ciertos puntos de conexión entre las víctimas. A simple vista en lo único que coincidían era en su edad, ninguna sobrepasaba los diez años, pero tenía que haber algo más, debíamos encontrar una conexión entre todas ellas. Y la encontramos. Eran posiblemente las cuatro de la mañana, en la comisaría no dábamos abasto con tantos cafés. Mi compañero salió a fumar y yo me quedé revisando las declaraciones de los padres. En una de esas grabaciones, la madre decía que en la semana de la desaparición no habían notado nada extraño, nadie que les observara, habían llevado a su hija a las actividades extraescolares, natación e inglés, con su profe nativa preferida, y el jueves fue al dentista. Pero nada más. Entonces algo en mi cabeza hizo clic. Días atrás había leído uno de los informes de los cuerpos, que decía que a una de las niñas le acababan de poner bráquets. Revisé las zonas en las que vivía cada una de ellas y al principio no tenía sentido, puesto que no todas vivían en el mismo lugar. Llamé a cada una de las familias para hacerles la misma pregunta.

—¿A qué dentista llevaban a su hija?

Lancé la moneda al aire y el resultado siempre fue cara.

—A Tomás Garrido —contestaron los primeros.

—A Tomás —dijeron los siguientes.

—La llevábamos a Tomás Garrido, es una clínica que hay al lado del Parque Santa Catalina.

—Garrido, es el dentista que ha tratado siempre a la familia.

—Iba a la clínica de Tomás Garrido, como su hermana.

Colgué el teléfono y todas las unidades de la Policía Nacional de Alicante se metieron en los coches. Era él, tenía que ser él. A las 04.25 de la mañana tiraron abajo la puerta de su casa: estaba dormido en su cama, junto a su mujer. Sus dos hijos se llevaron un susto tremendo. Nadie entendía qué pasaba, el comisario me llevó a la casa y, una vez allí, confirmé que era él el asesino que buscábamos. Junto a la casa había una especie de cobertizo lleno de flores: quince grandes macetas que daban quince flores distintas. Cada una de un color y tono diferentes. Se le condenó a ciento veinticinco años de cárcel, pero cumpliría la pena máxima en España. Le hicieron multitud de análisis y acabó confesando que la única razón por la que mató a todas esas niñas fue porque le motivaba hacer daño, le entretenía y disfrutaba. Aquellas palabras me dejaron helada, y ahí entendí qué clase de monstruos habitan en algunas personas. Aquel día el comisario Ordoñez me dijo algo: «Ve a dormir sabiendo no que hemos perdido nueve vidas, sino que has salvado seis». A los pocos días de aquello me llamaron para la unidad.

Cuando me quiero dar cuenta han pasado varias horas y llego tarde a mi cita con Silas en un restaurante de Malasaña. ¿Cuánto hacía que no me concentraba tanto en un caso? En todo este año de baja laboral Verdejo se ha puesto en contacto conmigo de vez en cuando, no solo para preguntarme cómo estoy, si necesito algo... (incluso me ha traído dulces a casa alguna vez, o hemos ido juntos al cine), sino también para hablarme de casos que trabajaban en la UNI.

—Te echamos de menos, Eva, pero también te necesitamos. Tu cabecita nos sacaría de muchos problemas —me dice a menudo.

Así que, algunas de esas veces, me ha dejado ver algunos dosieres o apuntes sobre los casos que estaban estudiando, simplemente para ver si eso me motivaba o si me entretenía. Pero qué va. Nunca era capaz de pasar de la segunda o tercera página. No podía. Era incapaz de sentarme a leer. Todo aquel horror, ese sufrimiento. Solo podía pensar en el mío, en lo sola, culpable y horrible que me sentía. Justo en esos momentos aparecía Silas, que notaba cómo me hundía en el barro y me sacaba a flote. Silas. Él ha sido mi verdadero salvavidas todo este tiempo...

He quedado a las 14.00. Agarro las llaves y el móvil y salgo acelerada por la puerta. Bajo las escaleras de dos en dos ya que no puedo esperar que suba el ascensor y vuelva a bajar. Esquivo las colas de Doña Manolita. «Pero ¡qué hace la gente haciendo cola para la lotería de Navidad en pleno verano!», me pregunto. «No tendrán otra cosa mejor que hacer». Cruzo la Gran Vía y entro por la calle Valverde. Busco la ubicación del restaurante y me indica que estoy a seis minutos todavía. Miro por el laberinto de calles del barrio de Malasaña y el ambiente es increíble: ya están llenas de banderolas que cruzan de balcón a balcón. Los escaparates de las tiendas *vintage* sacan a relucir sus camisas especiales para conseguir venderlas cuanto antes, y lo consiguen, pues la calle parece una pasarela de las propias tiendas. Giro en la calle Vicente Ferrer y ahí veo el restaurante y a Silas en la puerta. Tengo que estar como un tomate por las prisas, pero es lo que hay.

—Joder, vengo corriendo —le digo nada más verlo.

Le doy un abrazo y él me coge casi en brazos.

—¿Cómo estás, pequeña? —me pregunta.

—Necesito un vaso de agua —digo yo, que todavía trato de coger aire.

—Pasa, vamos dentro.

El camarero nos señala nuestra mesa y cuando miro hacia el interior del comedor...

—¡SORPRESA! —Un estruendo de voces hace que me lleve un susto de muerte. Todos mis compañeros de la unidad están allí: Adam, Curtis, Amaia, Paloma, Gregorio y, no puedo creerlo, pero hasta Verdejo está allí.

—Pero, pero... ¿qué es esto? —digo al verlos a todos juntos en una mesa enorme.

—Pero, pero, pero... —repite Silas haciéndome burla—, vamos, siéntate.

El camarero empieza a poner cervezas encima de la mesa.

—Cómo se nota que paga Verdejo —dice bromeando Adam, el más joven.

—¡Calla, chaval! —exclama él—. Para algo os pagamos lo que os pagamos.

—Ahí tiene razón —dice Gregorio.

—Bueno, Eva, ¿cómo estás? —pregunta Amaia—. Se te echa mucho de menos en la unidad.

Le sonrío. Amaia es de las compañeras que más echaba de menos, con ella siempre tenía ratos para contarnos cosas, reírnos y hasta escribirnos un poco después del trabajo. Solíamos juntarnos a menudo todo el grupo, pero con ella tenía algo más de contacto y complicidad, siempre estaba abierta a hacer planes.

—Pues me siento mucho mejor desde hace unos días —contesto—. Siento que tengo fuerzas para volver y sentirme útil a vuestro lado. Pero quiero hacerlo bien. Ahora estoy ocupada con algo que necesito comprobar, pero después regresaré si el jefe —añado mirando a Verdejo— me lo permite.

—No te negaré que hemos programado ya entrevistas para cubrir tu puesto. —Todos se ríen.

—Podrías buscar debajo de las piedras si quisieras, que no tendríamos a nadie como ella —dice Silas.

Su comentario suena a cumplido romántico y Adam silba. Silas le hace una peineta. Yo rozo la rodilla de Silas con la mano.

—Silas nos ha pedido hoy un informe, Eva —dice Curtis—, el caso del niño que se ahogó en el pueblo de la Costa Brava.

—¿La Operación Nemo? —pregunta Verdejo.

—¿Operación qué? —dice Amaia.

—Venga ya, ¿no os enterasteis de ese caso? —exclama Gregorio.

—Estábamos con el de Torrent justo en ese momento. Tuvimos que echar muchas horas bajo la lluvia y en el hotelucho donde nos tuvimos que quedar no había televisión y si la había, ni la encendíamos —dice Silas.

—Yo leo el periódico, y me enteré de todo —añade Gregorio.

—¿Qué pasó exactamente? —pregunta curiosa Amaia.

Yo los miro a todos antes de tomar la palabra.

—Es un caso que no me puedo quitar de la cabeza, es como si me persiguiera desde el momento en que lo vi en televisión la otra mañana. Al parecer, la Noche de San Juan de hace tres años un niño pequeño estaba con su hermano, este lo perdió de vista y el niño desapareció. No hubo rastro de él los primeros días, todo el mundo se implicó en la búsqueda, hasta voluntarios acudieron a la llamada desesperada de aquellos padres. Tanto es así que rápidamente comenzaron a encontrar las primeras pruebas del caso a la entrada de una gruta. Se ordenó la búsqueda en el fondo del mar con el equipo de los GEAS, que trasladaron un buque de búsqueda, y a las veinticuatro horas hallaron la ropa que llevaba el día de la desaparición a pocos metros de la gruta donde encontraron las demás cosas. Todas las entrevistas y declaraciones que se hicieron concluían que no había indicios que llevaran a sospechar que el niño pudiera haber sido sustraído, ya que no descubrieron ADN de otras personas en la ropa del menor, salvo la de sus familiares. El caso se cerró a los cinco días de que se diera la voz de alarma, afirmando que la criatura se ahogó, pero la madre sigue sosteniendo algo firmemente: su niño no pudo recorrer la distancia que hay desde la plaza del pueblo hasta el torrente donde encontraron las chanclas. Es una distancia muy grande para un crío de su edad; sin embargo, los expertos médicos concluyeron que, aunque era muy difícil que un niño con las características fisionómicas de Biel Serra pudiese hacer aquel largo recorrido, no era imposible. Dos psicopedagogas especializadas en rehabilitaciones de niños secuestrados dijeron que los niños tienden a explorar, no suelen tener miedos adquiridos en edades tan tempranas y que hay algo muy importante en la cronología del caso: Biel ese día se echó la siesta. Durmió más de dos horas y después se fueron a ver los fuegos artificiales. Motivo más que suficiente para que pudiese hacer esa distancia sin estar cansado ni con sueño y excitado por el ambiente festivo.

Todos mis compañeros me miran atentos, algunos beben un trago de cerveza y entonces es Silas quien me roza con su mano.

—Pero hay algo más —añade. Lo miro extrañada ya que no tengo ni idea de a qué se refiere.

—En el informe que solicité ayer a la UCO, que fue la encargada de llevar el caso, hay un apartado hacia el final que se añadió después de dar por cerrada la investigación. La madre, Isabel, mantiene que esa noche su hijo no llevaba el peluche que encontraron posteriormente y que sirvió para ratificar el presunto camino que había tomado el niño hasta la gruta. Recuerda verlo en el salón antes de salir de casa para ir a la plaza. He revisado algunas entrevistas y su marido dice que es probable que lo cogiera, ya que tenía muchísimos juguetes y peluches, pero que no logra recordarlo. Los abuelos, que se encontraban en la casa, tampoco lo saben al cien por cien ni su hermano mayor, Ferran.

—Debéis saber una cosa antes de que abordemos este caso, si es que lo hacemos —dice Verdejo mirándome a mí—: una madre es capaz hasta de vender su alma al diablo con tal de reabrir un caso de estas características. Y más si sabe que lleva razón. Pero la pregunta es si realmente la tiene.

—Pero, chicos, yo necesito que sepáis algo —digo yo—, esta historia la he abierto yo. Me refiero a que necesito hacer este viaje sola. No me malinterpretéis, pero si después nos diésemos cuenta de que hemos perseguido fantasmas y hemos tirado semanas de trabajo a la basura, cuando otros casos más importantes y urgentes os necesitan, me sentiría más culpable todavía.

Todos escuchan lo que les estoy diciendo y, en parte, lo entienden.

—¿Y te vas a ir tú sola? —pregunta Amaia.

—Por supuesto que no —dice Verdejo—, de ninguna manera.

Yo lo miro mientras él se quita la espuma de la cerveza de los labios.

—Verdejo... —dice Silas.

—No. Ni hablar. Somos un grupo, la Unidad Santa Rita. Nadie va por libre, no podría perdonarme jamás si te pasara algo. No.

—Verdejo, no voy a perseguir a ningún asesino. Voy a buscar respuestas. Necesito encontrar cuál es la verdad y si veo algo que no cuadra, os llamaré. Os lo prometo.

Él refunfuña por lo bajo y no me mira a los ojos.

—Eva —dice Adam—, ¿qué crees que pasó realmente? Tú siempre tienes un olfato especial, un sexto sentido para estas cosas. Como lo que pasó con Torrent y con el asesino de las flores... y con tantos otros casos.

—Sinceramente, Adam, lo más seguro es que ese niño se ahogara en aquella cala y es un dolor irreparable para esa familia. Pero necesito verlo con mis propios ojos, necesito tener todo delante de mí para poder comprobarlo.

—Y si este caso sale mal, ¿volverás a la unidad, Eva? —pregunta Verdejo—. Te perdimos una vez y no estoy dispuesto a perderte una segunda porque ese niño se ahogara finalmente.

—Pase lo que pase, estoy preparada para volver. —Todos sonríen entonces.

—Bienvenida a casa —dice Amaia alzando su cerveza.

Todos la imitan y mi sonrisa es inmensa.

—Por Eva —dice Silas.

—Por Eva —repiten todos.

Me pongo un poco roja y rozo de nuevo la mano de Silas.

—Gracias —le digo susurrando.

—Eva, te voy a decir una cosa —interviene Verdejo—. Esta panda de perros, desde que te fuiste tienen la oficina a su gusto, nada de orden, todo desparramado por ahí sin ningún sentido.

Una de las cosas que necesitaba para trabajar bien era que todo estuviese ordenado, pero milimétricamente ordenado. Cada folio tenía que estar a la misma altura que el otro, todos los listados de testigos ordenados alfabéticamente y seleccionados con los colores para cada persona. Y veo que mi jefe, Verdejo, es algo que echa de menos.

—A saber cómo habréis sobrevivido este tiempo.

—¡Con alcohol! —dice Adam riéndose.

—De verdad, ¿en qué hora acepté que este criajo entrara en el equipo? —bromea Verdejo.

—Desde el momento en que comprendiste que no encontrarás ninguno como yo por más que lo busques, Verdejo —dice él mirándonos a nosotros.

Adam es increíblemente bueno en su trabajo, conoce todas las formas posibles de investigar teléfonos, ordenadores, televisores, cualquier cosa que lleve un microchip no tiene ningún secreto si Adam está al frente. Una vez, por el cumpleaños de Amaia, estábamos en la plaza de Callao y conectó un vídeo a la pantalla del edificio de la Fnac en el que salíamos todos felicitándola. La plaza entera se giró a observar qué eran esos gritos de feliz cumpleaños. Amaia no podía creerlo, pero sí, fue nuestro Adam.

Comemos los entrantes que traen y antes de que lleguen los platos principales, Silas me roza de nuevo la mano.

—¿Sales a fumar? —me pregunta.

—Sí. Te acompaño.

Nos levantamos y todos nos ven salir a la puerta del restaurante. Después se oyen algunos murmullos. Silas me abre la puerta para que salga.

—¿Te vas a ir sola de verdad? —me pregunta mientras me da un cigarro.

—Sí. Lo necesito.

Enciende su cigarro y después me pasa el mechero para que haga lo mismo con el mío.

—Me da cosa este caso, Eva.

—¿Por qué?

—Cuando leí el informe, noté algo raro en el ambiente del pueblo.

—¿Algo raro? ¿Cómo que raro?

—Uno de los policías que llevó el caso desde el principio no se implicó demasiado, o al menos a mí me ha dado esa sensación. Se jubiló poco después de que cerraran el caso y se fue a vivir a Jaén.

—¿Lo has investigado ya? —pregunto curiosa.

—Quería estar informado.

—O protegerme... —Él se queda en silencio—. Estate tranquilo Silas, voy a intentar hacer mi trabajo, que sabes que lo hago bien. Quizá, de hecho, no haya nada que hacer y tenga que volverme a los pocos días. Pero quiero hablar con esos padres.

—Está bien —dice él casi en un susurro—. Entonces no iremos a Tarifa, ¿verdad?

Había hablado con Silas de preparar una escapada los dos juntos a algún sitio este verano. Con él tenía una relación especial, no había ido más allá del cariño, el compañerismo y el respeto mutuo, nunca había ocurrido nada más. Sí que había cierta tensión, y en cualquier operativo peligroso, si yo estaba al frente, Silas se ponía nervioso. Una vez tuve una conversación muy agresiva con él porque casi dispara a uno de los asesinos que buscábamos al verlo sacar una pistola. Era una estrategia que habíamos organizado y esa pistola era falsa, y él casi se cargó todo el operativo de detención.

Desde el principio Verdejo fue muy claro con todos nosotros: «Las vidas personales se quedan al otro lado de esa puerta. Aquí tenemos que estar en lo que hay que estar, cojones». Amaia me decía que todos se imaginaban que acabaríamos juntos, que el tiempo que yo había estado fuera, Silas no podía pensar en otra cosa, e incluso se enfadaba consigo mismo al no poder concentrarse.

—Creo que Tarifa tendrá que esperar esta vez —digo yo.

Él baja un poco la cabeza.

—No pasa nada.

—Pero algo haremos, que a mí también me apetecía.

Él sonríe y apaga el cigarro.

—¿Entramos? —me pregunta mientras abre la puerta.

—Sí —le digo mirándole.

La comida es genial, estar con ellos de nuevo me hace recuperar la ilusión por trabajar con aquella familia que formábamos desde hacía cinco años. Volvemos a brindar y Verdejo me dice que cuente con ellos para cualquier cosa. Que no vaya mucho por libre y que a la mínima cosa turbia, los avise cagando hostias. Nos despedimos todos y, pese a estar muy cerca de mi casa, Silas insiste en acercarme en su coche. Arranca su Audi deportivo y en pocos minutos hemos llegado.

—Cuídate mucho, ¿vale? —dice cogiéndome la mano.

—Lo haré.

Él apenas quiere mirarme.

—¿Estás bien? —le pregunto.

—Sí. Simplemente me emociona que vuelvas a la unidad.

—A mí también me emociona. Volveremos a trabajar juntos —digo riéndome.

Él se ríe también.

—Me marcho ya, ¿vale? Tengo que buscar un apartamento donde quedarme y hacer las maletas...

—Buen viaje, pequeña —dice entregándome el historial del caso.

Se acerca para darme un abrazo. Siento su barba rozando mi oreja. Huelo su perfume, aquel que lo identifica y que nada más llegar a la oficina era lo primero que notaba y también lo último al marcharme. Un día que me dejó su chaqueta porque la calefacción se había estropeado. Me la pude llevar a casa y no dejé de olerla ni un segundo: era él.

—Gracias por todo Silas. Nos vemos en unos días.

Y salgo del coche. Cierro la puerta y paso por delante de él. Me sigue con la mirada hasta que giro en la esquina de la calle pensando en que me hubiera quedado metida en ese abrazo mucho más tiempo. Habría separado mi cara de ese abrazo muy lentamente, para mirarlo de cerca, para ver esos ojos que te dejan sin palabras. Habría temblado, como de costumbre cuando estoy con él, y habría tocado sus labios con mis dedos, esos labios en los que pensaba desde hacía ya un tiempo. Y lo hubiera besado. Lo hubiera besado sin temor y con ganas, sintiendo cada trazo de sus labios y mordiéndole suavemente el labio inferior. No habría sentido miedo nunca más, con él me sentía arropada.

Ahora me muerdo mis propios labios. Abro los ojos y cierro la puerta de casa, me tumbo en el sofá y suspiro, sabiendo que aquello es muy difícil para los dos. Al lado de la televisión hay una foto de Luna en la última fiesta de disfraces del colegio, iba de astronauta. Al traje que preparamos su padre y yo, le cosí una etiqueta con su nombre: COMANDANTE LUNA, decía en el pecho.

Desde que supo el significado de su nombre le empezó a interesar todo lo del universo: las estrellas, los planetas y, cómo no, la luna. Veíamos muchas películas juntos, los tres. Y sus favoritas eran las que tenían que ver con el espacio. Era muy pequeña para entenderlas, pero le apasionaba saber más de las cosas, quería investigar lo desconocido y sobre todo preguntar el porqué de todo.

Me quedo embobada mirando esa foto, su sonrisa pícara, su pelo con trazos rubios igual que su padre cuando era pequeño. Dejo entonces de sonreír, consciente de que yo soy la culpable de que todo eso ya no forme parte de mi presente.

# 5

Me incorporo y el sol de media tarde comienza a entrar por el balcón. Abro las ventanas para que entre algo de aire. Observo todos los folios que he impreso y los voy colocando sobre la mesa del salón. Hay cosas que no puedo saber, porque no estaba allí, pero hay detalles importantes que estoy segura de que nadie ha podido ver todavía. Busco en internet todas las fotografías que hay de esa noche, en periódicos digitales y redes sociales, con la ubicación del pueblo. Hay muchísimas fotografías que la gente ha compartido en Instagram, la mayoría son del cielo con la iglesia justo debajo; otras de los fuegos artificiales explotando por encima de la cabeza de la gente. Hay unas cien imágenes compartidas. Las mando todas a la impresora sabiendo que voy a fundir los tóneres de color. Noto de nuevo dentro de mí ese deseo de encontrar algo, de saber qué ha pasado con aquel pequeño ángel que estaba en su triciclo. Necesito ir al baño y, al pasar por delante de la habitación de mi Luna, echo un vistazo: en el techo aún tiene las estrellas que brillan por la noche. Entro en el baño, me echo agua en la cara y respiro: sé que es posible que tenga algo importante entre manos, pero no debo precipitarme.

Paso uno, recabar toda la información posible. Vuelvo al salón, cojo mi libreta y me voy al ordenador. Uno por uno veo los informativos desde el día de su desaparición hasta los seis días posteriores. Uno por uno anoto detalles nuevos que desconocía. El pequeño llevaba su peluche la noche que desapareció. El banco de la plaza de Calella sufrió un corte de luz poco después de la desaparición, quizá pudo deberse a que a medianoche se desconectó el suministro del alumbrado público del pueblo. Según los informativos, se habían llevado a cabo largos interrogatorios a todo el mundo cercano a la familia, y por supuesto, a la propia familia. En unas imágenes, diez días después de la desaparición del pequeño, cuando suspendieron la búsqueda por vía submarina y decidieron dar el caso por cerrado, los periodistas iniciaron su retirada, pero uno de ellos tomó un vídeo en el que decía: «El hermano del pequeño Biel abandona la casa familiar por el sentimiento de culpa». En él salía el hermano mayor con una maleta y metiéndose en el coche con otro chico.

Paro el vídeo. Y reviso los artículos que he impreso, busco uno en concreto, me suena haber leído algo de que el hermano tenía pareja. Lo encuentro, dice lo siguiente: «El triciclo en el que desapareció el pequeño fue un regalo de su hermano el mismo día de la desaparición. Lo eligió esa misma mañana en Gerona, donde reside, junto a su pareja». Me quedo mirando las letras y vuelvo al ordenador. Pienso un rato en silencio y entonces lo entiendo.

—Para ti era aquel vídeo —le digo a la pantalla del ordenador.

Vuelvo al ordenador y me meto en una página de alquiler de apartamentos y casas vacacionales. Introduzco el destino y las fechas, y le doy al buscador. Todavía hay disponibles unos cincuenta apartamentos, pues la mayoría de la gente se va de vacaciones a partir de la segunda quincena de julio. Veo uno que me gusta mucho. Es azul marino, las vistas desde la ventana dan al mar y también está muy cerca de la plaza del pueblo. Miro el teléfono y llamo para asegurarme.

—¿Hola?

—¡Sí! ¡Dígame! —Una mujer con acento francés me atiende enseguida.

—Llamaba por la casa. La de Calella de Palafrugell.

—Ah, sí. La casa. Muy mona. Muy mona.

—Querría ir a partir de mañana, no sé si es posible.

La mujer se queda en silencio y al poco se la oye de nuevo.

—Mmm.... ¿Mañana ya? —dice.

—Sí. Es importante.

—¿Cuántos días quieres?

—Hasta el 5 de julio. ¿Es posible?

Un nuevo silencio. Debe de estar mirando la agenda de
reservas.

—Sí. Disponible. ¿A qué hora llegas mañana?

No sé a qué hora voy a llegar, pero de Madrid a Barcelona
tengo en coche unas seis horas, más otra hora y media hasta el
pueblo.

—Por la noche, sobre las nueve.

—Vale. En total serían novecientos cincuenta euros por las
trece noches, ¿puedes ingresar ya?

Me río un poco, del acento y de lo directa que es.

—Sí, sí puedo.

—Vale. Te mando mensaje con número de cuenta. Me llamo Catalina, ¿tú?

—Yo soy Eva.

—Muy bien Eva. Envía dinero y te mandaré mensaje después de la calle donde está la casa.

—Muchas gracias, Catalina.

—¡¡A ti!! Saludos —exclama antes de colgar.

Abro la pestaña del banco y envío la cantidad que me ha
pedido al número de cuenta, que me acaba de llegar en un
mensaje. Siento que esto es lo que debo hacer. Siempre le
hago caso a mi instinto y esta vez me dice que por este camino voy a acertar. Evidentemente también tengo miedo de encontrarme con una situación a la que no pueda hacer frente,

pero necesito tener toda la información posible y desde aquí no la voy a encontrar. Necesito hablar con esos padres, con su círculo. Todo lo que pueda averiguar será de ayuda para completar este rompecabezas. Es muy difícil que alguien tan pequeño pueda hacer ese recorrido él solo por el simple hecho de estar desorientado y acabar cayendo al agua desde una gruta que está a casi seis kilómetros. Necesito ir y es lo que voy a hacer.

Voy a la habitación y bajo la maleta del altillo. Empiezo a meter en ella camisetas de manga corta y algún biquini para bañarme al amanecer. Meto el libro que estoy leyendo y agarro el portátil, que estaba en la mesita de noche. Preparo el neceser y después cojo una de mis fotos favoritas, de Luna y mía en un viaje a PortAventura. Estamos a punto de montarnos en unos pequeños globos aerostáticos. Quise inmortalizar el momento antes de que empezara la atracción, mientras su padre nos esperaba abajo.

Me quedo mirando la foto y decido meterla en la maleta. Para así sentir a mi hija más cerca. Preparo toda la documentación impresa y la meto en una carpeta azul. Cierro la maleta y la dejo en la entrada. A mi móvil llega un mensaje de Catalina, con emoticonos sonrientes, conforme le ha llegado el dinero. Me da la dirección y me dice que las llaves me las entregarán en el estanco que hay en la plaza del pueblo, que ella no puede estar porque se encuentra en un pueblo de Francia y no llegaría a tiempo, pero que los dueños del estanco ya estaban avisados. Y a continuación me pasa sus teléfonos por si acaso, lo cual pienso que me viene genial para entablar conversación con quienes fueran los dueños y poder preguntarles por lo que pasó. Recojo un poco la casa y bajo a la Gran Vía a darme un paseo y respirar un poco.

Madrid en verano es algo extraño, se vacía de la gente que vivimos aquí y se llena de multitud de turistas de todas partes del mundo. Los reconoces fácilmente por el gran palo selfi que llevan en las manos, al cual nunca le veré ningún tipo de sentido. Paseo por la ciudad y reconozco que me gusta mucho, abraza a quien llega y le hace sentir bien, pero en el fondo echo de menos mi mar. Crecí en Alicante y mis padres me llevaban al mar desde muy pequeña. Cuando estaba preparándome para el examen de la policía, recuerdo los paseos que me daba por la playa de San Juan. Allí esperaba a que bajase el sol y llegase el atardecer. Sin nadie más y sin hacer nada, me sentaba frente a la orilla y el agobio que tuviese en ese momento ahí se quedaba, como si de ceniza se tratara. Hiciera frío o calor, era algo que me gustaba hacer. Eso lo echo mucho de menos en Madrid. Sé que mi tiempo aquí es finito. Cuando me ofrecieron la oportunidad la cogí y no me arrepiento, pero sé que mi lugar está en otro sitio por ahí fuera, más cerca del mar y no tan céntrico.

He venido a la azotea del Círculo de Bellas Artes a despedirme de la ciudad. El sol empieza a esconderse, pasa entre el edificio Telefónica y el nuevo hotel que han levantado cerca de plaza de España, y por un momento parece exactamente el mismo tono de naranja de cuando conocí a Héctor. Fue una noche de fiesta en Alicante hace ya más de diez años. Por aquel entonces no podía ni imaginar que acabaría en la Unidad Nacional de Inteligencia. Salí con mis amigas, fuimos a una discoteca donde se reunía gente de todas las facultades de Alicante. Era un local situado al lado de la playa. Todavía hoy, si cierro los ojos, puedo trasladarme a aquella noche. Me puse aquel vestido azul marino que tanto me gustaba y me hice dos trenzas muy finas que se unían en la parte de atrás. Estrené el perfume que me regalaron mis padres por mi cumpleaños y cogí el coche para ir a la discoteca.

La primera vez que vi a Héctor, retrocediendo en el tiempo, fue al llegar al aparcamiento. Me fijé en un grupo de amigos y él destacaba entre los demás. Tenía el pelo corto y llevaba una chaqueta de pana y unos pantalones de talle alto. Me pasé toda la noche intentando encontrarlo mientras bailaba y nos bebíamos los cubatas que íbamos pidiendo y a los que a veces invitaba una y a veces otra. Nos sacábamos fotos, alguna ligaba antes de tiempo y yo, que ya estaba un poco acostumbrada a pasar desapercibida, simplemente disfrutaba de aquel buen rato junto a mis amigas. De vez en cuando miraba a mi alrededor por si podía encontrarlo. Eran cerca de las seis de la mañana y ya casi me había olvidado de él, perdido en una discoteca tan grande, con tanta gente. «Se habrá ido», pensé. «Estará de camino a casa, yéndose a dormir cuando está a punto de salir el sol». Y entonces miré la hora. Faltaban diez minutos para que cerraran la discoteca. Les dije a mis amigas, las dos que quedaban, que quería ir a ver salir el sol, que si me acompañaban. Pasaron de mí y yo, que no había bebido casi nada, crucé de la discoteca a la arena. El cielo comenzaba a brillar, el negro de la noche se teñía de azul marino y en el horizonte el final del mar parecía real. Sentí que me rozaba una brisa ligera que me produjo escalofríos. Era él. A pocos metros de mí, mirando hacia el mismo lugar.

—Es bonito, ¿verdad? —dijo.

El sol asomaba tras el mar.

—Mucho. Hacía tiempo que no veía un amanecer.

Se acercó a mí, las olas comenzaban a rugir más fuerte y casi no nos escuchábamos.

—Soy Héctor, encantado.

—Eva.

Nos dimos dos besos.

—¿Nos hemos visto dentro? —dijo mirando hacia la discoteca. Los últimos salían y se dirigían a los coches.

—No que yo sepa —dije tímida—, solo te he visto al llegar.

—¿Al llegar?

—Sí, cuando estabas en el aparcamiento, con tus amigos.

—¿Y me has buscado después?

—Bueno, no exactamente; solo quería volver a verte.

Se rio y se tocó un poco el pelo. Sus ojos eran tan bonitos... El reflejo del naranja del amanecer le acariciaba la piel.

—Pues nos hemos vuelto a encontrar.

—Sí, en este lugar tan bonito.

Y cuando el sol salió por fin, me miró a los ojos y sentí que debía besarlo. A veces pienso que, en la vida, ocurren cosas que interpretamos como casualidades y cuando echamos la vista atrás, nos damos cuenta de que no, encontrarnos en el momento y en el lugar con la persona que nos hará la vida más fácil no es una simple casualidad. Está ahí por algo, solo tenemos que saber verlo. En muchas ocasiones la gente no se llega a encontrar porque sencillamente no se ve. Pero nosotros nos habíamos visto. Y ahí estábamos, dándonos un beso ante el amanecer más bonito que había visto jamás, con toda nuestra historia por delante.


Me despierto temprano, bajo las cosas al coche y añado al GPS un nuevo destino: Calella de Parafrugell. Suena el nuevo disco de Coldplay, uno de mis grupos favoritos. La canción *Viva la vida* siempre hace que me emocione y se me pongan los pelos como escarpias.

Llevo conduciendo cerca de dos horas y media. Me encanta conducir. Voy recordando los viajes que hacíamos los tres. También las primeras citas con él en las que yo le recogía porque aún no se había sacado el carnet. Improvisábamos planes para estar más tiempo juntos: irnos a una cala increíble o simplemente a mirar el mar, escribir nuestros nombres en una pared cercana a uno de los faros más bonitos que he visto jamás, ver el atardecer desde una colina y sentir el vértigo muy dentro... Nos dimos cuenta pronto de que todas las horas del mundo nos parecerían pocas para estar juntos. Ahora miro de reojo ese asiento, ya no discutimos por qué canciones poner, ya nadie me acaricia el cuello o la cabeza mientras voy por la autovía... «Sé que no estás pero te siento como si estuvieras», le digo a mi interlocutor lejano. En ese momento la música se para y me llama la persona que más me conoce en este mundo.

—¿Eva?

Sonrío al escuchar su voz.

—Hola, mamá.

—¿Cómo estás? Te oigo mal, ¿tienes puesto el manos libres?

—No, mamá, es que voy conduciendo.

Se queda unos segundos en silencio.

—¿Conduciendo? ¿Adónde vas?

—¿Recuerdas el caso que te comenté?

—El del niño.

—Sí...

—Haz lo que creas, hija —dice ella—. Lo que elijas estará bien.

Mis padres habían presenciado toda mi bajada a los infiernos. Mi madre se pasó en casa conmigo casi un mes, pidió sus vacaciones en el juzgado y se vino a Madrid. Preparaba la comida, especialmente su sopa, que cura todos los males del mundo. Me obligaba a salir de la cama para enseñarme la luz que descansaba en el balcón. Gracias a su empeño, consiguió que me apeteciera salir un poco más de casa, que propusiera tomar algún café con mis amistades de Madrid, o incluso ponernos la serie de José Coronado que tanto le gusta, comentarla y reírnos juntas. Pero ante cualquier recuerdo de la ruptura, volvía a romperme. Y ella no me dejaba caer, me agarraba la mano y me secaba las lágrimas, me miraba y me decía: «Vamos de nuevo, mi niña». Y eso hacíamos. Una vez que me levanté al baño, la vi asomada al balcón: se estaba secando las lágrimas. La luz de la farola hizo que la cara aún húmeda le brillara, y me di cuenta de que los padres siempre sufren por sus hijos. Igual que yo sufría por Luna. Mi madre también me ayudó muchísimo con ella, desde el principio. Ser abuelos les devolvió la ilusión de nuevo, por eso, en cuanto se enteraron de la noticia de lo que nos había pasado a Héctor y a mí, también ellos se rompieron un poco.

—Bueno, Eva, avísanos cuando llegues.

Nos quedamos unos segundos sin decir nada.

—Te quiero —le digo al fin.

—Y yo a ti más, hija. Siempre más.


Son las cinco de la tarde pasadas y el navegador me dice que estoy a unos cuarenta minutos de mi destino. Acabo de pagar el peaje de salida de la autopista a la carretera que recorre la Costa Brava y los pueblos pequeños me dan la bienvenida. Cuando tomo alguna curva y puedo ver el mar, me invade una sensación de alivio, de calma. Me encanta el mar. Me doy cuenta de que también quería hacer esto: disfrutar del mar, del sol y pensar mucho más en mí. Suenan unas cuantas canciones más y mi espalda me pide a gritos llegar ya. Después de varias horas, un gran cartel me recibe: BIENVENIDOS A CALELLA DE PALAFRUGELL. Y conforme el cartel desaparece, se dejan ver a lo lejos las casitas blancas y azules y el gran campanario en el centro del pueblo. Paso por unos campos de maíz y los reconozco. Allí es donde se encontraron las chanclas de Biel. Poco más adelante hay un cartel: TORRENTE DE REGADÍO, EXTREME LA PRECAUCIÓN. El torrente donde se supone que cayó el pequeño. Sigo con el coche y llego al pueblo.

Me da un poco de vértigo, todo me es familiar porque lo he visto en los informativos. Las vistas son preciosas, compruebo cuánto falta para llegar al alojamiento y está a pocos metros. Doy un par de vueltas y consigo aparcar detrás de unos contenedores. Antes de sacar el equipaje agarro el dosier del caso del pequeño Biel y lo meto en el bolso. Cierro el coche y busco el estanco donde se supone que Catalina me ha dejado las llaves de la casa. Recorro las calles empedradas y el ambiente es increíble. Aún hay carteles de la verbena de hace pocos días por la Noche de San Juan. Las tiendas aún tienen en sus escaparates las ofertas de petardos y fuegos artificiales, junto a sillas de playa, toallas y packs para hacer castillos de arena. Desde una tienda, una mujer me mira a través del escaparate, con las gafas al borde de la nariz. Aún no es la temporada alta, pero sí que hay ese ambiente del inicio de las vacaciones de verano. Hay bastante gente descargando equipajes de sus coches a las puertas de los apartamentos, con los niños saltando de un lado a otro, quizá ya con sus amigos del pueblo, mientras los padres, nerviosos, quieren instalarse cuanto antes.

Sigo caminando y al girar una esquina me paro en seco. La plaza Mayor está frente a mí; miro a la izquierda y ahí están: los arcos. Aquel lugar es el más relevante de aquella noche. Al lado, pegado a la pared, un estanco en cuyos cristales se refleja la orilla del mar. Me quedo observando el pasillo de arcos, es profundo y a la vez precioso, hay parejas sentadas, alguien leyendo y otros tomando una cerveza mirando al mar. Camino por aquel lugar e intento imaginar dónde estaría situado el hermano, Ferran, en el momento de la desaparición. Justo a mitad de camino, entre el banco de la esquina y los arcos, reconozco el lugar que aparece en las fotografías, muy cercano a un pequeño muro: allí es donde Ferran aseguró haber perdido de vista al pequeño. Puedo imaginarme el triciclo del pequeño pasando por delante de mí. Lo sigo con la mirada y me pregunto hacia dónde va. Estoy parada, dando vueltas sobre mí misma y de pronto me doy cuenta de que la gente que está apoyada en los arcos me mira, como si me vieran perdida. Entonces sigo caminando por el largo pasillo y allí topo con el número 3. Recuerdo, al leer algunas noticias acompañadas de fotografías, que se veía una puerta azul de madera con algunos barrotes negros. Y ahí la tengo, frente a mí. Aquí vinieron la abuela y su amiga antes de que empezaran los fuegos artificiales para ir al baño, y al salir se toparon con alguien a quien definieron como extraño, ya que no les pidió disculpas. Llego al final del pasillo que conecta con una calle que, tal y como dice el informe, se bifurca hacia la zona de los maizales. Al ver la calle sé que es imposible que un niño de su edad pueda recorrer esa distancia sin ayuda. Es ilógico pensar que es posible, ya que había varios tramos que se elevan un poco, y según leí en la descripción, en aquel momento Biel pesaba entre diez y once kilos. Debió de tener ayuda de alguien para llegar hasta aquel campo. Recorro de nuevo los arcos, necesito coger las llaves de la casa y ponerme con el caso cuanto antes. Cerca del estanco hay un bar llamado Las Anclas. Abro el móvil y anoto el nombre para venir a cenar e intentar conseguir algo más de información.

Es entonces cuando me doy cuenta de que tengo un correo electrónico de Silas que no he leído. Me lo ha enviado hace unos minutos nada más, y dice:

> Imagino que estarás de camino a Calella. Acabo de llegar a tu casa y me ha sorprendido que no estés, que te hayas ido sin avisar. Por un lado me he alegrado, porque significa que te sientes lo suficientemente fuerte como para enfrentarte a este viaje sola, pero por otro lado me faltas, te añoro. Estar pendiente de ti para mí ha sido muy especial, ayudar a que pasaras los días lo mejor posible. Sé que debería habértelo dicho en persona, pero... Ya sabes que eres especial para mí. Pensaba tener una conversación contigo en Tarifa, pero dado que ese viaje ha tenido que ser pospuesto... Bueno, espero que podamos vernos pronto para hablar y decirte todo esto en persona. En cualquier caso, lo importante es que estoy feliz de verte dando pasos, avanzando y liberándote de las cadenas que has estado arrastrando este último año. Te mereces ser feliz, Eva, eres una mujer maravillosa. Besos y abrazos, Silas.

Necesito varios minutos para reponerme. Respiro y parpadeo, guardo el móvil y camino un poco más sin rumbo fijo pensando en el mensaje, en lo que significa, en el afecto, el cariño y lo demás... Siento cosas en mi interior y en mi piel que hacía mucho que no sentía, pero tampoco estaba preparada para gestionarlas. No estoy segura de merecer todo eso aún, ni de ser capaz de reaccionar. Contesto a Silas de forma escueta, diciéndole que he llegado a Calella y que hablaremos pronto, y le mando un beso. Entro a un bar, pido un refresco, me lavo la cara en el aseo y, ya recompuesta, sigo mi camino por el pueblo. He ido hasta allí a cumplir una misión, y quiero y necesito concentrarme en eso.

Lo demás tendrá que esperar.

En el estanco, detrás del mostrador, hay un hombre, imagino que es Román, el que me tiene que dar las llaves. Además he de ganarme su confianza para que me cuente su versión de los hechos. Entro y miro a mi alrededor buscando algo, un cuadro, una fotografía, algún detalle que me dé pie. Y cuando ya hace ademán de preguntarme qué quiero, veo el póster.

—Hola, ¿qué va a ser?

—Sí. Hola, deme por favor un Marlboro Gold. ¿Mecano? —digo mientras él busca el paquete de tabaco—. ¿Le gusta Mecano? —Le sonreí sabiendo que había salido bien.

—¿Que si me gusta? Estuve en la gira de despedida de 1992 —responde y se acerca al póster—. ¡Lo compré allí!

—¿En el concierto de Barcelona?

—Sí, ¿tú también estuviste?

—Sí, me encanta Mecano, me llevaron mis padres, ¡y lloré como una magdalena!

—Vaya casualidad... Qué gusto conocer a gente que estuvo ese día allí. Fue inolvidable. —Al hombre, que tendría unos cuarenta y cinco años, no le cabía la sonrisa en la cara.

—Por cierto, usted es Román, ¿verdad? —Me mira aún sonriente.

—¿A que vas a ser Eva, la muchacha que viene a la casa de la Cati? Te estaba esperando, pero llegas antes de lo previsto, Cati me habló de las nueve.

—Esa soy yo. Es que al final he salido antes de Madrid...

—Nada, nada, no te preocupes. Mira, por aquí tengo las llaves, déjame ver.

Abre un cajón que hay bajo el mostrador y empieza a remover algunas llaves, un cúter y varias monedas sueltas, hasta que las encuentra.

—Aquí están, las del llavero de la playa.

Me entrega las llaves, que cuelgan de un llavero con un marquito pequeño y una playa dibujada con casas de colores y la palabra BRIGHTON, la famosa ciudad de la costa sur de Inglaterra.

—Muchas gracias, Román.

—¿Sabes dónde es? —Miro hacia la plaza intentando ubicarme.

—Pues la verdad...

—Tranquila, espera que cierre y te acompaño.

—Pero cóbrate el paquete —digo tendiéndole un billete de cinco euros.

Se mete en el almacén y desde allí se dirige a mí.

—Al primero invito yo, ¿te quedas muchos días?

—Unos quince, más o menos.

—Vacaciones, ¿no? Cada vez venís antes. No os esperábamos hasta la semana que viene.

Por cómo se expresa parece que aquel lugar sea un destino muy demandado entre las familias para desconectar de los días agobiantes de las ciudades. Apaga la luz del estanco y pone el cartel en la puerta de VUELVO EN QUINCE MINUTOS.

—Muchas gracias por el paquete —le digo—. ¿Llevas toda la vida aquí?

—El estanco es de mi madre, ella ahora está mayor y solo abrimos los meses de verano. Normalmente la víspera de San Juan, que es el inicio de la temporada aquí. Y, si te fijas, mira cómo está ya el pueblo.

El ambiente es increíble, la gente aún está en la playa, charlando antes de que anochezca, los niños juegan ya vestidos en la arena. La estampa es de postal.

—Vamos, es por aquí —dice él girando por una calle próxima al campanario.

Las terrazas están repletas de gente que se toma algo después de cenar, en su mayoría franceses, pero hay de todo: alemanes, ingleses, belgas.

—Espero que lleves bien los idiomas —le digo riéndome.

—Si alguna tarde te aburres, vente al estanco, que allí aprendes de todo —contesta.

Recorremos una calle preciosa, decorada con árboles de los que cuelgan flores violetas y huele tan bien que es como estar en un campo de lavanda, el clima es especial. Vamos por la mitad de la calle y Román me está contando lo que cambia el pueblo de invierno a verano cuando de repente deja de hablar. Una mujer se acerca por el lado izquierdo de la calle, lleva una bolsa en la mano. Cuando levanta la cabeza y ve a Román lo saluda.

—Buenas tardes, Román.

—Hasta luego, Isabel.

No puede ser. Es ella. La madre de Biel.

—Pobrecilla —dice Román.

Me giro para verla de nuevo. Está mucho más delgada que en las fotografías que he visto y lleva la misma gorra que el otro día en la televisión.

—¿Quién es? —pregunto haciéndome la tonta.

—¿No lo sabes? —Niego con la cabeza—. Es Isabel Rovira, la madre de Biel. El niño que murió hace tres años ahogado en la cala. Su caso fue famosísimo, mujer. —Sigo con la vista los últimos pasos de la madre mientras Román me cuenta lo que ya sé—. Lo han pasado fatal, los pobres: él tiene cáncer y ella sale a pasear cada tarde y llega hasta la cala que hay bajo el faro, allí recoge unas cuantas conchas y se queda frente al mar hasta que anochece... No quiero ni imaginar lo que tiene que pasar por la cabeza de esa mujer.

—¿A recoger conchas?

—Sí, Biel las recogía siempre con ella, en la misma cala. —Se me ponen los pelos de punta—. Pero bueno, tú estás aquí para disfrutar, ¿no? —prosigue dándome un codazo—. La casa de la Cati es de las mejores del pueblo —añade—, estarás frente a la playa. Aunque yo te recomiendo que, si prefieres estar tranquila, vayas a las calas de por aquí. Por el camino de Ronda las tienes muy cerca.

—Genial. Lo anotaré, me apetece descubrir el pueblo poco a poco.

—Es muy pequeño, pero tienes cosas muy interesantes. El faro, por ejemplo; la iglesia de la plaza es preciosa, el jardín botánico, toda la parte del camino de Ronda es increíble si te gusta madrugar, ya que por allí sale el sol y hay unas vistas espectaculares.

—Muchas gracias, Román, de verdad —digo sabiendo que me he ganado su confianza.

—Yo estaré aquí la mayoría de los días, salvo que tenga que llevar a mi padre a revisión, que entonces se queda mi hermano. Apúntate mi teléfono y, cualquier cosa, me llamas o me mandas un mensaje.

No me vendrá mal tener el móvil de este hombre, por si necesito información del pueblo, de los vecinos o de lo ocurrido entonces. Quiero preguntarle por aquella noche, pero sé que es demasiado pronto, tengo que dar cada paso midiendo lo que voy a hacer, sin precipitarme.

—Por cierto, no me has dicho a qué te dedicas —dice cuando llegamos a la puerta de la casa.

Tengo menos de dos segundos para reaccionar. No puedo decirle que soy policía, y mucho menos que estoy trabajando en el caso de Biel por mi cuenta. Tengo que elegir algo que le haga participar en ayudarme a encontrar respuestas sin levantar sospechas, pero a la vez lo suficientemente importante como para que se lo tome en serio. Ya lo sé.

—Soy escritora —digo.

Abre los ojos y ladea un poco la cabeza.

—Anda, qué sorpresa...

—Estoy trabajando en una novela que quiero que ocurra aquí, en Calella. Así que todo lo que me puedas contar sobre este pueblo será bienvenido.

Afirma con la cabeza y comienza a sonreír de nuevo. Sentir que eres parte de algo es lo que más le puede gustar a alguien y en este caso a Román, más todavía.

—Cuenta con ello, qué bonito que una escritora elija un pueblo como este para su novela... Qué bonito, lo digo de corazón. Pues pásate cuando quieras por el estanco o también puedo pedirle a mi hermano que me sustituya alguna mañana y te enseño algunos rincones de por aquí que te inspirarán, seguro.

Podría llevarme a los escenarios de toda la investigación de la desaparición de Biel y ahí podría aprovechar para preguntarle por lo que ocurrió y cómo lo vivió él. La gente no cuenta lo mismo a la policía que a los vecinos, eso lo tengo claro: los rumores siempre corren como la pólvora.

—Muchas gracias de nuevo, Román.

—¡Disfruta de tus días aquí! —exclama a lo lejos mientras desaparece entre las callejuelas del pueblo.

Antes de entrar contemplo la casa: es preciosa, amplia, de dos plantas y con un balcón que da a la playa, que se abre, blanca e infinita, justo en frente. La puerta tiene ornamentos y nada más entrar hay un patio con una amplia mesa y seis sillas de forja negra, ideales para desayunar al aire libre. Las paredes están principalmente vacías, pero aquí y allá hay fotografías sencillas, sin marco, impresas en gran tamaño, de primeros planos de flores de la comarca, del agua cristalina del mar en contraste con las rocas negras de los peñascos o de preciosas cerámicas artesanas. Plantas tropicales dejan caer sus grandes y carnosas hojas sobre los hermosos tiestos blancos en que están plantadas. La cocina cuenta con una bancada de granito negro brillante y con una isla independiente que la separa del salón. Las ventanas sin cortinas dan directamente al mar. El aire salado sube paredes arriba y me acaricia el rostro y el pelo.

Pienso en lo mucho que le hubiese gustado a Luna estar aquí, conmigo. Y, sinceramente, también pienso en Héctor, en poder vivir esta experiencia los tres. Siempre que recibía una buena noticia o me iba de viaje a algún lugar especial me acordaba de él, era inevitable. Me costó mucho tiempo comprender que a lo largo de tu vida te enamoras muchas veces, pero hay una sensación distinta que solo sientes una vez en la vida, y es cuando te sigues emocionando a pesar de llevar mucho tiempo a su lado. Esa sensación puedes notarla al principio o quizá al final, pero cuando ocurre, viajarás a lugares sin esa persona y sentirás que te hubiese gustado que estuviera a tu lado; si te dan un premio, te gustaría leer su nombre en alto en los agradecimientos aunque ya no esté junto a ti; si miras al asiento del copiloto en el coche, sabes perfectamente quién debería estar allí sentado. Y hasta que entiendas que todo eso ya no forma parte de tu presente estarás con muchas personas, pero ninguna te hará sentir eso. Entenderás, y esto quizá sea lo más duro, que la vida, simplemente, os ha llevado por caminos distintos y que tu corazón ya se lo entregaste a alguien una vez y lo de después son restos que siguen valiendo, pero no completando. Que con suerte, si la vida así lo quiere, alguien quizá pueda restaurarlo.

El frescor del interior de la casa me recorre el cuerpo. Es blanca pero tiene detalles en tonos azules a su alrededor. El salón conecta con la cocina, se trata de un único espacio y es muy acogedor. Hay dos sofás frente al televisor de pantalla plana y una mesa baja en medio con un sobre de cristal. Debajo hay muchas conchas, piedras, ermitaños e incluso arena. Sigo por el pasillo por el que he entrado y subo las escaleras: según las fotografías que vi, aquí debe de estar la alcoba principal, con un baño. La puerta está cerrada y cuando la abro, me emociono. Los colores del atardecer están cubriendo el horizonte junto al mar. El rojo tiñe la distancia y se mezcla con el azul marino del mar, creando un púrpura brillante que poco a poco se va oscureciendo. La habitación tiene una cristalera al fondo con las cortinas recogidas, las sábanas de la cama son blancas y hay dos toallas dobladas a los pies. Dejo el bolso y saco el móvil para hacer una foto. A través de toda esa cristalera los colores magentas, azules y naranjas inundan la habitación por completo y algunas personas pasean por la playa. Es algo que me hace enmudecer. Hay otras dos habitaciones más, con dos camas cada una, pensadas para los niños.

Me acerco al coche rápidamente a coger el equipaje. La impresora pesa un quintal. Cierro el coche y vuelvo por las callejuelas del pueblo, y en ese momento suenan las campanas anunciando que ya son las diez de la noche. La mujer de la tienda de *souvenirs* está guardando las lanchas inflables y el sujetapostales de hierro. Me cruzo con gente que vuelve a casa al acabar de esconderse el sol y con otra muy arreglada que está haciendo cola para sentarse a cenar y tomar algo en un local llamado Tango's. Tiene que estar muy de moda porque la cola es larga. En una pizarra pone con tiza azul y amarilla HOY, 23H. PARTY DJ. Dejo esa calle y llego de nuevo a la plaza. Tengo un poco de hambre. Me acerco a la casa a dejar las cosas y salgo otra vez en busca de algo que cenar. En la plaza hay un restaurante muy bonito que da a la playa, pero también un poco más arriba hay una pizzería. Y creo que hoy soy más de lo segundo. Entro y pido una para llevar. El chico, bastante simpático, me sonríe todo el rato y mete la pizza al horno. Mientras espero, salgo fuera y me apoyo en el pequeño muro que da al mar. La luna está increíble, refleja su luz en el agua y crea una estela de película. Saco el móvil y, en vez de llamar a Silas, llamo a Héctor. Quiero avisarle de que estaré fuera de la ciudad unas semanas. Un tono. Aunque quizá ya es muy tarde para él, que madruga siempre. Dos tonos. Me pongo un poco nerviosa, debería haberle avisado antes de que iba a llamarle. Tres tonos. Me quito el móvil de la oreja y lo miro. Cuatro tonos. Y voy a pulsar el botón para colgar cuando oigo su voz al otro lado.

—Eva —dice él. Suspiro.

—Hola, Héctor. Perdona, quizá ya es muy tarde. —Oigo como que él también suspira.

—Eva...

—Simplemente es porque no te he avisado de que me iba de Madrid... y ya sabes, por si tenías otros planes...

—Mira, Eva, no es el momento... Ni tampoco las horas. —Asiento con la cabeza.

—Perdón, Héctor.

—Entiendo que te hayas ido de vacaciones y que quieras desconectar y pasarlo bien, a mí también me gustaría. Pero si lo haces, hazlo de verdad. No te preocupes de nada más.

—Ya, pero...

—Buenas noches, Eva.

Y cuelga. Me quedo mirando el móvil como una gilipollas a quien han dejado con la palabra en la boca. Cuento hasta diez para no lanzarlo al mar. Qué se ha creído para hablarme así y dejarme como una impertinente o una cansina. No quería esto por nada del mundo. La tristeza comienza a invadirme de nuevo y no quiero dejarla entrar. «Ya está. Ya está», me repito. Justo en ese momento el chico de la pizzería sale para avisarme de que mi pizza ya está lista. Entro a recogerla y le doy un euro de propina.

Mientras vuelvo a la casa con la pizza en la mano me pregunto cuál será la casa familiar de Biel. Saco el móvil y busco las noticias que tengo guardadas y encuentro una en que sale una fotografía de la fachada de la casa. En ella se ve el número 22, pero no el nombre de la calle. Al día siguiente saldré a indagar. Entro en casa y dejo la pizza en la mesa de fuera, cojo el dosier del caso de Biel y saco de la maleta una luz portátil que he llevado. Voy a la cocina a por un vaso agua y un plato y lo pongo todo fuera. Desde donde estoy se escuchan perfectamente las olas romper en la orilla. Es increíble. Abro la caja de la pizza: el aroma es estupendo. Cojo una porción y, mientras me la termino, saco del sobre precintado el dosier del caso.

MOSSOS D'ESQUADRA DE CATALUÑA,
CUERPO NACIONAL DE POLICÍA
en colaboración con UNIDAD CENTRAL OPERATIVA
(UCO) y GRUPO ESPECIAL DE ACTIVIDADES
SUBACUÁTICAS (GEAS) en conjunto con POLICÍA
LOCAL DE CALELLA DE PARAFRUGELL

*OPERACIÓN NEMO*

Bebo un poco de agua y empiezo a leer. Los folios iniciales narran las primeras horas desde que llegó la Policía Local a la plaza del pueblo. Un tal Alcázar y su ayudante en prácticas, un tal Daniel Redondo, son los primeros en alertar de la desaparición del menor, mandando un aviso a la Comandancia General de los Mossos d'Escuadra, y posteriormente a la Guardia Civil. Todos los agentes se desplegaron esa mañana en Calella de Palafrugell. La investigación la lideró el inspector de los Mossos Miguel Galván Roig, según consta en el informe. Mientras sigo comiendo y leyendo, tengo al lado mi libreta, donde siempre tomo notas: quiénes son los primeros en llegar, qué es lo que hicieron y por qué, y en lo que he leído no detecto nada raro. Llego hasta el apartado «Primeras declaraciones», muy importante en este tipo de casos, ya que en cualquier detalle puede haber algo escondido o manipulado.

La primera que leo es la de la madre. Narra desde el minuto cero lo que ha vivido. Estaban en casa, cenando tranquilamente, el pequeño Biel no se despegaba del triciclo nuevo que le había regalado su hermano. Recogieron todo y se arreglaron para ir a la fiesta. Ella dice que salieron todos de la casa: en primer lugar, los abuelos, Carmen y Antonio; siguiéndoles, no muy atrás, Biel en su triciclo acompañado de su hermano Ferran. Y después ellos, Isabel y Josep, que cerró la puerta con llave. Llegaron juntos a la plaza... Espera. En ese momento miro por la ventana, si he venido aquí es por algo. Agarro el informe y un trozo de pizza, me pongo la sudadera que Silas se había dejado en mi casa una noche y salgo a la calle.

Al cerrar la puerta escucho el absoluto silencio. Pasear por allí me hace recuperar esa sensación extraña en el estómago. Leer el informe en el mismo escenario donde ocurrió todo es algo difícil para nosotros, pero a la vez hace que podamos fijarnos en pequeños detalles, algo insignificante que los demás han podido pasar por alto. Camino por las calles empedradas, se oye el ladrido de algún perro y nada más. La noche es solo para mí. Sigo leyendo entonces.

Los abuelos fueron a sentarse a las sillas que tenían reservadas para la gente mayor. Ferran les dijo a sus padres que quería estar más apartado del gentío y a Isabel le pareció bien por su hijo pequeño, para que no estuviera entre el tumulto. La madre y el padre se quedaron en el centro de la plaza, rodeados de turistas, vecinos y gente de pueblos cercanos que habían ido a ver el espectáculo de fuegos artificiales que estaba a punto de dar comienzo. El padre Gabriel bajó del escenario y subió al campanario acompañado del joven padre Borja, encargado de aprender la tradición para encarnar tan importante papel en el futuro, para dar juntos la señal que daría comienzo al castillo de pirotecnia preparado para sorprender a los asistentes. El alcalde, Máximo Capdevila, pronunció su discurso, en el que agradeció a todos los presentes que estuvieran acompañándole en una noche tan especial. Después de un par de minutos, el padre Gabriel hizo sonar las campanas. En ese momento el pueblo se sumió en la oscuridad más absoluta. A partir de ahí, Isabel lo recuerda todo muy borroso y rápido. Los fuegos artificiales comenzaron y, poco después, recuerda ver a su hijo en la parte superior de la plaza con una cara de pánico absoluto. Lo leo todo al detalle, apunto varias cosas en la libreta, y a continuación busco la declaración más importante: la de Ferran. Es muy dolorosa, se nota que el joven no podía casi ni articular palabra, así lo detalla el auto que escribieron en la comisaría la mañana siguiente a la que ocurrió todo.

Según cuenta el hermano en su declaración, llegó a Calella de Palafrugell a mitad de la tarde noche, estuvo con su familia y avisó a su chico, Marc, de que había llegado y todo estaba bien. Cuenta que, una vez terminaron la cena, vio a su hermano jugar con su peluche favorito, un elefante azul que le regalaron sus abuelos cuando nació. Pero que no recuerda haberlo visto con él fuera de la casa. Al llegar a la plaza se fueron hacia el pequeño muro que hay rozando la arena. Allí estuvo con su hermano Biel, que estaba sentado en su triciclo, pendiente de toda la gente que pasaba. Eran muchos los que iban y venían: españoles, ingleses, franceses, alemanes... Todas las nacionalidades se citaban allí para vivir una de las noches más mágicas del año y así poder dar comienzo al verano. La gente preparó sus hogueras en la playa y antes de encenderlas comenzó el discurso. Ferran recuerda que su hermano seguía en el mismo lugar justo antes de que empezaran los fuegos artificiales, a su lado derecho. El pueblo se apagó por completo y dice que Biel se asustó. En ese momento Ferran se agachó y le dijo que no se preocupara, que iban a empezar ahora los fuegos y habría luz. Los fuegos artificiales explotaron y Biel se llevó otro susto, pero dice que esta vez sonrió. Ahora mismo yo me encuentro en el centro de la plaza. Me vuelvo hacia el campanario, que esa noche se inundó de fuegos artificiales, y luego miro el lugar donde se encontraban los dos hermanos. Según relata Ferran, Biel estaba embobado viendo los colores explotar en el cielo; eso le hizo despreocuparse y fue en ese momento en el que sacó el móvil del bolsillo. La oscuridad iba y venía y, por lo tanto, no era consciente de si el triciclo se estaba moviendo. Comenzó a grabar cuando un fuego artificial azul inundó el cielo. Un fuego artificial naranja bañó la parte derecha del pueblo y Ferrán lo siguió con la cámara del móvil. Llevaba cerca de treinta y cinco segundos de vídeo cuando pensó que ya era suficiente material; solo lo quería para enseñárselo a Marc, su chico. En ese momento bajó el teléfono y paró el vídeo. Buscó entre sus contactos el de Marc, adjuntó el archivo y cuando presionó el botón de enviar, se dio cuenta de que al lado de su pierna derecha ya no había nadie. Levantó la cabeza y, según cuenta en la declaración, vio muy lejanamente, en los arcos, cómo las ruedas del triciclo desaparecían por la esquina justo cuando todo el cielo volvió a apagarse. Ahora mismo soy yo quien anda bajo los arcos. Según Ferran, el lugar donde vio por última vez el triciclo tardó en volverse a iluminar, por eso había tardado en reaccionar, pero cuando entendió que era su hermano, salió corriendo en esa dirección, llegó hasta el final de la galería y allí no había nada ni nadie. Corrió por las calles de al lado y no había rastro del pequeño, todo estaba oscuro unos segundos y después volvía a iluminarse gracias a los fuegos. Bajó y subió la calle que desembocaba en la plaza y volvió a los arcos. Nada. Ni rastro. Lo que pasó después es lo que cuenta la madre: Ferran volvió a la plaza descompuesto.

Suspiro al leer todo aquello. Subrayo varias frases de la declaración que me parecen muy importantes: el peluche es algo que me ronda en la cabeza. Según los investigadores de la policía, el peluche que encontraron en la gruta lo llevaba el pequeño la noche de la desaparición, pero no lo justifican con ningún tipo de prueba; es más, la madre, el hermano y la abuela aseguran no haber visto el peluche en la mano de Biel, ni en el triciclo ni que ninguno de ellos lo llevara. El padre y el abuelo no recuerdan si lo llevaba o no. Al final de la galería me fijo en que hay un par de carteles. Uno de ellos señala un camino que lleva hasta el mirador de Calella y una calle que, si la sigues sin desviarte, te lleva hasta casi las afueras del pueblo. El argumento policial sostiene que, aunque el niño hubiera tomado esa calle, al ser tan pequeño y haber tan poca luz, cabía la alta posibilidad de que no lo viera. Tiene sentido, pero el hermano recorrió la calle y no vio nada, dio la vuelta a la plaza y después volvió sobre sus pasos. Subrayo también todo esto. A veces, y en muchos casos a los que me he enfrentado, la única solución posible es una: todos los malos factores se unen. Y en este me da la sensación de que ha pasado eso: un pueblo a oscuras, un niño pequeño que decide pedalear y la única vía que encuentra es el pasillo de arcos; al llegar allí el cielo se ilumina por los fuegos y ve una calle, la sigue, y entonces desaparece en la oscuridad. Asustado, sigue pedaleando sin saber muy bien cómo volver, y llega a los maizales donde acaba precipitándose por accidente a un torrente que conecta a su vez con una gruta, maldita ya, abierta en el acantilado que se alza sobre la cala con el mayor oleaje de todas las del pueblo.

Me digo todo esto a mí misma y suspiro al saber que la posibilidad de que ocurriera todo esto realmente es de entre un uno y un dos por ciento, pero que, en su mayoría, cuando son casos así, solo queda asimilarlo. Me siento entre uno de esos arcos; hace un poco de frío y me ajusto la sudadera de Silas, que me queda un poco grande. Miro la hora y dudo si llamarlo o no. Soy una persona impulsiva, los impulsos me han traído hasta aquí, así que busco su nombre y lo llamo.

—¿Eva? ¿Pasa algo?

—Te he despertado, ¿verdad? Lo siento. Sabía que no... —Se oye cómo respira.

—Tranquila. Me he quedado dormido en el sofá viendo una peli.

—No sería tan buena entonces.

—¿Estás bien? Me has asustado. —Sonrío frente al mar.

—Tú siempre poniéndote en lo peor. Pues no, no ha pasado nada. Simplemente me apetecía hablar contigo.

—Vaya. Eso es nuevo —dice al cabo de unos segundos.

—¿Cómo que nuevo?

—Nunca me has dicho eso.

Y lleva razón. Hay algo dentro de mí que no permite que me deje llevar, que me impide avanzar hacia algo que creo que puede funcionar. Siento miedo y también culpa porque no ha pasado suficiente tiempo como para que la herida de Héctor sane. Pero Silas hace que me sienta con la confianza suficiente para dar pequeños pasos, aunque después quiera volver atrás.

—Llevo tu sudadera.

—¿La gris? Ya ni recordaba dónde estaba. Pensaba que la había perdido.

—O que se la habías dejado a uno de tus ligues.

—Sí, suelo ir repartiendo sudaderas a todas las tías con las que me lío. Así tengo el armario. Llenito. —Nos reímos los dos—. Entonces ¿todo bien por allí?

—Sí. Estaba justo paseando con el dosier por donde ocurrió todo.

—¿Y qué piensas?

—Hay cosas que necesito mirar más de cerca. Algo se me está escapando y no sé lo que es.

—Date tiempo y escúchate. Cuando estás tranquila es cuando ves lo que nadie ve, Eva.

Silas es de las personas que mejor me conoce. Todo este tiempo trabajando juntos en la unidad ha hecho que conozca perfectamente mis virtudes pero también mis defectos. Mis miedos y mis motivos para sonreír.

—Voy a ir volviendo a la casa.

—Y yo, a la cama.

—Es un lugar bonito, te gustaría.

—¿Es una proposición? —pregunta después de un breve silencio y me río.

—Tómalo como tú quieras.

—Buenas noches, anda.

—Buenas noches, Silas —me despido sonriendo.

Regreso sobre mis pasos y llego a la plaza. Las campanas anuncian las dos de la madrugada. Antes de adentrarme de nuevo en el laberinto de callejuelas miro al mar. La luna se refleja en el agua, las olas mecen ese reflejo y el sonido de las piedras cayendo unas sobre otras cuando el oleaje rompe en la orilla es lo único que se escucha en aquel lugar. Pienso en si realmente ese niño podría estar vivo en cualquier lugar. Sigo caminando y llego a la casa, subo a la habitación para deshacer la maleta y me pongo el pijama de verano que tanto me gusta. Me lavo los dientes y la cara antes de meterme en la cama. Una vez dentro, pienso en correr las cortinas para tener más oscuridad, pero también que sería muy especial que me despertara el propio amanecer naciendo desde el mar. Antes de cerrar los ojos suspiro, sabiendo que a partir de mañana mi vida volverá a ponerse en movimiento, como hace un año. Todo volverá a arrancar. Y siento ese cosquilleo en el estómago. Esa ilusión como de primer día de colegio. Una ilusión que llevaba un tiempo deseando volver a sentir.

# 6

Un niño está a punto de irse a dormir. La pared de su habitación sostiene un mural lleno de dibujos que él mismo pinta. No tiene nada más que hacer en ese lugar, solo dibujar. Se le acerca una mujer, es muy guapa, le dice que hay que descansar, que mañana le espera un viaje importante. Él la abraza y le dice que tiene muchas ganas de que sea mañana. Ella le contesta que será algo muy especial. Le da un beso en la frente y le dice que descanse. Aparece un hombre detrás de ella, viene sonriendo, también le da las buenas noches y, al apagar la luz, el techo se ilumina con estrellas que brillan en la oscuridad. El hombre y la mujer salen de la habitación y cierran la puerta, y el niño, como cada noche, escucha el ruido de la llave al girar, así como el de los dos cerrojos. Ya le han explicado muchas veces que hay que hacerlo para que nadie malo se acerque y le haga daño. El pequeño cierra los ojos y abraza un peluche. Se duerme pensando en si volverá a tener esa pesadilla en la que ve a una mujer de espaldas cerca del mar, sueña mucho con ella y no sabe quién es. Cierra los ojos y, al poco tiempo, la vuelve a ver. Está esperándole, lleva mucho tiempo en aquel lugar, en silencio, solamente esperándole, como cada noche. Al día siguiente, el hombre y la mujer abren la puerta y despiertan al niño, lo ayudan a vestirse y le ponen bien guapo, pues la ocasión lo merece. Le peinan, le cortan las uñas, le atan los cordones de los zapatos y le ponen esa camisa tan *especial. Él sabe que ha llegado el día. El hombre le ayuda a subir al coche, pero antes de salir hay que repasar las normas del gran día. Prohibido hablar con nadie, esa es de las más importantes. Prohibido separarse de ellos sin consultárselo antes. Prohibido decirle a nadie dónde está su casa. Esa es importante también, no pueden encontrarlos. Y la última, prohibido salir del coche sin la gorra puesta. Le han explicado que salir sin ella es muy peligroso. El niño tiene claras todas las normas, se las ha aprendido de memoria en este tiempo, esperando el gran día. Se sube en el coche rojo que tienen guardado en la parte trasera del granero, junto a la casa. El hombre arranca y empieza la gran aventura. El niño está tan feliz. El hombre y la mujer no le quitan la mirada de encima, ellos están muy nerviosos, pero tienen que hacerlo, no hay vuelta atrás. Hacen lo que deben. La mujer agarra su collar y pasa un dedo por la cadena. Después de un largo rato por un camino de tierra del que se ha levantado mucho polvo, salen a la carretera. Se nota porque el coche ya no tiembla. El niño va mirando por la ventana, con su cabeza apoyada en el cristal. La mujer lo mira, sabe que él va a disfrutar mucho y la emociona verlo feliz después de todo lo que han pasado para llegar hasta ahí. Siguen por la carretera, el niño está mirando las pocas nubes que hay en el cielo, intentando adivinar qué es cada una de ellas. «León», dice una vez. «Gato», dice otra. La mujer sonríe. Se sabe los animales por los libros que le trae la mujer a diario. El coche empieza a flojear, miran a ambos lados y se dan cuenta. Parece que han pinchado. El hombre se cabrea y la mujer se pone muy nerviosa. Le indica que pare, que en la gasolinera tendrán algo para solucionarlo. El hombre le deja clara una cosa. No pueden verlos entrar en la gasolinera por las cámaras. Le dicen al niño que van a salir de excursión. Tiene que recorrer la pasarela que comunica con el otro lado de la autovía. Es fácil, pero tiene que salir todo bien. Se tranquilizan y se dan un beso. Ella baja del coche y coge al niño en brazos. Coge también su bolso y el niño su estuche, del que no se puede separar. Caminan hasta el inicio de la pasarela, suben los escalones y el niño se queda embobado estudiando la forma de una nube, tanto que sin querer se le cae el estuche. Cree que la nube tiene la forma de su peluche. No puede creerlo. En ese momento una desconocida se dirige a ellos. La mujer hace como que no la escucha. No quiere hablar con nadie. No quiere que el niño hable con nadie. Pero ve lo que hay en el suelo y tiene que cogerlo. La desconocida mira al niño con dulzura y le entrega su estuche sin apreciar los pequeños detalles. La mujer se va y el niño vuelve a ver su nube a través de las cristaleras y entonces dice: «Elefante».*

# 7

Los rayos del sol me despiertan. He sentido su luz aun con los ojos cerrados, como si me tocasen el hombro diciéndome «Despierta». Y aquí estoy, viendo la salida del sol desde la cama. Son las 07.31. Me pongo en pie y me asomo a la cristalera, veo a alguien correr por la orilla, y entre las olas, a un bañista. Admiro esa energía ya de buena mañana. Observo los rayos que acarician las olas tiñéndolas de naranja.

Abro un armario y encuentro el gran tarro de café molido. Preparo la cafetera y la pongo en el fuego. Mando un mensaje al grupo de mi familia con una foto de la terraza y la puerta que da a la playa. Añado un «Buenos días, familia», pues ayer no les avisé de que había llegado. Al momento me responden. Salgo a la terraza con el café en una mano y el móvil en la otra. Necesito encontrar información acerca del pueblo, actividades, lugares interesantes, ver qué se puede hacer por aquí. La búsqueda me lleva a la página del Ayuntamiento. Nada más entrar hay una foto del alcalde que te da la bienvenida con una sonrisa algo forzada. Sigo mirando: fotografías de concursos, fiestas y entrega de premios. El blog adscrito a la página comenta aspectos destacables del pueblo, me fijo en uno que dice: «El nuevo teniente de la Policía Local, Daniel Redondo, toma posesión de su cargo en el Ayuntamiento. Bienvenido». La noticia era del pasado jueves. Amplío la imagen y me fijo en el nombre del agente. De inmediato voy a buscar mi libreta y, efectivamente: sabía que me sonaba de algo. Daniel Redondo, aquí está. Es el agente que iba acompañando al teniente de aquel momento, un tal Alcázar. Aparto esa pestaña y busco la dirección de la comisaría: Avenida de García Lorca, 31.

Me meto en la ducha y dejo que el agua corra por mi espalda, es una sensación de alivio para compensar las horas al volante. Me enjabono el cuerpo y me lavo el pelo con el champú que hay en la casa. Me seco y me pongo cómoda para ir a la compra. Cojo el bolso y dejo el dosier guardado debajo del colchón. Es algo que todos hacíamos cuando sacábamos el dosier de un caso del archivo y nos lo llevábamos a casa para seguir estudiándolo. Salgo de casa y cierro la puerta con llave. Me fijo desde fuera en lo bonito que es el color de la fachada, pues brilla de una manera especial. Camino calle arriba y veo cómo la vida allí comienza mucho antes de lo que yo pensaba. Román ya está abriendo las puertas del estanco, con su periódico en la mano. La mujer de la tienda pequeñita de ropa, con vestidos de tela blanca, revisa que todo está en orden: tallas, color, modelo. La que parece la dueña del bar Las Anclas está montando las mesas de la terraza. Anoto mentalmente: «Revisar su declaración, si la hay. Si vio a alguien en los días previos con alguna actitud sospechosa, o simplemente algo que le llamase la atención». Miro hacia la esquina superior de la plaza y veo el cartel que indica la dirección del supermercado, justo al lado de la iglesia. Cuando paso por delante, me fijo en el campanario; desde allí las vistas tienen que ser preciosas y, sobre todo, la panorámica de todo el pueblo. Sigo caminando, varios turistas se cruzan conmigo, llevan grandes mochilas, mucha agua, gorras y el cuerpo embadurnado de crema, lo cual no les servirá de mucho porque volverán quemados. Seguramente tienen pensado hacer alguna ruta por el camino de Ronda. Llego, por fin, al supermercado. El cartel de la entrada indica que faltan diez minutos para abrir. La persiana está todavía bajada, al lado hay un poste lleno de folios mal pegados. No le doy mayor importancia hasta que la veo a ella, con su camisa verde de cuadros y un bolso cruzado, camina a paso lento hacia el supermercado, con la mirada perdida. Poco a poco se acerca y en la chapa que llevaba colgada puedo leer su nombre. Me fijo de nuevo en los carteles de aquel poste. En todos aparece la cara del pequeño, de Biel Serra, con el número de teléfono que asignaron para las posibles pistas relacionadas con el caso. La mujer que está subiendo ya la persiana de aquel supermercado es su madre, Isabel. Antes de entrar me mira.

—¿Pasas?

Me quedo en silencio. Por ella he venido hasta aquí y seguramente también por mí, pero fue su grito de ayuda el que me hizo despertar y sentir que podía ser útil en algún lugar. Asiento con la cabeza. Mientras la mujer enciende las luces del supermercado, espero a la entrada. Es un supermercado de pueblo, ni muy aparatoso ni con grandes carros: hay pequeñas cestas y solamente dos cajas registradoras. Los pasillos no son muy largos y la mayoría de las cosas son de marca blanca y muy por encima de su precio real. Cojo una cesta y deambulo por los pasillos; al poco tiempo llega otra persona: es un hombre mayor. Estoy en la mitad del pasillo central, el que comunica con la caja en la que Isabel se encuentra. El hombre se acerca a ella y le da dos besos, le deja una bolsa en el mostrador y se va. Echo lo que necesito en la cesta, algo de fruta, y también muchas bebidas con cafeína para las largas noches que tendré por delante. Voy a la caja y miro de reojo la bolsa que ha dejado en el suelo aquel hombre. Mientras pongo los artículos en la cinta dejo caer una caja de helados. Tengo mucha curiosidad por saber qué hay en la bolsa. Al agacharme para recoger los helados vislumbro un recipiente de cristal que parece un táper y algo amarillo dentro, como una tortilla. También hay cubiertos y servilletas. Al levantarme le sonrío tímidamente y ella se limita a teclear los últimos artículos.

—Treinta y dos con diez.

Abro la billetera y me doy cuenta de que no llevo suficiente dinero.

—¿Con tarjeta puede ser? —Lo dudo porque no he visto en ningún sitio, ni a la entrada ni en la caja, los logotipos de Visa, Mastercard...

—Sí, pero espera... tiene que encenderse la máquina y coger cobertura.

La mujer saca el datáfono de debajo de la caja registradora y lo enciende. Aprovecha para examinarme de arriba abajo. Sabe que no soy de por ahí y presume que no estoy de vacaciones porque nadie me acompaña.

—¿Qué, es la primera vez que vienes al pueblo? —me pregunta de repente.

—¡Sí! Hace un tiempo estuve en Cadaqués, pero a Calella no había venido nunca.

Ella asiente con la cabeza, como confirmando lo que ya sospechaba.

—Ahora llega la peor época del año aquí en el pueblo... no es por criticar, eh, pero no se puede ni pasear tranquilamente sin cruzarte con los franceses con sus palos atados al móvil para hacer fotos.

Yo me río. Al hacerlo me doy cuenta de que en la esquina de la caja registradora hay una foto suya con un niño pequeño: le agarra de la palma de la mano mientras él, con su pañal, intenta dar sus primeros pasos en la orilla del mar. Al fondo reconozco el faro del pueblo.

—Es mi hijo —dice. La miro a los ojos.

—Es una foto preciosa.

Se acerca a la foto y la coge, suspira y dice algo al aire:

—Dónde estarás...

Apenas la entiendo. Pongo cara de sorpresa, necesito disimular y poco a poco acercarme lo máximo posible a esa mujer, ella es la pieza clave de la historia, quien seguramente mejor conociese a su hijo y todos los detalles de lo que ocurrió aquella noche.

—¿No está? —Ella deja la foto y coge el datáfono.

—Treinta y dos con diez —repite. Yo, que esperaba que pudiésemos iniciar una conversación acerca de su hijo, me pongo algo nerviosa. Quizá he sido demasiado directa o me he tomado confianzas demasiado pronto y eso la ha asustado. Paso la tarjeta por el datáfono y ella la coge—. No funciona bien lo de pasarla, hay que meterla por aquí. —Al hacerlo salta el aviso para poner el código secreto.

—Toma —dice alargándome el datáfono.

Pongo mi código y sale el tíquet. Me lo da y luego me entrega las dos bolsas de la compra sin decir nada más. No sé muy bien cómo despedirme de esa mujer que ha adoptado un aspecto tan triste y oscuro.

—Muchas gracias, pasa un buen día —me despido.

—Igualmente.

Y con las bolsas en la mano salgo del supermercado. Siento una sensación muy extraña, como de vacío y respeto a la vez. Estar tan próxima a alguien que ha vivido tan de cerca una tragedia de esas dimensiones es algo que me traspasa y me toca el corazón. Quizá estoy removiendo cosas que es mejor dejar tranquilas y que sigan como hasta ahora. Aquel cosquilleo en el pecho me dura todo el camino a casa. Pienso en olvidarme del asunto y en disfrutar de los pocos días libres que me quedan: visitar calas, alquilar un pequeño barco para ver atardecer en el mar, hacer un curso de buceo y disfrutar de una cena junto a las olas. Esta es la salida más sencilla, la que no me complica la vida y la que posiblemente tomará todo el mundo que esté en sus cabales. Pero en mi interior algo me dice que no me aleje de allí, que intente saber un poco más de aquella historia, que escuche los testimonios y, una vez que tenga todos los datos ante mí, decida si irme o quedarme. Lo único que sé es que este caso se ha vuelto como una especie de imán para mí.

Después de colocar la compra, salgo de nuevo. Según el navegador del móvil estoy muy cerca de la comisaría. A lo lejos veo el todoterreno de la Policía de Palafrugell aparcado frente a la comisaría. Me asomo por la puerta y una mujer que está leyendo detrás de un cristal me mira por encima de las gafas.

—¿Tiene cita? —pregunta muy seca.

—No. Venía a hablar con... —Miro en mi libreta, donde tengo apuntado su nombre—... Daniel Redondo.

La mujer sigue mirándome sin articular palabra. Hace un gesto con la nariz por haberle interrumpido su momento de lectura y deja el libro sobre la mesa, sale de la cabina y se dirige al fondo del pasillo.

—¿De parte de quién? —me pregunta. Dudo por un momento, pero sé que aquí no puedo mentir.

—Eva. Eva Ayala.

Abre una puerta y murmura unas palabras. Al poco tiempo se dirige hacia mí.

—Adelante.

Camino por aquel pasillo blanco y que da a dos salas. Una seguramente la de interrogatorios y la del final, que es un despacho. Miro en la placa. Sobre un fondo grisáceo está grabado lo siguiente: JEFE DE POLICÍA, DANIEL REDONDO. Se nota que es muy reciente, casi nueva me atrevería a decir. Entorno la puerta y me encuentro con un hombre mucho más joven de lo que creía, no tendrá más de veintiocho años, es bastante mono, con unos labios gruesos. Me sonríe nada más verme.

—Hola, ¿en qué puedo ayudarla? —me pregunta ofreciéndome asiento.

Me quedo mirándole, me transmite algo diferente de lo que suele transmitirme la gente en general.

—Hola, perdone si interrumpo. —Se ríe.

—No se preocupe; como se imaginará aquí no hay mucho follón más allá de patrullar las calles o ayudar a alguna vecina mayor con la compra. —Me rio con él—. Cuénteme, ¿qué necesita? Por lo que creo, no es usted vecina de por aquí, no me suena de haberla visto.

—No, llegué ayer de Madrid. —Se sorprende.

—Ha elegido buen destino de vacaciones. ¿Ha perdido la cartera entonces o algo por estilo? —me pregunta preocupado.

Yo niego con la cabeza observo su escritorio. Tiene una foto con sus padres en un huerto, en el que seguramente es su pueblo. Al lado de la mesa hay dos táperes que, posiblemente, se haya preparado la noche anterior.

—No, no estoy aquí por eso. —Daniel Redondo me mira ahora curioso—. Soy policía nacional —digo y a él le cambia el gesto.

—¿Policía nacional?

—Sí. ¿Conoce la UNI? —Daniel Redondo arquea las cejas—. ¿No se ha puesto en contacto con usted mi superior, el coronel especial Verdejo?

Daniel Redondo se pone lívido de pronto.

—Dios santo... No pensé que aquello fuera en serio. Me llamaron de noche y me dijeron algo, sí... Yo estaba ya en casa... No acabé de creérmelo... ¿Es... por mí? ¿He hecho algo mal? Sé que llevo poco tiempo en el puesto y que los informes mensuales a veces llegan algo tarde, pero...

—No estoy aquí por usted, teniente. —Daniel se relaja.

—¿Entonces usted es...?

—La agente Ayala —digo, enseñando, ahora sí, la placa que llevo en el bolsillo interior de la chaqueta, pequeña y minimalista, pero suficiente para dejar al teniente sin habla. La UNI es poco conocida, casi una leyenda, oficialmente ni siquiera sigue activa.

—Joder. ¿Y qué hace aquí, en Calella? Mi superior no me dijo nada de... Simplemente me avisó de que alguien de arriba vendría por aquí, algo clasificado, y que no pusiera trabas. —Sonrío.

—Le aconsejo, entonces, que haga caso a su superior. Estoy aquí por el caso de Biel Serra. Por lo que sé usted estuvo presente en toda la investigación. —En este momento el agente Daniel Redondo se queda atónito y empieza a mover mucho las manos de una forma muy nerviosa; la frente le brilla por el sudor.

—No... esto otra vez no... por favor.

Se desabrocha el polo de verano, se levanta y cierra la puerta.

—¿Qué ocurre? —digo mirándole mientras regresa a su asiento.

—¿Sabe lo que significó ese caso en este pueblo? —Se dirige hacia una estantería del fondo—. Y más concretamente, ¿sabe lo que supuso para mí? —Coge un taburete y se sube a la parte más alta de la estantería. Saca varios archivadores y sin querer tira un cuadro de una laguna que hay en uno de los lados de la estantería, cuyo cristal se rompe y el cuadro queda rasgado a la altura de la torre que tiene en el medio—. Joder, el maldito cuadro, se lo podría haber llevado. —Detrás de esos grandes archivadores hay una caja fuerte. Introduce un código y la abre. Me levanto y veo que lo que hay dentro es un gran archivador gris.

Se baja del taburete con el archivador en la mano y regresa a su silla. Lo tira encima de la mesa y es como si cayese una losa del ruido que hace. Me llevo un susto de muerte.

—Más de mil folios de informe del caso. Entrevistas, escuchas telefónicas a los familiares, búsquedas por tierra, mar y aire. Cientos de cámaras de videovigilancia de las carreteras y principales salidas del pueblo. Gasolineras, restaurantes, peajes. Todo lo he revisado yo solo durante estos tres años en busca de alguna pista que pudiera arrojar luz sobre este caso.

—¿Y...? —me atrevo a preguntarle abriendo el archivador.

—Nada, agente Ayala. Ni rastro. La única posibilidad es que se ahogara en aquella cala maldita... He estado con Isabel, la madre del pequeño, días y días estudiando lo que pudo haber pasado, leyendo cada uno de los cabos sueltos que tenía este caso, había cosas que no encajaban del todo, pero aun así quisieron cerrarlo por la magnitud mediática con la que se vivió.

—¿Estudiabas el caso con la madre? —pregunto, ya tuteándolo.

—Me lo pidió en cuanto mi superior, el teniente Alcázar, se prejubiló —contesta—; me dijo que, por favor, la ayudara a entender lo que había ocurrido. Y juntos nos fuimos dando cuenta de que hay cosas que no acababan de encajar.

—¿Como qué?

—En este caso fallaron muchas cosas desde el principio. Al repasar la cronología, nos dimos cuenta de detalles que no se investigaron adecuadamente. No sabemos si se llegaron a cortar las carreteras cuando saltó la alarma de que un niño pequeño había desaparecido. Según el código, como sabes —se anima él también a tutearme—, tienes que activar el protocolo...

—Jaula —le corto—, el protocolo Jaula.

—Exacto. Desde que en España aumentaron los casos de niños desaparecidos y se demostró que las primeras cinco horas son cruciales, uno de los primeros pasos es encerrar el lugar en el que haya ocurrido. Nadie puede entrar y nadie puede salir.

—Y no se activó, ¿verdad?

—Mi teniente dio la orden para que comenzara el cerco, pero los compañeros de los pueblos de alrededor nunca la recibieron. Quizá no funcionó la transmisión de la radio aquella noche, no lo sé. Pero aquello ya comenzó mal. —Daniel Redondo mira por la ventana en dirección a la plaza del pueblo—. Y después todos los hallazgos que se produjeron en días posteriores... La madre mantiene que el peluche que se encontró no lo llevaba su hijo la noche que desapareció.

—¿Alguien pudo entrar en la casa, pues?

—Nadie lo sabe. La científica no halló ningún resto que no fuera de los convivientes que se encontraban en la casa aquella noche.

—¿Qué más?

—El apagón —dice con rotundidad. Me quedo unos segundos pensando.

—¿El apagón?

—La noche en que Biel desapareció, la caja de ahorros que hay en la plaza del pueblo sufrió un fallo de suministro. Todo lo que funcionara con electricidad se desconectó, y ¿a que no adivinas lo que hay allí?

—Una cámara —digo al cabo de un instante.

—Exacto —afirma el agente inclinándose hacia mí sobre la mesa—. Una cámara de videovigilancia que apunta justamente a los arcos por donde Biel se fue con su triciclo. No sé si sabes cómo funcionan este tipo de cámaras —dice sacando un folio—, pero no necesitan electricidad. Lo único que sí la necesita es el circuito cerrado donde se almacenan las horas de grabación. Un puerto de almacenamiento que esa noche falló y no pudo guardar ni un minuto entre las 23.45 y las 0.30, que fue lo que duró la caída de electricidad.

—No me lo puedo creer... ¿Y alguien lo investigó?

—Nos encargamos el inspector al mando de los Mossos, el inspector Miguel Galván Roig, y yo.

—Lo conozco —digo yo mientras pienso «No puede ser»—, estuve con él en un caso horrible en Cádiz. Es muy buen inspector. Pero ¿y tu superior, el teniente Alcázar? ¿Dónde estaba?

—Mi teniente conoce a la familia de toda la vida y le afectó mucho no poder ayudarles, se sentía inútil, así que lo relevé durante la búsqueda. Se cogió la baja poco después y ya no volvió al cargo. Le quedaba poco para jubilarse, de todas formas. Entre nosotros, chocheaba ya un poco. Se le olvidaban datos, no mandaba los informes semanales, se le pasaban citas y reuniones con el alcalde. Es una pena que se despidiera de tantos años de servicio de esa manera y con esa sensación de fracaso, pero la familia no le guarda rencor, nadie en el pueblo lo hace. Alcázar ha hecho mucho por todos nosotros, le dio su vida a Calella.

—Así que él no tendrá más información que tú, en caso de que decida ponerme en contacto para preguntarle.

—¿Alcázar? No veo cómo te podría ser útil... Pero puedes preguntarle, por supuesto. Tengo su teléfono. De todas maneras, tal y como te digo, Galván y yo tomamos el testigo rápidamente, porque el caso removió todo muchísimo y Alcázar lo sufrió tanto o más que la familia.

—Entiendo. ¿Sigue viviendo aquí?

—Qué va. Se fueron a la casa de su mujer, la que tiene en Jaén, y por aquí solo vuelve alguna vez al año, a ver a sus viejos amigos de las timbas de cartas.

—¿Me lo puedo llevar? —le pregunto refiriéndome al archivador.

Daniel Redondo se empieza a poner nervioso de nuevo.

—Agente, disculpa mi sugerencia, pero me quedaría más tranquilo si vinieses aquí cuando quieras, tenemos una sala a tu disposición para que puedas leerlo todo. He trabajado mucho en él, recopilando cientos de informaciones, conversaciones con Isabel, etcétera. No sabes la de periodistas que han intentado acceder a él.

—Me puedo hacer una idea —le contesto yo, recordando

los años en los que en la unidad teníamos que apañárnoslas para que no se filtrara nada de lo que estábamos descubriendo sobre casos muy mediáticos—. He alquilado una casa para poder estar en Calella, pero necesito leerlo todo, desde el principio. Quizá haya algo que aún no habéis visto.

—¿Lo harás tú sola? —me pregunta. Dudo sobre qué contestarle.

—En principio, sí. No ha venido ningún compañero. Por el momento la investigación no es oficial, pero la unidad me ha enviado por si es necesario reabrir el caso.

—Bueno, yo soy un compañero —responde y yo me río.

—Compañero de mi unidad, Daniel.

—No me quiero entrometer entre unidades, pero si quieres... podría echarte una mano en lo que necesites. Aquí, como ves, no hay mucho que hacer salvo dar apoyo a los guiris que acaban perdidos o borrachos en alguna cala.

—¿Quieres ayudarme? —le pregunto, y Daniel sonríe levemente.

—Podría serte útil. Además, como te he dicho, ese caso no me deja dormir.

Me lo pienso bien, me apetecía trabajar sola pero la compañía tampoco me vendría nada mal, y más sabiendo que Daniel Redondo conoce cada paso que se dio en esta investigación.

—Supongo que cuatro ojos ven más que dos —acabo diciendo—, iré a preparar el salón de la casa para que podamos instalarnos allí. Hay que comenzar cuanto antes —digo mirándole—, tú ven cuando puedas.

—Me acerco un poco más tarde, que tengo que recibir al alcalde este mediodía y si no se pone muy pesado —me contesta—, pero llévate esto si quieres —dice poniendo mi mano sobre el preciado archivador.

Le sonrío, me levanto y me dispongo a marcharme, pero cuando ya estoy en el pasillo, oigo su voz a mi espalda:

—¡Oye! No me has dicho dónde te alojas.

—¡La casa azul que hay frente a la playa! —le digo a gritos.

Daniel Redondo se asoma a la puerta del despacho y se queda mirándome, pensativo.

—¿La que tiene un gran ventanal? —pregunta.

—Supongo —digo antes de salir de la comisaría.

Tengo que llegar a casa cuanto antes y ponerme manos a la obra. Al fin y al cabo estoy aquí por esto, no por turismo. Hay que clasificar todos los informes anteriores junto con el oficial del caso. Necesito buscar flecos en la historia, leer de nuevo las declaraciones, hacer una línea temporal para buscar lo que otros pasaron por alto y así encontrar si hubo algo fuera de lo normal.

Llego a casa y empiezo a despejar el salón: velas, platos, jarrones... todo lo que no hace falta lo meto en una de las habitaciones que hay en la planta baja. Cojo los folios del dosier que me dio Silas, después abro la maleta y saco los documentos que imprimí en Madrid. Lo dejo todo encima de la mesa. Me hago un moño con un boli y me cambio de ropa para ponerme algo más cómodo. Busco en el salón una pared que me sirva para fijar los papeles y las fotografías que tengo sobre el caso. En el centro coloco una foto de Biel. Al pegarla me quedo embobada en sus ojos, es la fotografía que la familia proporcionó a la policía, a los medios de comunicación y la misma que sirvió para los carteles que se colgaron en todas partes. Era tan pequeño que me resulta inexplicable que él solo pudiera recorrer los kilómetros que aparecían en el informe. Empiezo a añadir cosas a aquel espacio. La situación me hace pensar en Silas y recordar cuando trabajábamos juntos, así que le envío un mensaje para decirle que ya estoy trabajando en el caso. Abro una lata de Coca-Cola y unas patatas y comienzo.

Hay muchos detalles, anotaciones de los Mossos, anotaciones de un coronel y de un tal inspector Galván. También hay documentos firmados por Daniel Redondo, que por aquel entonces era el agente de apoyo del inspector Alcázar. Voy añadiendo sus fotografías a aquel cuadro, aparecían todos juntos frente a los micrófonos de toda España dando alguna rueda de prensa.

Los primeros en llegar al lugar fueron Alcázar y Redondo. También los Mossos, ante la urgencia por tratarse de la desaparición de un niño tan pequeño. Después se sumaron la Policía Nacional, los GEAS de la Guardia Civil, el equipo canino y los voluntarios de Protección Civil. Ese mismo día por la noche todos los medios se habían desplazado a Calella de Palafrugell. Repaso las horas posteriores al suceso y están definidas al minuto. Mis ojos van trazando una cronología de aquella noche, minuto a minuto. Subrayo algo que me llama la atención y es que, a las 23.59, la abuela de la familia, Carmen, acudió a casa de una amiga para ir al baño. Al salir se cruzaron con una persona que vestía con algo oscuro y largo. Una especie de abrigo negro, relatan. Y ellas mismas dicen que fue muy maleducado, ya que dio un golpe con el hombro a Carmen y ni se molestó en pedir disculpas. Busco algún documento donde figure si han investigado a aquella figura, pero no encuentro nada. Me quedo pensando unos segundos. Un abrigo oscuro, ¿en pleno junio? No tiene sentido.

Las horas posteriores las paso leyendo y escuchando declaraciones, primero oigo las de Ferran y su madre, que ya había leído. Ferran estaba roto de dolor y se sentía muy culpable por haber perdido de vista a Biel. Más duro es escuchar a Isabel. Tenía muchas esperanzas de encontrar a su hijo con vida, de hecho, en varias ocasiones, detiene la declaración porque dice que prefiere seguir buscando, que ahí dentro está perdiendo el tiempo y que por favor la dejen marchar. Su voz no es la misma que la que escuché por la mañana: un hilo de voz, sin vida y sin fuerzas para vivir. La declaración del padre, Josep, me pone los pelos de punta porque sé que ahora padece cáncer. En la declaración que hizo decía que no entendía por qué la vida le había dado tantos palos, que lo único que quería era vivir tranquilo, en el pueblo, que después de una mala temporada, su matrimonio empezaba a levantar cabeza, veía a Isabel ilusionada y con ganas de hacer cosas, tenían una vida ordenada. Su hijo mayor estaba estudiando la carrera que le gustaba en la ciudad que quería y además tenían la tranquilidad de que lo estaban cuidando bien, pues Ferran acababa de hablarles de su pareja.

Cuando pienso que no queda nada más por saber, llego a la declaración de Antonio, el abuelo. Se escucha perfectamente su sufrimiento, casi no puede hablar, solo se oyen sus suspiros, hasta que coge fuerzas y dice: «Se lo han llevado». No dijo ni pudo decir nada más, solo repitió esa frase un par de veces más y cortaron la grabación.

# 8

Paso el resto del día trabajando en el caso, pero decido cambiar de espacio para oxigenarme. Cojo varias carpetas, las pongo en una bolsa de playa y busco en la cala a los pies de la casa un rincón apartado y tranquilo. Mientras el sol cae desde lo más alto del cielo y me voy adentrando más y más en los recovecos del caso, memorizando declaraciones e interrogatorios, pesquisas policiales, líneas infructuosas de investigación, etcétera, mi mente dibuja un mapa mental del caso y también de la vida. A lo largo del tiempo, en mi trabajo, comprendes que la vida es muy injusta. Que hay personas que tienen que vivir las mayores de las tragedias mientras gente mala de verdad, en su mayoría, sale indemne. Eso me afectaba mucho, hasta que un día lo comprendí. Ver familias enterrando a sus hijos, ver a abuelos despidiéndose de sus nietos... Todos en la unidad hemos presenciado cosas que nunca vamos a olvidar y que, al principio, tal y como nos advirtieron, no nos dejaban dormir. Y llevaban razón: muchos de esos casos ya no eran cientos de folios, tenían nombres y apellidos, topónimos de las ciudades y pueblos donde ocurrían, eran abrazos de los familiares. Pero también lágrimas de alivio cuando conseguíamos encerrar a los culpables y podíamos dar a los familiares una explicación a todas sus preguntas. Una vez nos dijeron que nosotros éramos lo únicos que les podríamos proporcionar descanso después de que hubieran perdido todo: la esperanza, la ilusión y el amor. Gracias a nuestro esfuerzo, les daríamos un respiro, una bocanada de aire y una luz que volviese a brillar, no en ese instante, pero sí a largo plazo. Y que, como tal, éramos sus ángeles. Aquello se me quedó grabado y ahora lo siento de verdad. Necesito hacer todo lo que esté en mi mano, para que al menos esa madre entienda que hicimos todo lo posible por darle una explicación, para que pueda seguir adelante con su vida, aunque la conclusión sea que su niño se ahogó, pero demostrado, con pruebas, y que sea ella quien lo vea y pueda descansar en paz.

Me bajo a la playa con una silla y gran parte del informe, está empezando a caer el sol y ya no hay nadie en la orilla, salvo algún corredor y alguna familia que está terminando de recoger. Estoy leyendo ahora todas las pruebas que recogieron *in situ* de los lugares marcados en rojo. Había tres: los maizales junto al torrente, la entrada a la gruta y el fondo del mar. En ellos se encontraron, respectivamente, las chanclas que llevaba aquella noche, el triciclo, un elefante de peluche y la ropa, una camiseta amarilla y unos pantalones azul marino. Todo ello lo llevaba la noche que desapareció y, según los resultados del laboratorio de la policía científica, no se encontraron otros perfiles genéticos en ellos salvo el del propio Biel.

Analizaron el triciclo, había fotografías en las que aparecía pieza por pieza, desmontado y separado: el manillar, las ruedas, el cuerpo, el asiento, el timbre, los pedales... Encontraron restos de gravilla y tierra, también del grano cultivado en los campos y de agua estancada que coincidía con la del torrente. El laboratorio reveló que en la ropa encontrada en el fondo del mar había trazas de sal, incienso y pólvora, que procedían de los fuegos artificiales. Según un estudio que realizaron con un dron, reproduciendo el recorrido que pudo realizar la noche de la desaparición, consideraban que era complicado que hubiera podido hacerlo, pero, al no poder encontrar ninguna prueba de lo contrario, al final de la investigación dictaminaron como motivo de la muerte «ahogamiento sin hallazgo del cuerpo».

Una vez leídos todos los documentos y escuchadas las declaraciones, no puedo ver nada que se salga del camino ordinario de investigación que yo habría realizado. No puedo ponerle ningún pero. Por más que lo leo no encuentro la manera de ver ese pequeño hilo del que tirar para encontrar algo distinto. Después repaso todos los estudios que se hicieron sobre las personas que se encontraban en el pueblo, perfiles de depredadores sexuales, pederastas, violadores... Todos dieron negativo o sin coincidencias. Tenían fichados a los turistas que durmieron en el pueblo aquella noche y ninguno tuvo nada que ver con lo que ocurrió. Se trataba, en su mayoría, de familias que visitaban la costa por ocio, no había nada más que investigar. Se comprobaron las cámaras de seguridad de las principales autovías nacionales de Cataluña, buscando niños en los vehículos cuyos rasgos coincidieran con los del pequeño Biel. Horas y horas de grabación sin nada extraño.

Levanto la vista y me doy cuenta de que llevo allí unas cuantas horas y el sol acaba de esconderse. Una brisa fresca llega desde el agua y arremolina la arena a mi alrededor. Me da un escalofrío y me levanto de la toalla para estirar las piernas y calentarme. Me acerco al mar. Las olas baten suavemente contra el banco de arena. La espuma blanca me hace cosquillas en los pies. Las gaviotas graznan a lo lejos, entre las rocas, y los niños gritan, vigilados por sus padres. Algunos jóvenes bajan a esta hora a la cala y ponen música mientras beben algo con sus amigos. El ambiente es íntimo y especial. No me he bañado, pero de la brisa marina ya me noto sal en la piel. Suspiro. Siempre que estoy en un lugar bonito me acuerdo de Héctor, pero ahora ese pensamiento no está llegando, se queda a medio camino. Ahora el pensamiento me pide disfrutar de los últimos segundos de sol, que son para mí y para nadie más. Suelto el aire y me siento llena de fuerzas para seguir adelante. Recojo mis cosas y vuelvo al apartamento.

En la puerta está Daniel Redondo y su coche patrulla en la esquina. Lo miro y me sonrío al instante.

—Te encontré —dice acercándose hacia mí mientras mira la casa.

—No te habrá costado mucho, tratándose de un pueblo pequeño y de un policía —contesto mientras miro el coche—. ¿Esto es para no llamar la atención? Puedes poner las sirenas también, si quieres, para que no haya duda.

Daniel se queda en silencio y gesticula de nuevo con las manos; se ha puesto nervioso.

—Es que mi coche particular está en casa de mis padres porque...

—Da igual, no te preocupes.

Quizá soy muy directa con él. Pero estoy acostumbrada a que lo sean conmigo. Después me da pena. Unas semanas en la unidad hacen despertar a cualquiera.

—¿Hasta cuándo te quedas? —me pregunta.

—Hasta la semana que viene.

—¿Solo?

—O incluso menos si veo que no sacamos nada en claro —afirmo.

Abro la puerta y enciendo las luces del salón. Daniel abre los ojos como platos al ver el gran mural lleno de recortes, fotos, declaraciones y mapas. Se acerca, dirigiendo la vista a diferentes puntos, y lee las pequeñas anotaciones. Me aproximo y también yo miro el panel improvisado.

—Aún faltan cosas, pero creo que es un buen punto de partida. —Mi dedo se dirige hacia una fotografía. Es la de Ferran Serra. Daniel me mira algo extrañado.

—¿Has averiguado algo de él? —pregunta.

—Nada en concreto, pero es la última persona que vio con vida a Biel. Necesito que vuelva por un momento a aquella noche, quizá ahora, años después, recuerde detalles que entonces, por el shock, no veía. Quizá ni él mismo les diese importancia, pero cualquier cosa, por pequeña que sea, nos puede hacer tirar del hilo que buscamos.

—¿Y qué sugieres? —me pregunta Daniel.

—He visto que estudiaba en Gerona, acababa de empezar Periodismo. ¿Sabes algo de él ahora?

Daniel se queda pensando y luego dice:

—Lleva sin venir por aquí un tiempo, diría que desde Navidad. Solo aparece en esas fechas. Lo esperaba el otro día, en el homenaje que hicimos a su hermano en la plaza del pueblo, pero no apareció.

—¿No vino al homenaje de su hermano? Qué extraño...

—Me llamó la atención, pero imaginé que quizá le producía demasiado dolor.

—¿Qué fue exactamente lo que se hizo en el homenaje? —pregunto curiosa.

Daniel dirige su mirada al gran ventanal del salón.

—Algo simbólico. Por la mañana nos reunimos en la plaza junto a los arcos y guardamos un minuto de silencio. Los padres leyeron algo, creo recordar que fue un poema. El padre está muy débil por la enfermedad... perdona, no sé si sabes que tiene cáncer... —Lo miro y asiento, y él continúa—: Casi no tenía fuerzas para leer, pero las sacó para terminar de recitar aquel poema. Vinieron algunos periodistas, pero había más locales, de por aquí, nada que ver con la cobertura que se le dio en su momento. Al terminar la lectura caminamos todos juntos hasta la cala de los Cangrejos, la cala maldita, como se la conoce ya en el pueblo. Allí, Isabel tiró una rosa blanca y unos cuantos pétalos. Fue muy triste. Al terminar se apoyó en su marido. Ambos se abrazaron y lloraron. Los periodistas se metieron en sus coches y se marcharon.

—¿Cuál ha sido la actitud de Isabel y Josep todos estos años? —pregunto—. Desde que se cerró el caso oficialmente, quiero decir.

—Si bien al descubrir la ropa de Biel en el fondo del mar pareció que la cosa no iba a ir a más, la familia no tardó en pedir que se reabriera el caso. Si te soy sincero, creo que fue un error. Y si no, mira cómo están ahora. Ferran no pudo soportar el dolor y se alejó de aquí, imagino que incapaz de consolar a su familia y consumido por la culpa. Y a Josep le diagnosticaron cáncer poco después. Yo no creo en las energías y esas cosas, pero estarás de acuerdo conmigo en que el cuerpo a veces somatiza lo que no puede gestionar. Ese padre destrozado habría afrontado una enfermedad tan cabrona como el cáncer de otra forma de estar su pequeño sano y a salvo, pero después de semejante desgracia Josep ha ido de mal en peor.

—¿E Isabel?

—Gran parte del pueblo, por no decir todos, asumían que el pequeño había muerto ahogado, arropaban a sus padres en aquellos momentos difíciles, pero les insistían en que debían descansar. A Isabel le sugerían que estuviese junto a su marido y aprovechasen para estar juntos. Nada de librar batallas contra fantasmas que no existían. Ahora ella es quien tira adelante de la familia, trabaja cada mañana y por las tardes, si Josep tiene un día bueno, se va a pasear con él por la playa a ver el atardecer, o caminan hasta el faro para ver cómo se enciende la luz y cómo su reflejo cae en las casas de la orilla del mar. Malvendieron la licencia del quiosco de la plaza, ya que Isabel no podía atender los dos trabajos. Si algo tienen claro los vecinos, es que como esa mujer ya no quedan. Después de lo de su hijo, le llegó lo de su marido y ahí sigue, levantándose cada mañana. Te la cruzas, y a veces hasta te sonríe y te desea un buen día. La vida, el destino o lo que sea, no ha sido nada justo con ella.

—Y durante la investigación, ¿cómo se comportaron los padres? O Ferran o sus abuelos. O incluso el resto de la familia. A veces es habitual que algunos miembros estén involucrados en casos de desaparición de niños. Hay rencillas, dinámicas internas, relaciones tóxicas que no se ven a simple vista fuera de casa, pero que en la intimidad del hogar tienen consecuencias terribles.

Trago saliva, consciente de pronto de que lo que acabo de decir puede trasladarse a mi propia experiencia. Héctor y yo parecíamos una pareja joven, sana y feliz de puertas para fuera, pero luego todo se volvió gris... Y cuando quise darme cuenta, se había acabado. O al menos yo. Él había acabado conmigo.

—Ella tenía muchísima esperanza de encontrar a Biel —continúa Daniel, ajeno a mi vacilación—. Veía que la gente se había volcado en la búsqueda, los voluntarios, los medios de comunicación, los agentes especiales de los GEAS... Todo el mundo estaba aquí, de todas las partes y lugares. La gente interrumpió sus vacaciones y se unió a la búsqueda. Pero entonces empezamos a encontrar señales de que algo no iba bien: primero fueron las chanclas, después el triciclo en aquel lugar maldito. Pero cuando vio aquel elefante de peluche, fue como si le pegaran un tiro a bocajarro. Gritó delante de todos los agentes. Recuerdo el momento como si fuese ayer y aún se me ponen los pelos de punta. Algunos de los que estábamos allí no pudimos aguantar las lágrimas, porque ella misma fue quien nos había contagiado esa esperanza de encontrarlo vivo. Y al día siguiente fue cuando encontraron la ropa. Ahí supimos que todo había terminado, hasta ella quiso despedirse de su pequeño. Hizo que apagaran todas las luces del buque de búsqueda donde nos encontrábamos para poder ver así las estrellas y decirle su último adiós.

De repente Daniel se levanta y se dirige hacia el panel, apuntando la vista a las declaraciones que habían dado los testigos, las que están subrayadas.

—¿Pasa algo? —le pregunto.

Daniel marca con el dedo índice algo en concreto. Es la fotografía de Ferran, el hermano mayor. Pero luego señala a una parte de la declaración.

—Mira lo que dice aquí.

El agente pasa el dedo por una frase en concreto que señala que Ferran estaba grabando un vídeo para enviárselo a su pareja justo cuando Biel desapareció. Nos quedamos los dos en silencio y luego lo miro.

—¿Revisasteis el vídeo?

—Lo recuerdo. Era de los fuegos artificiales estallando sobre la iglesia. No vimos nada raro.

—¿Pero lo estudiasteis a fondo?

—No había nada raro, Eva, de verdad.

Miro de nuevo los informes.

—Lo primero que tenemos que hacer es hablar con esos padres. Necesito que me lleves a conocerlos a un sitio en el que estén cómodos hablando conmigo. Es fundamental que se sientan protegidos para que puedan hablar.

—Casi siempre están en casa.

—Pues allí habrá que ir.

Preparamos la información que le vamos a contar a los padres, no toda sino las piezas que nos llaman la atención. Partes que no se habían podido resolver, como si el pequeño llevaba o no el peluche que encontraron en la gruta. Tenemos que saber si sigue existiendo el vídeo que envió aquella noche Ferran a su novio, en cualquier pequeño detalle puede estar la clave que buscamos. Hay que hablar del corte de suministro eléctrico que se produjo la misma noche de la desaparición en el banco que hay justo en la plaza de Calella, más concretamente el lado de los arcos. Puede ser una coincidencia, pero esa cámara podría haber tenido la respuesta, ya que al pequeño se le pierde la pista al final de esa larga galería de arcos.

La calle Gravina es una de las calles principales del pueblo, cuenta con viviendas construidas desde hace cientos de años, posiblemente ahora restauradas y reformadas o reconvertidas en apartamentos turísticos. Es estrecha y con el suelo empedrado; justo en el centro de la calle, un gran árbol la preside. La calle ocupa un lugar privilegiado, ya que desde allí se escucha el mar. El número 22 es una casa de color amarillo envejecido con construcción típica de muchas casas del pueblo: dos pisos de vivienda y un pequeño patio trasero. La puerta es de color verde y tiene un ojo de buey. Una ventana baja a la izquierda, que da al salón, permite que desde la calle se puedan ver perfectamente muchos marcos de fotos encima de una mesa. Daniel va delante de mí, son las diez y media de la noche, pero aún hay luz. Posiblemente estén viendo la televisión o incluso terminando de cenar.

—Voy a tocar —me dice Daniel—. ¿Estás lista?

Isabel abre la puerta y mira con gesto cansado a Daniel. Lleva ropa de estar en casa, pantuflas y un delantal raído de color beis. Apenas se fija en mí en un primer momento.

—¿Daniel? ¿Qué haces aquí? Es... ¿Ha pasado algo?

Supongo que, al ver de nuevo a un policía tocando a su puerta, una pequeña parte de su corazón brinca con la posibilidad de que tenga algo que ver con Biel, para bien o para mal.

—Nada de eso, Isabel, solo queremos hablar contigo un momento, mi compañera y yo.

Isabel entonces es consciente de que yo me encuentro detrás de Daniel. Arruga la frente y da un paso atrás, entrecerrando la puerta.

—¿No será periodista?

—No, Isabel, esto es mucho más importante. ¿Nos dejas pasar? —dice Daniel con ternura y compasión en la voz.

La mujer finalmente cede, deja la puerta abierta y desaparece en el interior de la casa. Cojo aire y siento un escalofrío en el cuerpo al traspasar el umbral. Es como si estuviera entrando en esa casa a través de los vídeos que vi en televisión. Reconozco todo al instante. El mueble con las fotos de Biel sonriendo. Junto a la escalera, un gran cuadro, retrato de familia, con los rostros de Isabel, Josep, Ferran y por último, recostado en el pecho de su hermano, el pequeño Biel, risueño y con los ojos llenos de vida. El interior de la casa apenas está iluminado y da la sensación instantánea de que hace mucho tiempo que no entra en ella la luz. Llegamos al salón y no hay nadie.

—Josep está descansando arriba —dice Isabel—, sentaos donde queráis.

He visto ese sofá verde clarito y con almohadones. En él se sentaban los padres para conceder las entrevistas. Ella se sienta en el sillón que hay justo al lado del sofá. Daniel elige la parte del sofá más cercana a ella y yo me coloco a su lado.

—¿Qué es lo que ocurre, Dani? —dice ella. Se nota que, de alguna forma, confía en él.

—Isabel, te presento a Eva. Forma parte de un destacamento especial de la Policía Nacional, no puedo desvelarte más información sobre él, pero es de fiar y ha venido hasta aquí porque cree que puede ayudar en el caso de Biel.

La madre me mira con cara de no creerse ni una palabra de lo que Daniel está diciendo.

—Isabel —digo yo—, lo primero que quiero decirle es que la creo. No sé si Biel estará vivo o no, pero sí creo que en este caso se han dejado temas por resolver o investigar. La vi en televisión mientras estaba en el salón de mi casa en Madrid, superando una depresión. Estoy aquí por usted, por este caso, y sobre todo por su pequeño. Mire. —Le entrego el informe que he recopilado—. Hay cosas que no encajan, hay detalles que nadie en su sano juicio hubiese pasado por alto, pero el caso tuvo unas magnitudes superiores a lo imaginable y creo que por eso prefirieron quedarse con la versión fácil, sencilla y que no daba quebraderos de cabeza: que su hijo se ahogó.

Isabel me escucha atenta, casi fría, pero cuando acabo agacha la cabeza y empieza a temblar.

—¿Es verdad eso, Daniel? —susurra, aguantando el llanto—. ¿Esta mujer ha venido a ayudar a encontrar a mi pequeño? —Daniel se inclina para cogerle las manos y las aprieta con fuerza.

—Vamos, Isabel, tenemos que estar enteros.

—Tienes razón. —Isabel se recompone y me mira con ojos vidriosos. Trago saliva antes de hablar para intentar no emocionarme.

—Es importante que tratemos de recomponer la noche de la desaparición y todo lo que ocurrió, vieron, dijeron o les dijeron durante las primeras horas para reabrir el caso. Si no encontramos pruebas sólidas, no lo conseguiremos.

—¿Cómo ha dicho que se llamaba? —me pregunta Isabel.

—Soy Eva. Y, por favor, no me trate de usted. —La mujer se levanta y se sienta a mi lado, cogiéndome ahora las manos a mí.

—Gracias por creerme, Eva.

«Gracias por darme una nueva razón para creer en mí», me habría gustado decirle, pero me limito a sonreír y aguantar el tipo.

—Estaba perdiendo la esperanza, ¿sabéis? —dice secándose las lágrimas—, con todo lo de Josep, que cada día se apaga un poquito más, ver que ya a nadie le importa lo que le ocurrió a mi hijo y que en el pueblo me tienen como una loca... —Se calla un segundo y mira al suelo—. Pensé que cualquier día tiraría la toalla y llegué a asumir que... —Le cuesta decirlo, tiene que tragar saliva para hacerlo—... no volvería a ver a mi pequeño nunca.

—Estamos aquí, Isabel. Y tenemos que ponernos manos a la obra cuanto antes. He alquilado una casa frente a la playa, la azul que da al faro. Mañana por la mañana estaremos ahí, puedes venir cuando quieras a hablarnos de todo lo que ocurrió. ¿Crees que podrás pedirte unos días en el supermercado? Es importante que descanses, que estés centrada y disponible para la investigación.

—Justo empiezo unas pequeñas vacaciones a partir de mañana, porque Ferran viene con su chico para quedarse unos días. Mis padres también están en el pueblo y pueden cuidar de Josep mientras yo estoy con vosotros. Así que sí, sin problema.

—Ferran —digo yo—. Lleva tiempo sin pasarse por aquí, ¿no?

Isabel suspira. Es evidente la congoja en su rostro.

—La pérdida de Biel lo rompió por completo. Pero hace poco me llamó y me dijo que ya estaba listo para volver. Quizá no listo del todo, claro, uno nunca está listo del todo para encarar el sufrimiento. Pero no nos queda más remedio que avanzar.

Me quedo un momento perpleja y me siento tentada de decirle que acabo de pasar por un proceso similar, pero Daniel me interrumpe.

—Isabel, ¿sabes si Ferran ha cambiado de móvil desde aquel día?

La mujer se queda pensando, mirando en dirección a la escalera que da a la parte de arriba del piso.

—Sí, lo cambió. No hace mucho, además.

—¿Y el antiguo? —pregunta Daniel.

—Estará en su habitación, creo que dijo que lo guardaría por si se le rompía el nuevo.

—¿Puedes bajárnoslo, por favor? —pregunto yo—. Es muy importante.

—Por supuesto, esperad aquí —dice, se pone en pie deprisa y en sus ojos se aprecia una luz nueva—. Daniel, sácale de comer algo, ya sabes dónde está todo.

—Qué encanto —le digo a Daniel en voz baja y sonriendo mientras ella ya está subiendo las escaleras.

—Es la persona que más ha sufrido en este mundo y aún de vez en cuando se esfuerza para mantener la sonrisa. Es algo increíble.

—¿Qué piensas Daniel?

—¿Sinceramente?

—Sí.

—Creo que le has vuelto a dar una razón por la que levantarse. Pero piensa que, si al final no conseguimos avanzar, su caída puede ser más fuerte.

Soy plenamente consciente de las consecuencias del paso que he dado al venir aquí. Sé que no es un juego, es una madre y una familia que siguen necesitando una respuesta a sus preguntas. Y yo tengo que intentar encontrarla. Pero una duda me produce cierta presión en el pecho: no estar segura de si soy lo bastante buena como para encontrarla sin mi equipo cerca. Sin mi unidad.

—Aquí está —dice Isabel terminando de bajar la escalera y se lo da a Daniel, quien lo mira y ve que, salvo algún rasguño, el móvil parece en perfecto estado.

—Prueba a encenderlo —le digo yo.

Isabel se sienta y mira atenta lo que hacemos. Daniel mantiene presionado el botón de encender. Uno. Dos. Tres. «Vamos, vamos», pienso yo. Ahí tenemos algo que quizá pueda arrojar información nueva. Cuatro. Cinco. Vamos, joder. Vamos. Y de repente el logo aparece en la pantalla. Ambos suspiramos y Daniel me sonríe. La pantalla avisa que el móvil tiene muy poca batería, pero aun así nos pide el PIN.

—Isabel, ¿sabes el PIN? —le pregunta Daniel. Ella suspira.

—Qué va... Ferran es muy suyo. Lo más que he podido hacer es cargarlo de vez en cuando. Pero podríamos preguntarle si lo recuerda.

—Le preguntaremos mañana, no te preocupes —le dice Daniel.

—Aunque... Espera —dice ella—. Bueno... no, no creo. —Ambos nos quedamos mirándola, expectantes.

—¿Qué pasa, Isabel? —le pregunto.

—No, nada —dice casi emocionada—. Os iba a decir que probarais la fecha de nacimiento de su hermano.

—¿Cuál es? —le pregunto.

—9 de febrero de 2018.

Daniel marca el 9, luego el 2, y para terminar el 18. Y antes de pulsar «continuar», miró a Isabel: 9218. El dispositivo nos da la bienvenida. A mí se me eriza el vello e Isabel sonríe entre lágrimas.

—No os hacéis una idea de lo que sentía Ferran por su hermano. Era pasión. Por eso para él sigue siendo tan duro venir aquí. No asistió al homenaje del otro día porque le está siendo difícil superarlo. Pase el tiempo que pase, aunque se curen algunas heridas, no se lo perdonará nunca.

Daniel me mira y entiendo que es hora de marcharse, hay que dejar descansar a esa madre y poder así trabajar mucho mejor mañana. Nos despedimos y Daniel sale de la casa primero. Es entonces cuando miro a Isabel y me ofrece sus brazos. Los acepto y mientras nos abrazamos, siento mucha paz, que todo está bien, al ver que esa madre ha entendido que quiero ayudarlos. Tengo la necesidad de abrirme y de darle algo a cambio de lo que ella está haciendo por mí.

—Yo... —titubeo antes de que nos separemos—. Yo también sé lo que es la ausencia de lo que más quieres en tu vida. Tenerlo y que, de repente, ya no pueda ser así. No como te gustaría.

Isabel me mira con los ojos vidriosos y asiente.

—¿Cómo se llama? —me pregunta.

—Luna —susurro—. Y su padre, Héctor. Aunque todo acabó hace ahora un año. Yo todavía no me hago a la idea... Todavía pienso que, algún día... —Isabel no me deja terminar.

—Perdónate a ti misma, Eva. —Me sorprenden sus palabras, tanto que no puedo reaccionar—. Te extrañará oírmelo decir, pero yo hace mucho que me perdoné. Es lo único que me ha permitido vivir todos estos años sin Biel. No fue culpa mía o de Ferrán que nuestra familia perdiera esa noche lo que más nos importaba. De haber un culpable, de haber un responsable —añade, girándose y mirando la fachada de su casa—, esa persona no está aquí. Y dudo que tú seas la culpable del tormento que soportas. —Trago saliva. Estoy temblando. Aprieto fuerte sus manos—. Busco a Biel con el corazón desde la noche que desapareció, y por eso sé que volveré a verlo algún día. Busca a nuestros pequeños desde aquí. —Su mano se acerca a mi pecho y me toca el corazón—. Solo así podremos encontrarlos.

Aquellas palabras me emocionan tanto que solo puedo asentir con la cabeza. Me separo despacio y me reúno con Daniel calle abajo. Me pregunta qué me ha dicho Isabel, pero le digo que nada importante y sigo cabizbaja hasta llegar al coche. El eco de aquella madre coraje resuena en mi interior. Un año de tormento quizá había sido suficiente. ¿Podría perdonarme? ¿Estaba en mi mano volver a ser feliz? De camino a casa miro el cielo estrellado y siento como si un susurro me diera fuerzas. Tengo que encontrar a Biel, tengo que descubrir lo que pasó en Calella hace tres años. Y tengo que salir del pozo en el que me he metido. Vamos a ir a por todas, y cuando digo a por todas, me refiero hasta el final: destapando todas las irregularidades y denunciando a quienes las hubiesen querido tapar.

# 9

Durante el camino de vuelta, apenas hablamos. El encuentro con Isabel ha sido desolador. Si mi corazón ya estaba roto, esta noche se ha roto un poco más.

Nada más llegar a mi casa, Daniel se detiene.

—Bueno, Eva. Mi casa está en las afueras del pueblo y no quiero que se me haga muy tarde. ¿Seguimos mañana? He avisado a Reme, la mujer que está en el control de acceso, para que anule todas las citas. Quiero centrarme en esto. Contigo.

—Sus palabras me hacen sonreír.

—Daniel... No quiero que afecte a tu trabajo, pero muchas gracias por volcarte.

—No las des. Que hayas venido hasta aquí solamente por tener una corazonada es de admirar. De verdad.

Miro hacia la casa, tengo habitaciones de sobra para que Daniel se quede. Pero no sé si proponérselo. Quizá me estoy sobrepasando y no quiero que lo malinterprete. Nos despedimos. Al verlo subir al coche pienso: «Eva, hazlo».

—Daniel —le llamo antes de que cierre la puerta.

—Dime. —Dirijo la mirada hacia la casa.

—Nada, te iba a decir que en esta casa hay habitaciones de sobra, por si te quieres quedar y así te ahorras el viaje en coche.

Daniel mira también esa casa azul frente a la playa.

—¿De verdad quieres que me quede? No tengo problema en marcharme a casa, agente, no quiero suponer una molestia.

—¿Agente? ¡Pero si antes era Eva! —digo yo riéndome—. Y no, de verdad, puedes quedarte, hay camas de sobra.

Daniel Redondo mira hacia la casa de refilón.

—Tiene un color precioso.

—Porque no la has visto al amanecer —le contesto.

—Pues entonces me quedo, si no te importa —dice saliendo del coche, lo cierra y se acerca a la puerta.

—Vamos dentro —le digo sonriendo.

La casa nos recibe con aquel frescor particular de las viviendas que aún conservan los antiguos materiales con los que fueron construidas. El yeso blanco de las paredes, los detalles en azul marino de algunas partes de la casa y ese particular rincón de ventanales desde donde se puede ver el mar. Es muy acogedora. Nada más entrar dejamos las cosas en la gran mesa del salón que ya está llena de papeles, bolígrafos, pósits amarillos y cientos de cosas más.

—¿Tienes hambre? —me pregunta Daniel.

—La verdad es que un poco. —Se gira buscando la cocina.

—Vamos a ver qué podemos preparar... ¿Te importa?

Daniel se acerca a la nevera y la abre. Por suerte he comprado un poco de todo para estos primeros días, pero también tengo pensado ir a comer algún día por el pueblo, conocer a los dueños de los bares y restaurantes, hablar con los camareros y familiarizarme con la gente y con sus rincones de la localidad. Es una de mis estrategias de investigación.

Daniel saca un par de cosas del frigorífico y cubre una fuente que ha encontrado en el horno de aceite de oliva; después coge una olla de uno de los armarios y pone pasta a hervir.

—Te puedo ayudar si quieres —digo yo.

—Voy a prepararte mi especialidad.

—Ah, ¿sí?

—Claro, a cambio del hospedaje. Faltaría más.

Lo dejo preparando «su especialidad» y voy a ponerme cómoda. Me quito las botas que tanto me aprietan y me acaricio los pies. Siento que me está yendo bien, que tengo ilusión por lo que estoy haciendo. Sonrío de verdad. Le envío un mensaje a Silas para explicárselo y me contesta emocionado. Él vivió mi descenso a los infiernos muy de cerca: seguro que le gustaría saber si estaba volviendo a volar, poco a poco. Me pongo los pantalones del pijama, una camiseta de tirantes blanca y una chaqueta. Antes de bajar me miro en el espejo. Y me doy cuenta otra vez. Mi verdadera sonrisa empieza a asomar, ya no se ven los ojos cansados de llorar o de las noches de insomnio. Por primera vez tengo ganas de volver a ser quien era. La Eva que nunca debió irse. Esa a la que le gustaba tomar unas cervezas al terminar una jornada de trabajo durísima. Esa que se levantaba temprano para ir a correr y sentir que el corazón se le salía del pecho, síntoma de que estaba viva. Esa Eva que leía, viajaba y bailaba. La que a pesar de tener uno de los trabajos más duros, cada día llegaba con ganas de contagiar a todo el equipo su energía para seguir adelante. Unidos. Todo eso era yo y tenía que pelear por recuperarlo. Me lo prometo a mí misma ante el espejo:

—Te irás de aquí siendo otra. Te lo prometo.

Y apago la luz de la habitación. Mientras bajo las escaleras, un olor increíble a queso gratinado y a *bacon* me inunda las fosas nasales. Aquí está Daniel, en la cocina, bailando una canción de Viva Suecia que sale de su móvil mientras saca la fuente del horno. La deja en la encimera y me ve en la escalera.

—¿Te estás riendo?

—Por tu forma de bailar.

—Nunca se me dio muy bien, pero uno hace lo que puede —dice cogiendo la fuente de pasta gratinada que ha preparado.

—Vaya pinta —digo yo. Miro hacia el patio de la entrada—. Espera, vamos fuera mejor —añado antes de que empiece a despejar la mesa del salón repleta de papeles.

—Voy a coger una vela, porque si encendemos la luz, nos comerán los mosquitos.

Busco por las estanterías y me acuerdo de que hay una al lado del televisor. Cojo dos cervezas de la nevera y las saco también.

—Buena idea —dice él—, nos van a hacer falta.

Nos sentamos y alzamos nuestros botellines para brindar.

—¿Por qué? —pregunto.

—Porque tiene pinta de que vamos a echar muchas horas —dice Daniel.

Le sonrío. Él se queda mirando las olas mientras la pasta se enfría.

—¿Qué piensas? —le pregunto.

—Es difícil de explicar —dice después de lanzar un suspiro profundo.

—Inténtalo.

—Me da miedo que fracasemos, he vivido con esa familia el dolor de su pérdida, y remover todo esto hace que algo en mi interior me diga: «Ve con cuidado».

—Te entiendo.

—¿Habéis fracasado muchas veces en esa unidad?

—Sí. Hemos llegado demasiado tarde a veces. En el Cuerpo piensan que somos genios, que nos podemos anticipar a que las tragedias ocurran y entregarles al malo en bandeja para que lo atrapen... y todos felices. Ellos se llevan el reconocimiento, ya que nosotros para la sociedad no existimos. Pero muchas veces no vamos lo suficientemente rápido, nos atascamos en un laberinto del que es muy difícil salir y para cuando lo conseguimos, ya no hay nada que hacer.

—¿Como, por ejemplo?

—Llegar a la casa de una madre que ha matado a sus dos hijos y después se ha colgado de la lámpara. Por ejemplo.

—Joder.

—El primer día de trabajo nos avisaron de que todo lo que íbamos a ver seguramente no nos dejaría dormir durante los primeros meses. Una vez que ya llevas unos años, te acostumbras a ver lo peor del ser humano.

—¿Y tienes hueco para ver lo mejor?

Aquella pregunta me hace fijarme en la luz que refleja el faro en las olas. Realmente, y después de haber vivido y presenciado tantas cosas oscuras, sí que puede haber espacio para la luz.

—Estoy en ello —le digo—. ¿Y tú?, ¿quién eres tú?

Él me mira en silencio y extrañado.

—¿Cómo que quién soy yo?

—Sí, que quién hay detrás de esa cara de buena gente y de no haber roto un plato —le aclaro mientras empiezo a comer la pasta, que está buenísima.

—Pues sinceramente —dice echándose un poco de pasta en su plato—, mis padres piensan que tengo el trabajo de mis sueños, que no me puedo quejar porque gano un buen sueldo y no tengo que preocuparme de si me voy a quedar en el paro.

—¿Pero?

—Pero realmente aquí me siento un inútil. Estoy en un pueblo en el culo del mundo y soy un triste policía que se pasa los días aburrido en su comisaría. Aquí lo único que hago en invierno es ver mi vida pasar y esperar a que llegue el verano para poner multas de aparcamiento a los veraneantes y pedir la documentación a los cuatro borrachos de turno. ¿Y se supone que tengo que volver a casa con una sonrisa de oreja a oreja? Pues no, lo siento.

Me quedo mirándole a los ojos, se nota que es una buena persona. Y también se nota que vive desilusionado y que este pueblo le está apagando. Me lo imagino en su despacho, viendo los días pasar.

—Pero, Daniel, ¿y por qué lo elegiste? ¿Por qué no una ciudad más grande?

—Pues porque...

Parece que le cuesta decirlo. Dejo de comer y le presto atención, curiosa por lo que va a decir.

—¿Por qué? —Y antes de que diga nada ya me lo imagino.

—Porque me enamoré.

Cierro los ojos y suspiro.

—¿Quién es?

—Se llama Nerea. Nos conocimos mientras preparábamos las oposiciones para entrar en la policía. Yo me sentaba siempre en el mismo sitio de la biblioteca y ella también. A las nueve de la mañana, durante todo un año, llegábamos puntuales a nuestra cita. Los primeros meses solamente eran miradas, levantar la cabeza de los apuntes para cruzar la vista. El tercer mes hubo un día que recordaré siempre. Era Nochevieja y la biblioteca cerraba a las siete de la tarde. Nosotros, que aprovechábamos hasta el último minuto, nos quedamos solos en la planta de estudio. Cuando eran las siete menos cinco avisaron que la biblioteca iba a cerrar y nos levantamos a la vez. Recogimos todo y nos quedamos esperando en el ascensor. Ninguno decía nada, mirábamos a la puerta esperando que se abriese. Y supe entonces que aquel sería un día especial, que debía decirle algo y tenía que hacerlo ahí. «Feliz año», le dije nervioso. Ella me sonrió y me dijo que intuía que también estaba preparando la oposición. Y así comenzó todo.

»Volvimos a nuestras casas hablando de cómo llevábamos el estudio y que a partir de entonces podríamos quedar en los descansos para tomar un café. Y lo que no sabía entonces era que cada uno de esos cafés harían que me enamorase más y más de ella. Cada día la veía más guapa, veía sus ojos azules y pensaba que todo el mar estaba ahí dentro. Podía escuchar las olas cuando ella me miraba; muchas veces, cuando me explicaba algo, me quedaba embobado contemplándola y ella se reía.

»Pasaron los meses y llegó el examen, estábamos muy nerviosos, nos dimos un abrazo antes de entrar a la gran aula. El día que publicaron las notas quedamos para verlas juntos. Fuimos a una cima que hay en Valencia desde donde se ve perfectamente el atardecer para hacer tiempo. Las notas se publicaron online a las siete en punto de la tarde. Consultamos a la vez nuestros móviles y de repente ella gritó: «¡¡¡UN 9,2!!!». Y cuando yo metí mi nombre no pude gritar. Un 5,7. No podía ser. Me quedé mirando al suelo y ella no supo qué decir. Me intentó tranquilizar y consolar, pero yo sabía lo que aquello significaba. Todos podrían elegir destino antes que yo y eso si ocurría un milagro y podía elegir alguno.

»Le dije que necesitaba volver a casa solo y nos despedimos en aquella cima. Me mandó muchos mensajes, pero me sentía defraudado conmigo mismo. Quizá, al fin y al cabo, mi padre tenía razón y decirle que sí, que me quedaba en el pueblo ayudándole con el taller hubiera valido más la pena y no me habría gastado tanto dinero.

»El día que se elegía el destino de prácticas nos citaron a todos los que optábamos a plaza. Los días previos, Nerea no tenía muy claro qué elegir porque le gustaban muchas opciones: se planteaba irse a Canarias o a Baleares, pero a la vez quería estar en una ciudad grande pero con playa. En el gran auditorio en el que nos citaron, oí su nombre bien alto para que saliese al escenario a elegir destino. Y la seguí con la mirada, escalón a escalón a escalón... Saludó a los responsables y pronunció su destino y la comisaría donde estaría. Al momento, en la pantalla que había en el escenario y por los altavoces del salón sonó su decisión: «Nerea Delgado, Comisaría de Málaga Norte. Enhorabuena». Todo el auditorio la aplaudió, como a todos los que elegían, y a mí un vacío me recorrió todo el cuerpo: Nerea se iba a Málaga... Sonreí, pero a la vez el corazón recibió las primeras heridas de aquella historia.

»Poco a poco fueron bajando todos los opositores. Me iba a llegar el turno a mí, en la pantalla aparecían los destinos que quedaban. Solo veinte eran las posibles; cuando sacas una nota tan baja, no puedes tener ninguna lista de prioridades como Nerea. Simplemente te tienes que conformar con lo menos malo de lo que quede. Y así fue: las cinco comisarías restantes eran en lugares recónditos: Ferrol, Cudillero, Albacete, Soria y Palafrugell. Llegó mi nombre y dudé si bajar o no, podías elegir renunciar a tu plaza y presentarte el año siguiente. Pero en ese momento sentí una fuerza que me dijo: «Es tu momento». Mientras bajaba los escalones miré esos cinco destinos. No había estado en ninguno ni tenía la menor idea de cómo eran. Subí los escalones hasta el escenario y llegué a la mesa. El hombre me miró con gesto serio, agotado por las horas que llevaba allí. Yo me quedé unos segundos en silencio, volví a mirar la pantalla y al ver el mapa donde estaba señalada la ubicación, decidí elegir el lugar más apartado del mundo, un lugar en el que, si me lo proponía, podría empezar de cero sin que nada ni nadie se pusiera por delante. Y fue entonces cuando lo dije: «Comisaría de Palafrugell. Y por los altavoces sonó: «Daniel Redondo, Comisaría de Parafrugell. Enhorabuena». Pero esta vez no sonaron aplausos, ya que solamente quedaban dos personas en el auditorio. Bajé los escalones en silencio y me fui a mi casa, pues mis padres no habían acudido a la ceremonia porque era demasiado tiempo sin hacer nada. Pero al salir sí había alguien, alguien que esperó casi una hora y media a que yo eligiese mi destino...

—¡Y qué pasó luego! —exclamo tras acabarme el plato de pasta, y Daniel se ríe.

—Luego pasó lo que pasa siempre. El tiempo. Nerea comenzó en la Comisaría de Málaga y yo aquí. Hablábamos a diario, pero un día subió una foto a su Instagram con un chico muy guapo. Estaban en la playa cenando y brindando con una copa de vino blanco. Bloqueé el móvil y puse a calentar uno de los táperes que me había preparado esa semana para cenar. Se me escaparon unas lágrimas y volví a trabajar al día siguiente. Me llamó para ver cómo me iba todo, le dije que muy bien y que con un montón de trabajo, pero en realidad estaba mirando por la ventana y viendo que aquí la vida pasa y tú te quedas anclado. No sigues en el camino, simplemente te has quedado atrás mientras los demás avanzan.

—¿Le dijiste alguna vez que estabas enamorado de ella? —le pregunto con sinceridad.

—Qué va. ¿Para qué? —dice él—. ¿Para que me dijera que nuestras vidas estaban en puntos distintos, que a ella la iban a ascender en su comisaría mientras yo me consumía aquí? Ni hablar.

—No sé, Daniel, nunca es tarde para nada. Y menos para el amor, hazme caso.

—Lo bueno es que ahora estoy sintiendo un poco de ilusión por estar en este caso contigo, que vienes de la Unidad Nacional de Inteligencia.

—¿Pero sabes qué? —le digo—. Que yo no soy más importante que tú. Cuando estaba en uno de mis peores momentos, mi jefe me dijo: «Cuando tocas fondo y eliges quedarte en la oscuridad, por más luces que enciendas nunca verás luz».

Daniel se queda pensando en aquella frase.

—Gracias, agente —dice, y al momento vuelve a hablar—. Perdón. Gracias, Eva. —Yo le sonrío antes de hacer ademán de levantarme.

—¿Pasamos y comenzamos? —le pregunto, refiriéndome al caso.

—Por supuesto.

Pasamos dentro y cojo el teléfono de Ferran, que hemos dejado cargándose nada más llegar a casa. Me meto en la galería y busco en la fecha de la Noche de San Juan de hace tres años. Veo algunas fotografías de la cena en las que sale Ferran junto a su hermano, que ya está montado en el triciclo que posteriormente encontrarían en el torrente. Pero no hay ni rastro del vídeo. Posiblemente lo borraría por el trauma tan terrible que suponía para él volverlo a ver. Cojo entonces mi teléfono y busco en la agenda. Encuentro el contacto que busco. Pulso el botón de llamar y pienso que, seguramente, lo voy a despertar, pero estamos ante algo importante. Un tono. Dos tonos.

—¿A quién llamas a estas horas? —me pregunta Daniel.

Pongo el altavoz y cojo algunos folios del caso. Tres tonos. Cuatro tonos. Y de repente un estruendo me sobresalta; Daniel también se lleva un buen susto. Aquel sonido estrambótico proviene de mi teléfono.

—¿Jefa? —pregunta la voz al otro lado. Yo cierro los ojos. No me lo puedo creer.

—¿Estás de fiesta Adam? —pregunto—. ¿Pero tú qué haces de fiesta un domingo?

—¡Espera que salgo, que no te oigo nada! —exclama y yo suspiro.

—La madre que te parió.

—Eso sí que lo he oído, mira tú por dónde.

—Sí, Adam, sí. La madre que te parió. ¿Dónde estás?

De repente la música ha cesado y escucho el sonido de una puerta al cerrarse.

—Pues en una fiesta en Madrid, en Fabrik. Tienes que probarla jefa, es increíble. —Me paso la mano por la cabeza.

—Vamos a ver. Centrémonos.

—Eso te iba a decir, para que me llames a estas horas tiene que ser importante.

—Lo es Adam.

—Cuéntame.

—¿Has bebido?

Él se queda en silencio.

—Un poco.

Suspiro más enfadada todavía.

—¿Hay taxis en la discoteca esa?

—Sí, ¿por qué? —me pregunta extrañado.

—Necesito que te montes en uno y vayas a casa. Tengo un teléfono del que necesito que recuperes un vídeo que ha sido eliminado.

—¿Es en serio, jefa? —dice Adam indignado.

—Y tan en serio.

—Pero si es que estaba a punto de hacérmelo con una piba... —Niego con la cabeza, estoy a punto de perder los papeles.

—Adam. Me cago en la puta, o te vas a casa y me recuperas el vídeo este o te prometo que mando ahora mismo a la Nacional, el Ejército y los GEO, si hace falta, a buscarte.

—Madre mía. Vale, tranquila. ¿Puedo al menos despedirme o tampoco? —me pregunta. Yo me quedo en silencio y cuento hasta diez, como siempre hago en estos casos. Al momento lo vuelvo a oír—. No, mejor no. Mejor les mando un mensaje.

—Gracias, Adam.

Oigo cómo camina, seguramente hacia los taxis. Al momento escucho que se cierra la puerta de un coche.

—A la calle Violante de Hungría, número 22.

—Ahora mismo.

—Jefa, ya voy de camino —me dice Adam—, te llamo en cuanto llegue.

—Gracias, Adam.

Y cuelgo. Daniel está boquiabierto.

—¿Ese crío trabaja en la unidad?

—Sí, por suerte. Tiene veinticinco años y es la persona más brillante con la electrónica que conozco. Eso sí, a veces es un poco tocapelotas.

Daniel se ríe.

—Creo que Ferran borró el vídeo porque nunca lo llegó a abrir por el dolor que le causaba.

—Tiene sentido —dice él—. Ferran siempre estuvo en la diana de todos los periodistas, tertulianos y también de la UCO.

—¿Sí? —pregunto yo, curiosa.

—Piensa que fue la última persona que vio a Biel con vida. Lo ahogaron a preguntas, a largos interrogatorios que posiblemente no estarán en ese informe, pero que yo pude presenciar.

—¿Y qué viste?

—Pues a una persona rota. Consumida por la pena, a la que ya no le podrías sacar ni el más mínimo atisbo de alegría porque ya no existía en su interior.

—¿Y después?

—Cuando encontramos la ropa y la subieron al buque de búsqueda, Ferran se fue por uno de los laterales del barco. Lo seguí con miedo de que pudiese hacer una locura y lo encontré al lado de una lancha de emergencia. Roto de dolor, no tenía consuelo alguno. Solo pude acercarme a él y abrazarlo, decirle que lo sacara todo. Pegó un par de puñetazos en mi pecho y después se abrazó a mí buscando ese consuelo que no encontraba en ningún sitio. —Se me pusieron los pelos de punta y suspiré—. Nos han enseñado que el hermano mayor debía de proteger al pequeño —continuó Daniel—, y él eso no se lo perdonará nunca, por más años que pasen.

—¿Cuántas veces lo has leído? —digo señalando al dosier del caso.

—Cientos, Eva. He ido muchísimas veces con el coche hasta el torrente, he caminado por el agua hasta la gruta y me he quedado a las puertas de aquellos últimos pasos que se supone que dio el pequeño Biel antes de precipitarse en aquella cala.

—¿Y?

—Y siempre llego a la misma conclusión. ¿Cómo habría podido hacer todo ese camino él solo? —Mira el mapa que tenemos colgado en uno de los cuadros del salón—. ¿Cómo pudo hacer todo ese camino sin cruzarse con nadie y sin ser visto por ningún coche o vecino? —Daniel me mira de nuevo.

—Esa es la historia oficial —contesto yo.

—He revisado la cronología muchas veces, todo el pueblo estaba concentrado en aquella plaza, no faltaba nadie; si alguien se lo llevó, tuvo que ser de fuera del pueblo. Aquí nos conocemos todos y nadie echó en falta a nadie. Es tan extraño...

En ese momento suena de nuevo mi teléfono; contesto al segundo.

—Ya estoy en casa, jefa —dice Adam.

—Perfecto. ¿Qué se supone que tenemos que hacer? —le pregunto.

—¿Tienes el teléfono contigo?

—Sí, justo en la mano.

Adam está encendiendo todos sus ordenadores, pues se oyen los sonidos de bienvenida.

—Conéctale el cargador, pero en vez de al enchufe, a tu ordenador.

—Voy.

Subo corriendo a la habitación para cogerlo y lo bajo de inmediato. Conecto el cable al móvil, y Daniel, al ordenador.

—Vale, hecho —le digo a Adam.

—Perfecto. Ahora necesito que pulses el botón de apagar a la vez que el de bajar el volumen. Has de mantenerlo al menos nueve segundos pulsado.

—Joder. Un momento, espera. —Cojo el teléfono pero no puedo sostener el mío.

—Te ayudo, espera —dice Daniel.

—Sí, mejor.

—Pero ¿quién es ese, jefa? —pregunta Adam.

Daniel me mira y le hago un gesto con los ojos para que conteste.

—Hola, Adam. Soy Daniel Redondo, policía de aquí, de Calella de Palafrugell. Estoy echándole una mano a tu compañera Eva.

Adam se queda callado un instante.

—Vaya, vaya... O sea, que ya nos has dado el cambiazo, jefa, antes incluso de volver a incorporarte. Qué feo eso, verás cuando se entere Verdejo.

—Adam, concéntrate por favor —le digo sin poder evitar un tonillo recriminatorio.

—Vale. Te aparece el logo de la marca del móvil, ¿verdad?

—Sí.

—Perfecto. Ahora te mando un acceso privado. Y solo tienes que... Una, dos y... Jefa, mira la pantalla.

Miro al móvil y puedo ver a Adam en su dormitorio, con los cascos puestos.

—¡Hola! —exclama—. Ya lo tenemos.

—Joder, Adam, eres muy fuerte.

—Bueno, en algún sitio tenía que acabar. —Nos reímos.

—Vale, ya tengo el móvil aquí. Se han borrado muchas cosas. Mira el ordenador y así también puedes verlo tú.

Me acerco al ordenador y estoy viendo una carpeta, parece que es todo lo que se ha eliminado del teléfono.

—¿Todo eso se ha borrado, Adam?

—Sí, eso parece. ¿Qué buscamos exactamente, jefa?

—Buscamos un vídeo de la noche en que desapareció el crío.

—Era la Noche de San Juan, ¿verdad?

—Sí. El 23 de junio.

Adam teclea y mueve el ratón por la pantalla mientras pulsa teclas simultáneamente.

—¿Salen unos fuegos artificiales?

—¡Sí! ¡Sí! —exclamé. Estoy tan embobada en la pantalla que tardo en reaccionar.

—Aquí está. Fue grabado a las 0.01 de la medianoche.

—Ponlo.

Adam pulsa el *play* y el vídeo empieza a reproducirse en mi ordenador. Daniel y yo nos acercamos más para verlo. Se ve el campanario de la iglesia. El cura, el padre Gabriel, según he leído en los informes, estaba a punto de hacer sonar las campanas, momento en el que comenzaría el gran castillo de fuegos artificiales. En un momento se oye la voz del pequeño Biel y le doy un codazo a Daniel. Ahí está, al lado de Ferran. El vídeo tiembla un poco y el cura desde lo alto del campanario, de espaldas a la cámara, hace sonar las campanas. En ese momento el vídeo se queda en negro y tarda unos segundos hasta que el primer estruendo suena y el cielo se ilumina de rojo. Acaba de comenzar el castillo. La oscuridad vuelve, pero al segundo se ilumina toda la plaza de azul. Y después, de verde. Ferran ríe, los fuegos artificiales siguen estallando, y cuando uno se apaga, se oye la voz de Ferran decir unas palabras: «Ojalá estuvieras aquí». Miro a Daniel, sabemos que ese vídeo era para su pareja. Según la cronología, ahora es el momento en el que el pequeño Biel debe de estar yéndose del lado de su hermano. El vídeo no se detiene, quedan doce segundos para que acabe. Miro la barra de reproducción y a la vez la imagen, intentando encontrar algo. Diez segundos. Nada aparece. Nueve segundos. Un fuego artificial azul inunda la pantalla. Ocho segundos. Ni rastro de Biel. Siete segundos, el móvil no deja de apuntar al cielo. Seis segundos. Vamos, Ferran, vamos. Por favor. Cinco segundos. El cielo se vuelve azul de nuevo y luego llega la oscuridad otra vez. Cuatro segundos. Y entonces algo ocurre. Ferran dice: «¡Hola!», y el teléfono se mueve ligeramente a la derecha, hacia los arcos. Todo se vuelve otra vez oscuro. Tres segundos. El cielo se ilumina de verde. Dos segundos. Un segundo. La imagen baja rápidamente y se corta. Todos nos quedamos en silencio. No decimos absolutamente nada.

—Adam, vuelve al último fuego artificial de color azul. Justo antes de que Ferran salude a alguien.

Adam mueve la barra de reproducción al momento que le pido y lo pone de nuevo. Suena ese saludo de Ferran a alguien que vería entre la multitud de la plaza y con el movimiento de su mano el móvil enfoca hacia los oscuros arcos. Espera. Qué es eso.

—Para —digo al instante—. Retrocede. Hay algo ahí. —Señalo al lado exacto de la pantalla—. Parte superior, esquina derecha.

Adam mueve unos segundos para atrás el vídeo y detiene la imagen. Nos acercamos todos a nuestras respectivas pantallas, pero no se ve nada bien, ya que el vídeo está movido.

—Adam, ¿puedes iluminarlo un poco más? —pregunto.

—Lo intento, pero el vídeo no se ve muy bien por la poca luz que hay.

Adam abre un programa, señala la zona a iluminar y pulsa *enter*. El programa está haciendo su trabajo y la barra de completado comienza a ascender.

—Cincuenta por ciento... sesenta —dice Adam. Cada vez me acerco más a la pantalla y entorno más los ojos, intentando averiguar qué cojones es eso—. Ochenta por ciento... —sigue contando Adam. «Vamos, joder», pienso y agarro el brazo de Daniel, que está a mi lado, casi pegado a la pantalla—. Noventa por ciento... —La barra está a punto de llegar al final y es entonces, antes de que Adam diga cien, cuando el corazón se me hiela y un escalofrío me recorre la espalda.

—No puede ser —dice Daniel.

Me quedo en shock al ver aquello. El peluche que se encontró a las puertas de la gruta está suspendido en el aire en el pasillo oscuro de los arcos, alguien lo sostiene en las manos y

lo agita para que el pequeño Biel lo vea, llamando su atención. Siento terror en ese momento y me tengo que sentar.

—Jefa —dice Adam.

—Un momento —respondo yo. Me echo las manos a la
cara y luego busco corriendo las fotografías del sumario. Encuentro el apartado de pruebas al segundo y veo las chanclas,
veo el triciclo y entonces aparece. El elefante de peluche del
niño, el mismo que alguien sostiene en las manos.

—Es el mismo —dice Daniel—, lo vi con mis propios ojos
cuando lo encontraron en la gruta.

—Jefa —dice Adam de nuevo—, hay que avisar al grupo.

Daniel Redondo me mira.

—Hay que avisar a los padres.

En ese momento soy consciente de que, de ahora en adelante, todo va a cambiar.

# 10

Ninguno reacciona demasiado rápido. Sabemos lo que tenemos que hacer, que hay que actuar, tomar decisiones, ponernos en contacto con el resto de la unidad, con Verdejo, con Isabel y Josep... ¿Cómo no vamos a decirles a esos padres, que tan mal lo han pasado estos últimos años, que ahora había un clavo al que agarrarse, un hilo del que tirar, un rayo de esperanza? Pero no. La mente fría es importante. Ese rayo de esperanza puede ser traicionero, porque, si ese elefante de peluche es la clave para suponer que Biel había sido secuestrado, ahora las preguntas que debemos hacernos son otras, y muy numerosas. ¿Quién se esconde detrás de ese abrigo? ¿Cómo había conseguido el elefante? ¿Por qué sabía que era un bien tan preciado para Biel que captaría directamente su atención? ¿Es el secuestrador alguien cercano a la familia? ¿Algún familiar? ¿Cómo entonces vamos a revelarles a los padres, de buenas a primeras, semejante información?

El silencio cae del techo y nos oprime a los dos por igual. Daniel traga saliva a mi lado y respira hondo. «Coraje, Eva», me dije a mí misma. He venido para esto, a fin de cuentas. He hecho todo el camino hasta Calella por un motivo: ponerme a prueba, darme la oportunidad de volver a empezar, demostrarme que sigo siendo la Eva de siempre. Aunque hubiera tenido que bajar al infierno y vuelto a subir a la tierra para conseguirlo.

—Esperad un momento. Calmaos —digo mientras sigo mirando esa imagen del vídeo. Me produce terror y sé que tardaré mucho tiempo en olvidar esas manos suspendidas en el aire moviendo aquel peluche en la oscuridad—. Si avisamos a todo el mundo, el hijo de la gran puta que ha hecho esto se enterará en cuanto vea algún movimiento. Lleva tres años tratando de que todo el mundo olvide el caso, ahora no podemos cagarla, no podemos apresurarnos. Adam, reúne al grupo en la unidad dentro de dos horas. Yo llamo a Verdejo. Y por favor, que no se entere nadie, te lo suplico.

—Tranquila, jefa, voy para allá.

Adam cuelga y me quedo mirando a Daniel que está desplomado sobre su silla.

—No puede ser verdad.

—Era imposible que ese niño hiciera todo ese camino solo, cojones, era de manual. Entrarían en su casa a por el peluche poco después de que la familia saliese hacia la plaza. Hay que revisar todo otra vez —digo y él no se inmuta—. Daniel. —Le sacudo y entonces reacciona—. Necesitamos saber quién entró en esa casa y por dónde, ya que las puertas no fueron forzadas. Hay que revisar todos los testimonios de nuevo para ver si alguien faltó entre el momento en que el alcalde estaba dando el discurso y el del inicio de los fuegos.

Daniel se levanta, coge el dosier del caso y empieza a revisar folio por folio. Yo miro por la ventana en dirección al pueblo, pensando en que seguramente, el culpable vive en alguna de esas casas. Ahora tengo una sensación de euforia, una sensación que hacía años y años que no tenía y que por suerte ha vuelto. Para quedarse.

Le envío un mensaje a Silas: «Gracias». Ya entendería por qué en cuanto Adam los convoque de urgencia en las instalaciones de la unidad. Solo una vez nos habían convocado de urgencia, y cuando eso pasaba, estuvieras donde estuvieras, tenías que ir a las oficinas. No me quiero ni imaginar qué estarían pensando todos al sacarlos de la cama a estas horas. No quiero arriesgarme a enviar nada por ninguna red social por si la noticia salta a algún lugar. No sería la primera vez que los periodistas trataban de pincharnos y hacerse con nuestras contraseñas del teléfono para enterarse de las novedades de los casos. Pero por suerte teníamos a Adam, que era inquebrantable. Al cabo de un rato recibo un mensaje de Adam. Dice que ya están todos de camino y que él acaba de llegar. Es el turno de Verdejo. Hay que despertarlo, sea la hora que sea, más tarde me lo agradecerá.

Un tono. Dos tonos. «Pobre», pienso. Tres tonos. Cuatro tonos.

—La madre que me parió Eva... ¿Qué hora es?

—Es un secuestro, inspector.

Verdejo tarda en reaccionar.

—¿Qué coño dices, Eva?

—Hemos encontrado una prueba. Se trata de alguien sosteniendo el peluche que encontraron en la gruta donde el niño se ahogó. Es posible que fuese a por él a la casa de la familia para llamar la atención del pequeño de alguna manera.

Oigo cómo Verdejo se está incorporando en la cama. Empieza a entender lo que le estoy diciendo.

—¿Estás segura? No me jodas, Eva, que este es un caso muy gordo.

—No puedo pasarte las imágenes por seguridad, pero todos están de camino a la unidad.

—Vale. Voy para allá.

—De acuerdo, inspector. Ahora hablamos —digo sonriendo y cuelgo. Ya está hecho. En el salón, Daniel sigue comprobando los testimonios.

—Yo tomé muchas de estas declaraciones.

—Junto con tu teniente, ¿no?

—Sí. Que, por cierto, habría que avisarle.

Me quedo mirándole.

—Ahora manda la unidad. Escucharás a Verdejo y tendremos que acatar sus órdenes. Nos guste o no.

—Me hablas como si trabajara con vosotros —dice Daniel sonriendo—, ¡qué guay! —Le devuelvo la sonrisa.

No tardan en llegar los primeros mensajes al grupo de WhatsApp que tenemos en la unidad sin Verdejo. Curtis pregunta: «¿Alguien sabe qué coño pasa?». A lo que Amaia responde: «Estaba tomando unas copas con los padres de mi novio y de repente ha llegado un coche a la puerta del restaurante para recogerme». Gregorio dice que no podía dormir, que estaba intranquilo... Es un no parar de preguntas. Creen que es cosa de Verdejo, pero ninguno puede imaginar que es por el caso en el que yo ando metida. Al poco algunos avisan de que están en la unidad y que Verdejo se encuentra ya en la sala de reuniones, que no tarden mucho más los que faltan. En cuestión de minutos toda la unidad está reunida. Verdejo pulsa el botón de videollamada del ordenador que está conectado a una cámara que hay en la sala para que pueda verlos a todos.

—Buenas noches, Eva —dice saludándome Verdejo—. Eres la responsable de que estemos aquí.

Silas me mira, no entiende nada. Los demás se miran entre ellos, asustados.

—Eva, ¿qué pasa? —dice Amaia.

Cojo aire y pienso en la forma de comenzar.

—Veréis, chicos. Ayer estuve en casa de los padres del pequeño Biel y nos dejaron el teléfono móvil de Ferran, el hermano, que sabíamos que había grabado un vídeo en el momento del suceso. Este vídeo nunca formó parte del sumario porque nadie lo revisó ni lo solicitó en su momento. Parece que lo borró, fruto del dolor que sentía al mirarlo. Pero he conseguido recuperarlo.

Entonces Adam pulsa un botón del mando y unas manos que sostienen un peluche aparecen en primer plano.

—Eso que veis ahí es alguien sosteniendo el peluche del que no se podía separar el pequeño, dormía con él cada día. Ese mismo elefante se encontró en la gruta, y despistó a los investigadores, les hizo creer que el niño lo llevaba la noche que desapareció. —Todos se miran entre ellos y se tapan la boca con las manos—. Ahora podemos pensar en la posibilidad de que ese niño siga vivo en algún lugar.

Nadie habla, hasta que Verdejo se coloca en el centro de la sala.

—Y por esta razón os hemos convocado aquí. Nadie puede saber esto. La única persona a la que he llamado para comunicarle que hemos descubierto algo sobre este caso es al subdelegado del Gobierno, el señor Jiménez-Lasarte, el cual ha sido bien claro conmigo: nadie puede enterarse. Y me ha dado una orden clara y concisa: encontrar a quienes estén detrás de esto. También me ha asegurado que tenemos el respaldo del Ministerio del Interior para usar todos sus recursos a nuestra conveniencia. Así que, señores, hay que ponerse manos a la obra con este caso. Hemos de dejar lo que teníamos previsto, el caso del asesinato de la joven de Sevilla tendrá que esperar, pues este caso lleva tres años de retraso. Y hemos de organizarnos bien para no levantar ni la más mínima sospecha, ya que si alguien se entera de que estamos investigando esto, le perderemos la pista a los responsables para siempre.

Todos nos quedamos mirando a Verdejo mientras se acerca a la pizarra que hay en la sala.

—Tú, Eva, seguirás en Calella como hasta ahora, pero tenemos que enviarte a alguien más para que te ayude con todo esto. —En este momento, Daniel me mira.

—Disculpa, inspector. —Daniel está ojiplático, sabe que voy a mencionarlo—. De hecho, ya tengo ayuda. —Giro el ordenador y la cámara enfoca a Daniel. Todos lo miran extrañados.

—Pero este ¿quién cojones es, Eva? —pregunta Verdejo. Daniel traga saliva antes de responder.

—Perdone, señor inspector. Soy Daniel Redondo, teniente de la Comisaría de Palafrugell. Estoy aquí para ayudar a Eva en todo lo que me reclame. Conozco el caso, trabajé en él cuando estaba en prácticas.

Verdejo no dice absolutamente nada, las caras de los demás también son para enmarcarlas. Entonces, Verdejo reacciona.

—Muy bien chaval, pues, ya lo sabes. Si alguien se entera de algo porque se te va la lengua en el bar del pueblo o en el quiosco, te mando un Kaza FZ-52 y te dejo, no ya sin comisaría, sino sin pueblo directamente. ¿Estamos?

Daniel Redondo tenía los ojos como platos ante el impacto de escuchar así a Verdejo.

—Estamos, señor —dice Daniel con la voz temblorosa.

—Aun así, ¿no va a ir nadie? —pregunta Silas. Verdejo me mira a través de la pantalla.

—¿Tú qué piensas Eva?

Yo no sé muy bien qué decir.

—Creo que tenemos que encontrarlo cuanto antes sin levantar la menor sospecha de que lo estamos buscando.

—Irán para allá Silas y Amaia. Los demás trabajaremos desde aquí, y le pediré al subdelegado que nos tenga preparados dos helicópteros por si hubiese que salir para el pueblo ese cagando hostias.

—Perfecto, inspector —dice Silas. Amaia asiente con la cabeza para mostrar su acuerdo.

Silas se da cuenta de que yo lo estoy mirando y sonríe un poquito más. Yo miro para otro lado de inmediato.

—Eva, repasad todas las putas declaraciones que recogieron él y su inspector en aquel momento —dice Verdejo—. ¿Cómo coño se llamaba? ¿Alcaraz?

—Alcázar —dice Redondo—. Era mi superior aquí cuando todo comenzó.

—Pues quiero saber todo lo que ordenó aquellos días, a qué hora se iba a su casa. Hasta cuando cagaba quiero saber, Daniel. ¿Te has enterado? —dice Verdejo muy serio.

—¿Y qué hacemos con la familia, inspector? —pregunto.

Verdejo mira al suelo entonces, pensando. Tras un largo suspiró comienza a hablar.

—Lo mejor por el momento es no decirles nada. Si llegamos con la historia del muñeco pensarán que está vivo y no lo sabemos al cien por cien. Tendremos que esperar.

—De acuerdo.

—Pues si todos lo tenéis claro, a trabajar todo el mundo. ¡Venga! ¡YA! —grita antes de salir de la sala de reuniones. El equipo corta la llamada y yo voy a por café.

—Haz caso a Verdejo —le digo a Daniel—, averigua todo lo que puedas sobre tu jefe. Dónde estuvo esos días, qué fue lo que ordenó nada más recibir el aviso de la desaparición del crío, dónde está ahora. Le sorprenderás mucho si se lo presentas en poco tiempo.

Daniel se pone manos a la obra: coge su teléfono, un par de folios y un bolígrafo que había encima de la mesa. Mientras preparo el café recibo un mensaje de Silas: «Al final sí vamos a tener vacaciones juntos. Estoy orgulloso de ti, nos vemos mañana». Sonrío como una tonta mientras el café hierve porque, sinceramente, tengo muchas ganas de estar con él y un subidón de adrenalina por haber dado con una de las piezas que faltaban en el puzle. Pero aún quedan muchas, y lo más importante es encontrar con vida al crío. Me quedo mirando el cartel que hay en el panel: DESAPARECIDO. Me acerco lentamente y observo esos ojos tan inocentes.

—¿Dónde estás, pequeño?


Son las cuatro de la mañana pasadas y Daniel sigue haciendo la cronología de lo que había ordenado su superior, el inspector

Alcázar. Yo estoy empezando a bostezar. Lo mejor es dormir unas horas antes de que lleguen los demás.

—Ve tú primero, yo me quedaré un rato. —Miro a Daniel y lo recrimino.

—Tienes que descansar, Daniel.

—Sí, no te preocupes, en un rato voy.

Está tan concentrado en el trabajo que tampoco quiero insistir para no interrumpirle. Voy directa a la habitación y caigo redonda en la cama. La última imagen que tengo en la mente es la de la luna reflejada en el mar.

El teléfono me despierta, me llevo un susto de muerte y miro la pantalla. Es Verdejo, son las 06.50 de la mañana.

—¿Verdejo?

—Buenos días, Eva, espero que hayas podido dormir algo porque se vienen días convulsos. Silas y Amaia estarán a punto de llegar. Ya he recibido toda la cronología del tal Alcázar, me la ha enviado el chico este con el que estás.

Levanto la cabeza y me acuerdo de que Daniel se quedó toda la noche haciéndola.

—Se llama Daniel Redondo, Verdejo... ¿Te la ha enviado ya?

—Sí, hace dos horas. No creo que haya dormido.

—¿Y has visto algo? —le pregunto después de suspirar.

—Sí. Hay algo raro en los primeros minutos desde que salta la voz de alarma. Al parecer, Alcázar ordenó a los compañeros de los pueblos de alrededor, Palamós, Playa de Aro y Begur, que cortaran las carreteras. Según Redondo, lo hizo por la radio del coche patrulla, él mismo lo escuchó, pero he llamado a los tres pueblos esta mañana y, según los agentes, esa noche no se recibió ningún aviso de corte de ninguna carretera. Daniel sostiene que Alcázar tenía uno de los coches de la comisaría y que él fue a la plaza del pueblo con el otro desde la comisaría. Quedaron en encontrarse a mitad de camino, pero Alcázar tardó unos cinco minutos más de lo normal. Su casa, donde se supone que estaba con el coche patrulla, está a solo ochocientos metros de la comisaría. Y es extraño, porque Redondo dice algo que es clave en esto, Eva: que esa noche el coche patrulla que conducía su teniente tenía las ruedas manchadas de barro. Al principio no le extrañó, ya que muchas veces tenían que meterse por caminos llenos de tierra y lodo, pero aquel día no había llovido.

—Pero sí hay un sitio donde pudo llenarse de barro... —pienso en voz alta.

—El torrente. Eso es —se adelanta Verdejo a mi conclusión.

—Joder. ¿Y por qué estaría ese hombre metido en esto, Verdejo?

—Eso es lo que tenemos que averiguar, lo intentaremos nosotros desde aquí, ya que no quiero que el teniente Redondo se entere de que vamos a investigar a su exjefe. Quizá siguen unidos o tiene contacto.

Mientras hablo con Verdejo, bajo las escaleras y veo a Daniel, tumbado en el sofá, dormido.

—Lo dudo. No me ha hablado muy bien de él, aunque le sigue teniendo aprecio por lo que le enseñó.

—Ándate con ojo, Eva.

Retrocedo a mi cuarto y entorno la puerta.

—¿Y qué se supone que tenemos que hacer ahora? —Verdejo resopla al otro lado de la línea.

—Hay una cosa que no consigo conectar. La abuela del crío se levantó con una amiga un minuto antes de que comenzaran los fuegos artificiales y salieron de una casa situada justo en los arcos. Mantienen que una persona con un abrigo largo negro se cruzó con ellas y le dio un golpe en el hombro a Carmen, la abuela. Y este, según lo que declaró la noche de la desaparición, no se detuvo a pedirle disculpas. Según los tiempos y lo que tenemos del vídeo, posiblemente sea la persona que se llevó al pequeño.

De nuevo un escalofrío me recorre el estómago y hace que por un momento sienta un poco de miedo. Estoy acostumbrada a esa sensación cuando perseguíamos a asesinos sanguinarios y luego tenía que regresar a casa. Era terrorífico.

—¿Vamos a hablar con ella?

—Tiene la clave de este caso Eva. Intentad que recuerde algo más. Algún detalle, por pequeño que sea. Sabes de sobra que así hemos resuelto los casos más difíciles del grupo.

—Perfecto. Vamos a ello.

—Eva, una última cosa. —Me detengo junto a la puerta.

—Te necesitábamos de vuelta.

—Estoy muy contenta de volver, capitán —le digo sonriendo.

—Pues vamos a traer a ese crío de vuelta a casa. Venga.

Colgamos. Pienso en Daniel y en si él podría estar metido en todo esto. Tal vez me esté ayudando para no levantar sospecha. Para poder enterarse de toda la investigación y así comunicárselo al que por aquel entonces era su superior. Lo miro y pienso en esas últimas palabras de Verdejo: «Ándate con cuidado».

—Buenos días —le digo. Daniel se sobresalta y se queda mirándome.

—¿Qué hora es? —pregunta al ver que acaba de amanecer.

—Las siete de la mañana. Me ha dicho mi capitán que le enviaste la cronología anoche. Enhorabuena, le has sorprendido y para bien —miento. Él se incorpora y se queda sentado en el sofá, pasándose la mano por la cabeza.

—¿Puedo hacerme un café? —pregunta. Me río al ver lo dormido que está todavía.

—Sí, puedes —digo—, pero en breve tenemos que irnos.

—¿Adónde? —pregunta extrañado mientras se dirige a la cocina.

—Me tienes que llevar con la abuela del pequeño, Carmen. —Se vuelve y me mira extrañado.

—¿Carmen? ¿Y eso?

—Necesitamos comprobar una cosa. ¿Sigue estando aquí?

Él se queda mirando la cafetera un momento antes de responder.

—Diría que sí. Viven en una de las últimas casas del pueblo, arriba del todo. Podemos ir si quieres.

—Sí. Mis dos compañeros estarán a punto de llegar. Es importante que no levanten sospechas. Les he pasado la dirección.

—Lo mejor será que guarden el coche en mi casa. Tanto coche en la misma puerta hará que los vecinos comenten.

Me quedo mirándole pensando en si realmente eso ocurrirá, y después, yo misma me contesto al saber que se conoce todo el mundo.

—Pues dime tu dirección y los esperaremos allí.

—Calle Colón —dice—, está antes de entrar en el pueblo, en las afueras.

Les escribo un mensaje por el grupo y les digo que se desvíen a esa dirección, para dejar el coche allí y moverse con nosotros. Supongo que vienen en el coche de Silas y no habría coche que más llamase la atención que ese. Daniel se sirve el café en una taza y se lo bebe de golpe.

—Vamos —digo cogiendo su móvil y su cartera.

Nos montamos en su coche patrulla y salimos directos a su casa. Por el camino se ve el pueblo desde arriba, con las luces de las calles aún encendidas.

—Es precioso, ¿no crees? —le digo.

—Lo es. Y eso que aún no has visto casi nada —me responde sonriendo.

Daniel coge un camino que lleva a una carretera secundaria llena de árboles que se unen formando una especie de túnel de ramas. Es una pasada ver los colores del amanecer desde ahí.

—Estamos llegando.

—¿Vives solo? —Él me sonríe.

—Bueno, solo, solo, no.

Me quedo extrañada. Daniel se mete en uno de los caminos bordeados de chalets o masías en mitad del campo. Sigue avanzando y se detiene en el número 20. Apaga las luces y bajamos. Yo sigo aún dándole vueltas, no me ha contado en ningún momento que viva con alguien más. En ese instante escucho algo al otro lado de la puerta de metal que da a un gran jardín.

—Te presento a Sury.

Un labrador precioso salta sobre mí y me llevo un buen susto. El perro se mete entre las piernas de Daniel, le entra una alegría enorme al verlo de vuelta.

—Gracias a ella no me siento tan solo aquí. Me la encontré en una gasolinera una noche hace dos años, la abandonó algún hijo de puta y yo me la traje a casa. Estaba muy asustada. Desde entonces nos ayudamos mutuamente.

—Qué preciosidad —digo acercándome a la perra. Le acaricio la cabeza ahora que se ha tranquilizado y está tumbada en el césped, bocarriba, esperando que Daniel la acaricie.

—Los días que tengo libre me la llevo por ahí, nos vamos a las calas juntos, nos bañamos, corremos... Es lo mejor que me pudo pasar.

—Hola, Sury —digo mirando esos ojos tan inocentes.

—Vamos, pasa —dice Daniel señalando la casa.

Es preciosa. El jardín huele muy bien. Sury se restriega por el césped fresco recién regado. La casa es blanca y tiene una especie de porche con una mesa y dos sillones.

—Alucinarías de cómo se ven desde aquí las estrellas —dice Daniel.

—Qué pasada —exclamo mientras entro.

Hay un gran sofá y un televisor enorme. Es una casa fresca, propia del lugar en que se encuentra. La cocina es muy grande y lo que más me gusta es que los techos son altos.

—Ven, te voy a enseñar lo mejor —dice él acompañándome por detrás de la cocina—. Abre ahí —añade mientras señala una puerta blanca. Abro y me quedo bastante sorprendida. Hay una piscina, no muy grande, pero lo suficiente para poder darte un baño y refrescarte. También se ve todo el cielo de amanecida.

—Qué preciosidad, Daniel.

—Es un lugar en el que encuentro mucha paz. Se la alquilé a unos franceses que se iban a vivir una temporada a Mónaco. Me dejo una pasta al mes, pero al menos estoy algo más feliz aquí.

En ese momento oímos cómo la perra de Daniel empieza a ladrar. Un coche acaba de detenerse a las puertas de la casa; tienen que ser ellos.

—Vamos —digo.

Salimos y atravesamos el jardín. Sury nos mira extrañada al ver tanta gente nueva. Daniel abre la puerta y Silas y Amaia están al otro lado.

—¡Chicos! —digo abrazándolos a los dos, primero a Amaia y después a Silas.

El abrazo de mi amiga es rápido pero efusivo, en su rostro puedo ver su alegría al verme tan activa. Sé que Amaia me ha echado mucho de menos todo este tiempo. El último año había sido largo para mí, pero sin duda también para mis compañeros, que mientras se dedicaban a resolver casos sabían que yo estaba en casa intentando recomponerme, curarme de mis heridas y sanar mi corazón, lo que a veces es mucho más difícil. El abrazo de Silas es muy diferente, más lento, quizá torpe, pero también intenso. Me sorprende la fuerza con que me rodea el cuerpo. Al separarnos me doy cuenta de que ha cerrado los ojos. Me coge de las manos y tarda unos segundos en soltarme.

—Me alegro tanto de verte —dice.

—Pero si solo han pasado unos cuantos días —me excuso yo, algo nerviosa.

—Es igual.

Sury ladra. Él y Daniel se han quedado algo atrás, expectantes ante nuestros saludos.

—Mirad, él es Daniel —digo para que se acerque un poco.

—Encantado. Soy Silas —se presenta tendiéndole la mano.

—Hola, Daniel. Yo soy Amaia —dice ella alargando también la mano.

Daniel está supercortado y traga saliva. Mueve mucho los dedos y echa un ojo al coche de Silas. Supongo que impresiona el aspecto de mis compañeros, tan esbeltos con sus uniformes negros oficiales y su porte de agentes especiales. No en vano están muy en forma. De repente me doy cuenta de que me estoy fijando como nunca he hecho en el cuerpo de Silas: en su espalda ancha y brazos fortalecidos por rutinas de gimnasio de alta intensidad. ¿O quizá sí lo he hecho antes? Daniel señala el coche aparcado frente a la puerta y da un aspaviento.

—¿Es un Audi A8? —pregunta.

—Sí. Siete cilindros.

Daniel abre los ojos como platos.

—¿No se supone que no teníais que llamar la atención? —dice acercándose al coche.

—Por eso lo dejamos aquí, ¿no? —dice Silas.

Daniel está embobado con el coche y tarda en reaccionar.

—Sí, sí... Espera, que te abro la otra puerta y lo dejas dentro.

Silas se va hacia el coche. Amaia se acerca un poco a Daniel.

—Oye, ¿puedo usar el baño? Llevo diciéndole a Silas que pare desde que pasamos por Tarragona y ni caso.

—Sí, por supuesto. Está al entrar, justo a la derecha.

—¡Gracias! —dice ella yéndose hacia la casa.

Yo miro a Daniel y le noto más nervioso todavía.

—Qué impresión —me dice.

—¿Por qué? —pregunto.

—Pues porque parecéis un equipo de élite.

Suelto una carcajada mientras Silas mete el coche. Sury se ha ido a su caseta al ver que ya nadie le hace mucho caso y encima unos desconocidos han invadido su jardín.

—Listo. ¿Vamos? —pregunta Silas.

—Un momento, Amaia ha ido al baño.

Los tres nos quedamos en silencio. Silas se acerca a mí y me roza la mano. Daniel puede verlo. Amaia sale de la casa y se reúne con nosotros.

—¿Listos? —digo yo.

—Vamos —dice Daniel abriendo el coche patrulla.

Cogemos las dos maletas que llevan y nos montamos en el todoterreno. Primero vamos a la casa, a dejar a Silas y Amaia para que se instalen y, mientras tanto, Daniel y yo le haremos una visita a la abuela del pequeño.

En la casa tienen todo lo que necesitan; además Silas ha traído varias copias del dosier del caso para que no tengamos que estar peleando por un mismo documento.

Le doy las llaves a Amaia.

—Nos vemos en un rato, a ver si podéis averiguar lo del banco. Las cámaras se desconectaron poco antes de que el pequeño desapareciera.

—Perfecto. Nos ponemos con eso —dice Amaia.

—Si hay cualquier cosa, llamadme —añado.

Algunos vecinos que ya están despiertos miran extrañados el coche patrulla. A Daniel lo conocen, pero a mí no. Nos dirigimos hacia la parte alta del pueblo, tomando algunas curvas. Las casas ancladas a la ladera se suceden a nuestro alrededor. El sol ya está subiendo y con él la temperatura. El mar se agita alegre más abajo. En el paseo empiezan a aparecer los primeros vecinos y turistas, hormigas desde tan alto. La gente ya se prepara para ir a la playa, pues el día es espectacular. Apenas sopla viento. No hay ni una nube en el cielo. La explosión de colores ha dado paso a un azul límpido y claro. Es como si nada malo pudiera pasar. Como si la maldad hubiera dejado de existir en el mundo. Pero yo sé que no es así. Calella es un pueblo de ensueño, un enclave mágico de la Costa Brava, pero ni siquiera sus gentes están fuera del alcance de las tragedias. El caso de Biel es la prueba. Y en nuestras manos está ahora la responsabilidad de que el o los culpables paguen por ello.

—Es aquella casa del fondo —dice Daniel.

La casa que señala Daniel está al fondo de un pequeño cañón formado por colinas verdes repletas de pinos y flores silvestres. La fachada color tierra pasa casi desapercibida, pero el tejado rojo llama la atención. Sobre la puerta de madera, una filigrana de forja dibuja las palabras CAN FORT. Nada más bajar del coche huelo el mar y oigo un soniquete. El tarareo proviene del interior. Daniel es quien se adelanta y toca el timbre. El silencio se hace al otro lado, y después se escucha el eco de unos pasos: un anciano aparece en el umbral.

—¿Quién es? —pregunta. Miro a Daniel esperando que conteste él.

—¡Antonio! Soy yo, Daniel.

—¿Daniel? —pregunta—. ¿El gendarme?

—Sí, el gendarme, Antonio —contesta él mientras yo le hago un gesto de extrañeza.

Después caigo en la cuenta de que *gendarme* es policía en francés. El hombre que abre la puerta lleva un palillo en la boca y una gran cesta rebosando de tomates recién cogidos en una mano. A un lado del jardín hay un pequeño huerto en el que debe de haber sembrado de todo.

—Y usted ¿quién es? —pregunta señalándome.

—Se llama Eva. Es una compañera que ha venido de Madrid. Quería hablar con tu mujer, Antonio, con Carmen. ¿Está en casa? —pregunta Daniel.

El hombre me mira de arriba abajo al saber que soy forastera y preguntándose por qué he venido de Madrid a interesarme por su mujer.

—Sí, está ahí dentro arreglando unas cerezas que cogí. ¡Carmen! —grita—. ¡Sal! —grita aún más fuerte.

La mujer aparece entre las cortinas que separan la casa del jardín. Cuando nos ve allí, se seca las manos rápidamente con un paño y se apresura.

—Hombre, Daniel —dice ella—, ¡cómo estas, guapo! —Pero su mirada se dirige a mí—. ¿Pasa algo? —añade preocupada.

—Buenos días, Carmen. ¿Podemos pasar un momento? —le pregunto yo—. No nos llevará mucho tiempo.

—Sí, sí, por supuesto: pasad, adelante —responde ella haciendo el gesto de invitarnos.

El hombre cierra la puerta y sigue mirándome extrañado. Pasamos a la casa y huele genial, están cocinando algo impresionante.

—Qué bien huele —digo yo.

—Es caldo de cocido, hija —apunta ella—. Pasad por aquí.

Nos acompaña al salón y nos indica que nos sentemos en el sofá, retapizado y rematado para que no se vuelva a romper. Se nota el paso de los años en aquel lugar, pero también la calidez, la misma que tenía la casa de mi abuela.

—¿Queréis algo? —pregunta Carmen—. Agua, una Coca-Cola, lo que queráis.

—No, no se preocupe —digo yo.

La mujer se sienta en un sillón y nos mira con la preocupación lógica que le produce tenernos allí.

—Verá, Carmen, estamos intentando recabar más información acerca del caso de su nieto. Tengo entendido que usted, pocos minutos antes de que el niño desapareciera, se topó con alguien que le dio con el hombro. Necesitamos que recuerde todos los detalles. Lamento pedirle que reviva de nuevo aquel angustioso momento, pero es de vital importancia.

La mujer suspira y agarra algo que lleva colgado del cuello. Es una cruz. Empieza a temblar y mira hacia un marco de fotos. Es Biel: en la fotografía aparece en la playa.

—No saben las vueltas que le he podido dar a este asunto. Y no paro de pensar en quién era la persona con la que me choqué. Pero no consigo recordar más, solo tengo grabado que me dio en el hombro, pero nada más. No pude verle la cara porque todo estaba oscuro.

—¿Y no recuerda nada más? —pregunto—. Cualquier cosa nos valdría Carmen. Por favor, haga ese esfuerzo.

—¿Pero es que ha pasado algo, Daniel? —pregunta la mujer—. ¿Han averiguado algo? —Daniel se queda en silencio, mirándome para que sea yo quien responda.

—Carmen. Míreme. No queremos darles falsas esperanzas, pero sospechamos que hay algo... Ahora bien, nos tiene que ayudar. Quizá de ahí salga la pieza que nos falta para saber qué le pudo pasar a Biel. Y si hay una ligera posibilidad, es estudiando enésimas veces ese momento. Cierre los ojos por un instante. —La mujer me mira preocupada mientras me acerco al sillón y me acuclillo frente a ella—. Agárreme la mano. —La mujer obedece sin soltar su otra mano del crucifijo—. Necesito que vuelva a esa noche, Carmen. Piense bien en cada segundo. ¿Dónde está?

—Estoy... —La mujer duda—. Estoy sentada. En la misma plaza.

—Y ¿qué pasa?

—Ahí. Ahí está Biel. —La mujer, con un gesto, señala al frente.

—Carmen, concéntrese. Por un momento no piense en Biel, ahora lo importante es todo lo demás. ¿Qué ocurre ahora?

—Le pido a Eugenia si puedo ir al aseo a su casa, que me hago mucho pis. Nos estamos levantando mientras el alcalde habla.

—¿Van por los arcos?

—Sí. Justo ahí.

—¿Y hay alguien?

—No. No hay nadie, todavía hay luz.

—¿Y Biel?

—Está ahí, junto a su hermano.

—¿Y qué pasa después?

—Paso al aseo; recuerdo que en ese momento escucho las campanas sonar y se apagan todas las luces del pueblo. Termino de orinar y salimos deprisa de la casa de Eugenia.

—Ahora, Carmen, despacio, tranquila. ¿Qué pasa ahora?
—Daniel Redondo nos mira intranquilo, se ha tapado la mitad de la cara con una mano.

—Estamos... estamos saliendo de la casa.

—¿Ve a alguien?

—No... todo está, muy, muy oscuro. —Se calla.

—¿Qué pasa, Carmen?

—Ahí viene.

—Carmen, tranquila. Mírelo bien. ¿Quién es?

—Se acaba de chocar contra mi hombro. Es más alto que yo, pero no mucho más. No... no consigo saber quién es. Pero huele, huele a algo raro.

—¿A qué huele, Carmen? —le pregunto mirando a Daniel.

—Es un olor seco, viene del abrigo.

—¿A qué te recuerda? —le pregunta Daniel. En ese momento la mujer abre los ojos.

—No lo sé.

Y rompe a llorar al no poder averiguarlo.

—Carmen —dice Daniel acercándose. La mujer no tiene consuelo. Saca de su bolsillo del babi que lleva para estar en casa un pañuelo y se seca las lágrimas.

—Ay, mi niño —dice mirando a la foto de Biel—, por qué te tuviste que ir.

En ese momento Antonio, entra en la casa y se une a nosotros.

—Ninguno hemos podido vivir igual después de eso. Cada noche nos quedamos mirando al techo pensando en si volveremos a verlo.

—Y yo...

—¿Y tú, Carmen? —dice Daniel.

—Y yo... lo único que quiero es... —Le agarro las manos—. Lo único que quiero es... abrazarlo una vez más antes de morir. —Y las lágrimas brotan incesantes.

Antonio abraza a su mujer y ambos se consuelan del dolor que padecen. Se me parte el corazón al ver y escuchar a esos abuelos, con el único deseo de volver a abrazar a su nieto.

—Carmen, haremos todo lo posible. De verdad.

Ella me mira y me agarra también la mano.

—Gracias, mi niña, pero poco creo ya...

Nos vamos de aquella casa totalmente abatidos, el dolor de esa mujer nos atraviesa el alma y entiendo que debemos resolver esto cuanto antes. Llamo a Verdejo antes de subir al coche.

—Eva.

—Verdejo.

—¿Qué pasa?

—He estado con la abuela. No recuerda mucho más e intentarlo les abre la herida del corazón en canal. Tenemos que resolver esto cuanto antes.

—¿Qué propones?

—Hay algo que no estamos viendo y no sé qué cojones es. —Verdejo suspira.

—Id a la casa, hablaremos cuando estéis allí —me dice y, acto seguido, cuelga.

Daniel Redondo arranca el coche y vamos como un rayo a la casa. Antes de bajar lo miro.

—¿Qué piensas?

—Tú y tus «¿qué piensas?» —responde haciéndome burla.

—Sí. —Río.

—Pienso en si reabrir todo esto tendrá un final feliz. En si el sufrimiento por el que están volviendo a pasar será en vano. En si esos abuelos podrán abrazar a su nieto una vez más antes de morir. En eso pienso, Eva —concluye bajando del coche y cerrando la puerta de golpe. Ahí tengo mi respuesta.

—Vamos dentro.

Entramos en la casa y Silas y Amaia están en la gran mesa del salón.

—¿Qué tal ha ido? —pregunta Silas nada más vernos.

—Horrible —contesto yo.

Daniel cierra la puerta de la calle.

—¿Y eso? —pregunta Amaia.

—Esos dos abuelos nos han dejado rotos. La mujer no recuerda nada, lo único nuevo es que la persona que se cruzó con ella desprendía un olor como a algo seco. Pero no ha podido recordar a qué. Y dicen que lo único que quieren es volver a abrazar a su nieto una última vez antes de morir.

—Joder —exclama Amaia.

—Vosotros ¿qué tal? —pregunto. Amaia mira a Silas.

—Casi tenemos algo —dice él—. Acercaos. —Daniel y yo seguimos su sugerencia—. Hemos hablado con el director del banco, un tal Gonzalo. Mantiene que las cámaras fallaron por el corte de luz que se produjo en el pueblo, pero hemos visto que ellos tienen su propio generador eléctrico, el cual no presentaba incidencias la noche de la desaparición. Cosa que nos deja una única opción: alguien las desconectó. —Silas coge dos folios y los pone delante—. Os presento a Sandra y Julia. Las únicas dos trabajadoras que tienen llave del banco. Las hemos llamado y hemos contrastado sus coartadas. Sandra se quedó en casa, con su marido y su niña, y un par de amigos que fueron a cenar. Lo hemos comprobado. Y Julia fue a ver los fuegos a Cadaqués, cosa que hemos confirmado porque hemos conseguido unas imágenes de un cajero en el que sacó dinero veinte minutos antes de la medianoche. Lo que hace imposible que fuera ella quien las desconectara.

—¿Y entonces? —pregunto yo.

—Gonzalo, el director —dice Silas—, estamos comprobando su coartada. Dice que estuvo con su mujer en el restaurante del Club de Golf de Ampurias. Pero no hemos conseguido comprobarlo todavía.

—¿Por qué iba a querer apagar las cámaras el director del propio banco? —dice Daniel—. No tiene sentido.

—Chicos, Verdejo nos llama —nos avisa Amaia. Nos colocamos alrededor del ordenador mientras ella responde.

—Hola a todos. ¿Cómo estáis? —dice Verdejo.

—Bien todos —contesta Silas.

—Vamos a ver, nos queda por confirmar la coartada del... como se llama este... del director del banco.

—Gonzalo —dice Silas.

—Eso, cojones —dice Verdejo—. Dudo que fuera quien apagó las cámaras. Tiene la misma cara de malo que Dora la Exploradora. Por lo tanto, ¿quién?

—Son los únicos que tienen llave —dice Amaia.

—Pues algo se nos está escapando —replica Verdejo.

—Vamos a ver. Las cerraduras no estaban forzadas, y aseguran que las cámaras no se pueden desconectar así como así. ¿Adam, qué tuvieron que hacer? —pregunta Silas.

—Tendrían que acceder al servidor del banco, donde se supone que se almacenan todas las horas de grabación, y desconectarlo antes de que grabe.

—¿Y eso se puede hacer desde una casa? —pregunto.

—Yo sí, pero dudo que mucha gente más lo sepa hacer. Es una intrusión bastante compleja con cientos de cortafuegos. Si lo hicieron, les llevaría más de un día de preparación.

—No, no pudieron hacer todo eso. Estamos hablando de alguien del pueblo, alguien que entró sin llamar la atención y con una llave —replico, y todos nos quedamos en silencio.

—Oye —interviene Daniel acaparando nuestras miradas.

—¿Quién ha hablado? —dice Verdejo.

Daniel traga saliva a la vez que Amaia gira la pantalla del ordenador para que los que estaban en la unidad puedan verlo.

—La oficina del banco la tiene que limpiar alguna empresa y dudo que vayan siempre a abrirles, ¿no? —expone Daniel.

Verdejo se queda embobado en la pantalla. Silas me mira y Amaia no le quita el ojo de encima a Daniel.

—Puede tener sentido —afirma Verdejo—. Me cago en la puta Daniel, pero ¿dónde estabas tú? —dice Verdejo levantándose para salir de la sala de reuniones—. Ponedme al teléfono con el director de la oficina cagando hostias. ¡Lo quiero ya! —grita.

Miro a Daniel y comprendo que nunca podría estar en el bando de los malos. Le sonrío y cierro el puño como símbolo de victoria. No sabemos si dará algún resultado, pero al menos ha pensado como uno de nosotros.

—¡Eulen! —grita Verdejo y reaparece en la pantalla—. ¡Les lleva la limpieza el grupo Eulen! Vamos, Adam, consígueme ya el listado de los trabajadores que se ocupan del banco.

—Oído. —Adam se pone a teclear en su ordenador, abriendo pestañas y pestañas—. Entramos en el servidor. Grupo Eulen. Vaya interfaz más fea, por cierto....

—Venga, Adam. Vamos —le dice Silas.

—Códigos de acceso, fuera; listado, listado de plantilla... ¿Calella de...?

—¡Palafrugell! —gritamos todos.

—Vale. Aquí los tengo. Son tres. Ya los tenéis en la pantalla.

Sus fotos aparecen en el ordenador. Son dos mujeres y un hombre.

—¿Alguno te suena, Redondo? —le pregunta Verdejo directamente a Daniel. Si a alguien puede resultarle conocido alguno de esos rostros es al único de nosotros que vive en el pueblo.

—No es posible —contesta—. ¡Es ella!, ¡es ella! —exclama, mientras señala a la mujer que está a la derecha.

—¿Qué? ¿Quién es esa, Daniel? —pregunto.

—La mujer de Alcázar, el que era mi teniente.

—Me cago en mi calavera... —dice Verdejo—. ¡Me cago en mi puta calavera! —grita por toda la unidad—. ¿Seguro, Daniel?

—Daniel, ¿estás seguro? —le pregunto acercándome a él. Se nota que está conmocionado.

—Te lo juro, Eva. La vi solamente una vez, antes de que se marcharan del pueblo. Es ella, seguro.

—¡Antes de que se marcharan adónde! —grita Verdejo.

—A Jaén. —Verdejo se queda pensando un momento.

—Llama. Llama cagando hostias —le dice a Curtis. Este mira de inmediato el listado de números de teléfono que tenemos en la sala de reuniones.

—¿Sabemos dónde viven? —pregunta Curtis. Todos miramos a Daniel.

—Se compraron una casa allí cuando él se prejubiló.

—De acuerdo. Adam, busca inmediatamente esa dirección. Iniciamos operativo, entonces. Todos a sus puestos, vamos a intervenir.

# 11

Todo tiene sentido. Alcázar llegó minutos después de la desaparición, tal y como explicó Daniel. Pudo llevarse al crío y dejarlo con la mujer; después, solo tendría que dejar las pruebas cerca del torrente y tirar la ropa en algún lugar cercano al mar o al mar directamente. Bajaría al pueblo y, con la llave de su mujer, desconectaría el servidor donde almacenan las imágenes de las cámaras para asegurarse de que, cuando la UCO las pidiera, no encontrasen nada. Tienen que ser ellos.

—¿Pero por qué iban ellos a llevarse a Biel? —pregunta Daniel.

—¿Es posible que la mujer no pudiera tener hijos? —dice Amaia y Daniel se encoge de hombros.

—Lo único que sé es que no tienen hijos.

—Chicos, tenéis que ir al aeropuerto de Gerona ya —dice Curtis—. Estoy oyendo a Verdejo hablar con el Ejército. Os van a ir a buscar en un avión militar.

—Qué cojones... —exclama Daniel.

—Bienvenido a cómo se hacen las cosas en esta unidad —le dice Amaia levantándose de la silla.

—A lo grande —aclara Silas sonriéndole.

Todos cogen sus cosas y yo me quedo mirando a Daniel.

—¿Y yo? —me pregunta. Pienso en qué decirle.

—Nos quedamos los dos.

—¿Eva? —dice Silas—. ¿Qué dices?

—Un momento —le digo a Daniel y me acerco a Silas.

—Ve tú con los demás. Yo me quedo aquí, por si cualquier cosa. No podemos irnos todos.

—¿Y si me quedo yo también?

—No. Tú tienes que ir, eres el mejor en asaltos. Además, Verdejo ya se cabreará al enterarse de que yo no voy. Es mejor que tú sí vayas.

Silas suspira. Lo acompaño a la puerta mientras Daniel y Amaia salen hacia el coche patrulla.

—Háblame por el pinganillo —me dice.

—Y tú ten cuidado, por favor.

Se queda mirándome, sonriendo.

—Por si acaso —me dice.

Y en ese momento, mientras el atardecer roza el mar y baña la fachada de la casa, me besa. Siento sus labios agrietados, los muerdo un poco y rozo su lengua. Nos besamos de nuevo mientras Amaia y Daniel nos miran desde el coche.

—Nos vemos.

Silas se dirige hasta el vehículo donde todos le están esperando. Todos menos yo y Daniel, que nos quedamos en la puerta observando cómo la prensa captura todos los movimientos del coche en el que van montados. Miro a Daniel, que se mete dentro de la casa, lo sigo y cierro la puerta mientras el barullo de la gente del pueblo sigue resonando. Al llegar al salón me lo encuentro sentado en una silla con las manos tapándose los ojos.

—Daniel…

—No quiero ser un lastre para vosotros, Eva —dice él secándose la lágrima que le cae de su ojo izquierdo—, y menos para ti.

—No digas eso, no eres un lastre. Pero creo que Verdejo no puede jugársela tanto como para poner en peligro a alguien que no es de su unidad. Si te pasara algo, se le caería el pelo.

—Tranquila, Eva —me dice apoyando una mano en mi hombro—, lo entiendo, de verdad. Solo que aquí, con vosotros, por un momento me he sentido valioso, por un momento he pensado en lo mucho que me gustaría formar parte de vuestro grupo y ayudar a resolver estos enigmas que nunca nadie se ha parado a intentar descifrar. Pero es entonces cuando vuelvo a la realidad de que mi lugar está aquí. Como siempre.

—Ve paso a paso, Daniel. Donde quieras llegar, llegarás. Eres bueno y todos nos hemos dado cuenta de ello. Hasta Verdejo, intuyo.

Daniel asentía con la cabeza. Yo miré la hora, por la geolocalización de los coches estaban a media hora del aeropuerto donde los estarían esperando. Avanzaban por la carretera muy muy rápido.

—¿Eva? —preguntó Silas por el pinganillo—, ¿me escuchas?

—Te escucho. Alto y claro. Adelante.

La luz del atardecer entraba por los bajos visillos de la entrada, se podían escuchar hasta algunos gorriones que se posaban en el poyete de la cocina. Miré y también vi el aleteo de una mariposa.

—Qué seria te pones. Solamente quería decirte, ahora que nos está escuchando todo el mundo, que en nombre de toda la unidad, estamos felices de verte de nuevo a nuestro lado, ilusionada y decidida a llegar hasta el final de este caso. Y que esperamos poder traer de vuelta a ese niño a los brazos de sus padres. Y ahora, Eva, te habla Silas en particular. Tu Silas.

—Pude imaginar cómo todos en ese coche le dirigían la mirada mientras él, apoyado en la ventana, miraba los campos, gasolineras y coches que se alejaban ante tal velocidad—. Quiero decirte que daría media vuelta ahora mismo y volvería a la orilla de esa playa donde nos acabamos de besar. Quiero decirte que necesito verte en cada despertar y que cada día que no venías a la oficina era un día nublado. Trescientos cuarenta y siete días nublados concretamente. Pero has vuelto, y solo puedo darte la mano y decirte que me tienes a tu lado. Siempre que me necesites o siempre que quieras que esté. Y hoy, en la orilla de esa playa, he comprendido que la vida es eso, momentos, coleccionar momentos. Ni objetos ni fiestas ni ropa. Solo quiero coleccionar recuerdos a tu lado y no quiero perder ni un minuto más sin dejarte claro que estoy enamorado de ti, Eva. Desde hoy hasta el último de mis días. Eva —y entonces todo fue silencio hasta que Silas volvió a hablar—, cásate conmigo.

Me quedé muda. Daniel se quitó el auricular y se echó la mano a la boca, sorprendido por lo que acababa de escuchar. Al otro lado de la radio sonaron aplausos, gritos de Amaia, Curtis, hasta pude oír a Adam y Verdejo desde Madrid festejando aquel mensaje. Miré a Daniel y con solo mirarnos, lo entendió. Y entonces todo comenzó a ir a cámara lenta. Daniel agarra unas llaves y yo cojo mi chaleco. Enfundo el arma junto a mi placa y la guardo en su protector. Daniel abre la puerta y salimos ante la nube de periodistas. Pum. Pum. Pum. Todos los flashes y disparos de fotos nos golpean la cara. Su todoterreno está a la vuelta de la casa. Él va delante y me abre la puerta del conductor. Me pone las llaves en la mano y me sonríe. Debo de estar con él. Miro de nuevo a Daniel y solo puedo darle un abrazo.

—Espero estar invitado —me dice, y esboza una sonrisa.

—Nos vemos, Daniel. Vamos a terminar con esto —le digo mientras cojo las llaves de su coche y cierro la puerta.

Debo salir cuanto antes para llegar a tiempo de ese avión. Miro una última vez por el retrovisor y entre los huecos de las cámaras y los micrófonos de cada cadena veo la cara feliz de Daniel, por dentro triste por querer formar parte de algo importante pero a la vez alegre de que yo esté sonriendo después de todo.

—Voy de camino, amor. Esperadme.

El coche va a ciento ochenta kilómetros por hora. Los coches del carril izquierdo se apartan al oír las sirenas y ver a la velocidad a la que circulo. Los carteles indican que he abandonado el pueblo. Miro el móvil para ver la foto de Luna sonriendo y acaricio la pantalla para sentirla más cerca, ya que en estos momentos la necesito muchísimo. Pero acelero más y más, ya que necesito llegar a tiempo, necesito llegar a ese avión y poder decirle que sí, que quiero estar a su lado, que quiero coleccionar junto a él todos los recuerdos que podamos tener y que me siento feliz y segura mientras le agarro la mano. Que ya no tengo miedo, que los fantasmas se han ido ya. «La Policía Nacional, la Guardia Civil y los GEO están prevenidos para actuar en Jaén», dice Amaia, que está pendiente de las comunicaciones a través de una línea protegida en el portátil. Joder, es cuestión de tiempo que se entere la prensa, pienso. Adelanto a todos los coches por el carril izquierdo, el rastro que han dejado los vehículos en los que van los demás se nota, ya que muy pocos coches vuelven al carril izquierdo por si acaso. Miro el navegador. Veinte minutos. Piso el acelerador a fondo y la aguja de la velocidad tiembla al llegar al límite. Voy a ciento noventa y cinco kilómetros por hora. Comienzo a ver los carteles con las señales del aeropuerto a la derecha del arcén.

—¿Eva? —pregunta Amaia—, ¿cómo vas?

—Dadme diez minutos chicos. Estoy llegando.

—Te esperamos —dice Amaia—, aunque alguien más que todos nosotros. Lo tienes en la escalera del avión para cuando llegues.

Sonrío como una estúpida y pienso en todo lo que me ha cambiado Silas. En cómo me ha sacado del pozo sin fondo en el que me encontraba a raíz de lo que ocurrió. Necesito llegar ya, vamos, me digo. Cojo el primer desvío y observo ya la torre de control del aeropuerto. Presiono el claxon para que se aparten los coches que tengo delante. Todos se echan a un lado y tengo el camino libre. Sigo acelerando y entonces veo cómo un grupo de coches de la policía del aeropuerto me señala la entrada por la que debo llegar. Saco la mano para agradecérselo y sigo el camino, por uno de los laterales está un tramo de la verja abierta y observo el desvío que han tomado los otros vehículos por las huellas de la carretera, y entonces lo veo. Un avión pequeñín con una escalera que llega al suelo. Sonrío y piso más el acelerador. Ahí estás. Entro en medio de la pista mientras el atardecer roza el suelo. El cielo está cubierto de todos los colores. Freno en seco delante del avión y bajo corriendo. Él me ve y baja los últimos escalones que le separan del suelo. Corro deprisa, muy deprisa. Mientras le sonrío y él me sonríe de vuelta. Solo unos metros y entonces me lanzo a sus brazos. Me agarra y me sube en alto. Nos miramos y solo puedo decirle la respuesta más sincera que le he podido dar a nadie nunca.

—Sí quiero.

Y nos besamos de nuevo mientras todos mis compañeros aplauden desde el interior del avión asomados por la puerta y mirando por las ventanillas. Lo vuelvo a mirar y en el reflejo de sus ojos me siento en casa. En el reflejo de sus pupilas se ve cómo se esconde el atardecer en el final de la pista. Subimos deprisa las escaleras del gran avión militar y, a continuación, las cierran. El avión gira, y antes de que pueda sentarme y abrocharme el cinturón empieza a acelerar para el despegue. Me piden que me siente rápido y que me ate. Lo hago de inmediato, apoyo la espalda y el avión comienza a ascender. Por la ventanilla que tengo a mi lado veo la playa que me despertaba cada mañana, aquella cala maldita y también un faro precioso que empieza a lucir con la llegada del atardecer. Miro el reloj: son las ocho y media pasadas y ya estamos de camino a lo que será el final de esta pesadilla.

*Una mujer se levanta del sillón desde donde está viendo la televisión. Es la hora. Se va a su habitación y comienza a arreglarse. Se viste para la ocasión, pero lo hace con la misma ropa de cada día de la semana. Se pone los zapatos y se coloca al cuello la cadena que está sobre su mesita. Mira el reloj, prefiere salir con tiempo, que si no le quitan las mejores vistas. Se echa su perfume y se arregla el pelo, apaga la luz del cuarto de baño y se despide de la persona con la que vive, que le dice que prefiere quedarse en casa. Ella sale caminando, el atardecer está comenzando, se fija en el cielo y ve la estela de un avión. Le habría gustado coger uno, pero nunca pudo hacerlo. Ahora, a sus años, prefiere no probar experiencias nuevas. Ella es feliz donde está. Cerca del mar y de su familia. Aunque no de su familia al completo. Le falta alguien. Le lleva faltando ya tres años y, cada domingo, va a pedir por él al único lugar donde se siente escuchada. Camina por las calles blancas del lugar y sonríe. Le encanta escuchar el sonido de las gaviotas y del mar. La saluda el muchacho del estanco, como cada día. Ella ha visto crecer a todos los que viven allí, pero ya siente que está cerca de dejar de ver cumplir años a la gente. El sonido de las campanas indica que ya es la hora del encuentro de cada domingo. Ya ve a algunas de sus amigas, que la esperan en la puerta. Las saluda con la mano para que la vean. No les ha contado lo que ha pasado esa mañana porque no quiere que, de nuevo, le vuelvan a decir que hay que dejar descansar el pasado. Esperar a que las heridas cierren. Sabe que solo se sentirá en paz cuando su pequeño esté de vuelta. Pero, de momento, nadie la ha escuchado. Las amigas la saludan y deciden pasar juntas. Se santiguan al entrar en la iglesia. Y Carmen también. Por el padre. El hijo. El espíritu santo. Cuando está a punto de besar sus dedos, se queda helada. No se puede mover. Comienzan a temblarle las piernas y también las manos. No puede ser cierto. Pero lo es. Ahora más que nunca. Sus amigas acuden a ella preocupadas y les pide salir a la calle.*

*Deprisa. La cogen y salen con ella. Ninguna puede entender qué le está pasando. Pero ella solo puede decir un nombre. Un solo nombre. Una y otra vez. Daniel. Daniel. Daniel. Daniel.*

*Daniel Redondo vuelve al pueblo en su todoterreno, agotado pero de alguna forma satisfecho. Ha podido poner su granito de arena en algo que le atravesaba el pecho desde hacía tres años, aunque no supiera hasta entonces cuánto. El atardecer inunda el cielo de Calella de Palafrugell. Decide aparcar el coche en comisaría y pasear por las calles rumbo a casa. Sus pasos le llevan de nuevo a la plaza donde empezó todo. La fachada del ayuntamiento y de la iglesia languidecen a la luz del atardecer. Una voz lo llama a los pies de esta última. Borja, el joven cura que llegó al pueblo hace tres años para formarse y suceder al padre Gabriel, lo saluda con el brazo en alto. Daniel sonríe y se acerca. Ambos llegaron jóvenes al pueblo para suceder a dos de las figuras más respetadas de Calella. Tras la jubilación de Alcázar, no tardó en hacerse amigo de Borja y de hallar en él un aliado, un amigo. Daniel llega a las puertas de la iglesia y se da un abrazo efusivo con el joven párroco. «¿Otra vez te quedas fuera del oficio». Es habitual desde que se conocen que Borja se queje de lo poco que le permite el padre Gabriel participar en las misas y el normal funcionamiento de la iglesia. Borja asiente y se desahoga durante varios minutos con Daniel. «Alcázar al menos se jubiló y te dejó al mando —acaba diciendo—, pero a mí el padre Gabriel no me deja hacer nada. ¿Para qué me enviaron aquí, entonces? ¿Para perder el tiempo?». Daniel atiende mientras contempla las luces del atardecer que se reflejan en la orilla del mar. Un sentimiento agridulce le atenaza ahora el corazón al pensar en Alcázar. Aprendió mucho de él, siempre lo tuvo de mentor generoso y amable, pero ante la luz de los últimos acontecimientos tendría que aceptar que lo había engañado a él y al pueblo entero. ¿Había sido un ingenuo? ¿Es un mal policía? Las campanas empiezan a sonar. Eso le hace recordar algo a Borja, que vuelve a la carga. «Ni siquiera me dejó tocar la campana la pasada Noche de San Juan. Es curioso, porque sí me permitió hacerlo hace tres años, cuando acababa de llegar a Calella, pero en los sucesivos ha asegurado que es un momento importantísimo para el pueblo y que un novato como yo no está preparado para hacerlo. ¿A ti te parece normal? ¡Incapaz de tocar las campanas!». Daniel ríe ante el enfado del joven cura. Sin embargo, casi sin darse cuenta, algo en su cabeza hace clic. «¿Hace tres años tocaste tú las campanas previas a los fuegos artificiales? —le pregunta—. ¿Y dónde estaba el padre Gabriel mientras tanto?». Las campanas no dejan de sonar. Es la última llamada antes del oficio. «No llegó a subir al campanario. El padre Gabriel me dijo que estaba cansado y que le dolían las rodillas. La verdad es que parece que está mayor, pero qué va, está fuerte como un roble. Cuarenta años lleva siendo el cura del pueblo y a este paso yo no lo seré hasta dentro de otros cuarenta». Antes de que Daniel pueda reaccionar, las puertas de la iglesia se abren y sale en tropel un grupo de mujeres. Daniel y Borja corren a socorrerlas, asustados. Las campanas siguen sonando y el padre Gabriel se asoma también puertas afuera, interesado por la escena. Daniel se arrodilla junto a las mujeres. Carmen se ha mareado en la iglesia. La anciana reconoce a Daniel y balbucea algo ininteligible. «Carmen. Carmen. ¿Estás bien? ¿Qué ha pasado?». Carmen solo puede decir una cosa. «Daniel. El olor. El olor. Olía a incienso, Daniel. El abrigo negro de aquella noche olía a incienso. Al mismo incienso que el de esta iglesia». El padre Gabriel ha podido escuchar lo suficiente. Gira el pestillo de las dos puertas y va deprisa por el pasillo central rodeado de bancos. Se santigua y comienza a andar cada vez más deprisa. Los vecinos del pueblo que están en el interior de la iglesia lo observan. Llega al altar y se dirige a la sacristía.*

Daniel Redondo está intentando abrir la puerta. Tiene que entrar. Acaba de descubrir la pieza que les faltaba. Es él. Es él con quien se cruzaron Carmen y Eugenia. Es él quien sostenía el peluche. Es él quien se llevó al pequeño Biel. El padre Gabriel está llamando por teléfono y al otro lado alguien contesta. «Nos han descubierto. Huye. Huye. Según lo acordado: Al son de las campanas de la medianoche en el único lugar donde el agua sumerge a Dios. Ya van a por ti. Corre. Corre. Que Dios te acompañe». El padre Gabriel cuelga y deja el móvil donde estaba. De repente un estruendo resuena en la iglesia y todo el mundo pega un grito. Daniel acaba de pegar dos tiros a la puerta de madera, haciendo saltar el pestillo. Los vecinos se levantan de los bancos del susto. Grita que dónde está el padre Gabriel y todos señalan al mismo punto. Mientras corre, saca de nuevo el arma. La gente, que grita, sale huyendo por la puerta que él mismo ha conseguido abrir. El padre Gabriel huye por la puerta de atrás. Tiene que ser rápido. No pueden detenerlo. Vamos. Vamos. Corre por la calle paralela a la puerta de la iglesia. Daniel llega a la sacristía y ve la salida trasera. Se asoma y al fondo de la calle, lo ve. Daniel corre como nunca lo ha hecho. En su mano está el final de esta historia. Daniel grita que se detenga, el padre Gabriel le lleva bastante ventaja. Los vecinos corren para ayudar a Daniel en lo que sea que esté pasando. Él sigue gritando y corriendo a la vez. El padre Gabriel está llegando a la zona de las rocas. Qué está haciendo. No. No. No. Daniel acelera, no puede permitirlo. «¡No!», grita por última vez. El padre Gabriel ha cruzado la barandilla y está a punto de caer al vacío. Se gira y ve a los vecinos corriendo tras Daniel Redondo. Sonríe y dice sus últimas palabras antes de que lleguen. Daniel le está apuntando con el arma. Le dice que se esté quieto. Pero el padre Gabriel ha de seguir el plan. Daniel le mira a los ojos y entiende que ahí estaba escondido el monstruo. «Nunca lo encontraréis», consigue decir el sacerdote y sonríe. Daniel Redondo *va a apretar el gatillo cuando el padre Gabriel se deja caer hacia atrás. Daniel grita y todo el pueblo presencia cómo el padre cae con su casulla blanca por el acantilado. Daniel corre y observa cómo un gran charco de sangre crece bajo la cabeza del padre Gabriel. Temblando coge su teléfono. Todo el pueblo está ante él, conmocionado, sin entender absolutamente nada. Daniel no consigue que le contesten. Le pega un puñetazo a la pared y se hace sangre. Todos le preguntan qué ha pasado, pero él corre hacia su coche. Tiene que salir de allí.*

Acabamos de aterrizar en el aeródromo Las Infantas, en Jaén. Todos los coches de la Policía Nacional y Guardia Civil nos están esperando. Al parecer los demás han llegado antes que nosotros y están de camino a la casa del teniente Alcázar. Salimos del avión aprisa y nos colocan los chalecos antibalas como hacen en cada operación. Los coches aceleran levantando una gran nube de polvo y salimos disparados a la ubicación señalada. Silas me mira y me coge la mano. Todos estamos con el corazón que se nos sale por la boca. Si cierro los ojos puedo sentir mi propio latido, cada vez más y más rápido. Los *walkie talkies* se activan y escuchamos a nuestro capitán Verdejo.

—Vamos a entrar chicos —dice él—, no podemos esperar más.

Todos tragamos saliva y nos quedamos mirando los unos a los otros.

—Tres —dice Verdejo.

Silas me mira.

—Dos.

Amaia me mira. Asiento con la cabeza. Va a salir bien.

—Uno.

Cierro el puño con fuerza, cojo aire y cierro los ojos.

—¡YA! —grita Verdejo.

Un estruendo suena al otro lado del *walkie talkie*.

—¡Policía! —gritan—. ¡Alto policía! —siguen gritando; miro a Silas de nuevo—. ¡Limpio! —se oye—. ¡Limpio! —se vuelve a oír—. ¡Limpio!

—No puede ser —dice Silas.

—Me cago en mi puta madre —grita Verdejo—. ¡Alguien le ha dicho que veníamos de camino!

—¡Eva! —grita Verdejo.

—Dime.

Me va el corazón a mil por hora.

—¿Qué coño ha pasado? —pregunta Verdejo—. Aquí no hay nadie.

—No...

—No qué, Eva. ¡No qué! —grita.

—No, no lo sé —digo bloqueada.

Miro el móvil y veo que lo tengo en modo avión. Lo desconecto y al momento me llegan seis llamadas perdidas de Daniel Redondo. Me temo lo peor.

—Esperad —digo en alto.

—¿Que me espere a qué? —pregunta Verdejo—. ¡Eva, cojones!

Me quito el auricular del *walkie talkie*. Escucho un tono, dos tonos.

—Vamos, Daniel. Por favor.

—¡Eva! —grita Daniel al otro lado—. ¡Eva!

Está llorando.

—Daniel. Tranquilo, ¿qué pasa? —pregunto aterrorizada.

Daniel no tiene consuelo.

—Era él, Eva, era él —sigue con la voz quebrada—. El puto cura se llevó al crío y se acaba de suicidar en el acantilado. A eso olía aquella noche. No era un abrigo, era su sotana negra.

Un escalofrío recorre mi cuerpo y entonces pienso en cómo ha podido ser él.

—Daniel. Vamos para allá.

Cuelgo el teléfono. Silas lo ha escuchado todo.

—Capitán, lo tenemos —le dice Silas a Verdejo.

—¿Qué?

—Daniel me acaba de llamar, el olor que no recordaba la abuela era el del incienso de la iglesia. El cura se acaba de suicidar delante de todo el pueblo.

Todos se quedan en silencio y se escucha un gran grito de Verdejo.

—Todos al avión. ¡Ya! Los padres van conmigo.

Los coches dan media vuelta y aceleran a fondo. Silas se acerca a mí y me abraza. Yo rompo a llorar. Cómo podía ser cierto aquello, el cura no podía haberse llevado al pequeño. Estaba en lo alto de la iglesia haciendo sonar las campanas. Nada tenía sentido, este caso me está quedando muy grande. Quizá no estoy preparada para volver, al fin y al cabo. Llegamos de nuevo al aeródromo y el avión arranca motores. No puedo creer que nos hayan tendido una trampa. Nos subimos todos de nuevo y Amaia y Silas intentan consolarme sin éxito. Pienso que la he cagado de una forma estrepitosa y que esto tendrá consecuencias. El coche de Verdejo llega y junto a él, cogidos de la mano, Isabel y Josep. Suben las escaleras y el avión comienza a avanzar por la pista sin haber cerrado casi la puerta. Tiene órdenes de despegue inmediato. Verdejo entra y me busca. Me ve al final del avión y aparta a Silas y a Amaia de un empujón.

—¿Qué nos ha delatado? —pregunta.

—No... No lo sé.

—Tu amigo nos ha delatado, Eva. ¡Tu puto amigo! —grita él.

Silas agarra a Verdejo.

—Eh. Tranquilo.

—Ni tranquilo ni pollas. Nos estamos jugando el cuello, Silas. El puto cuello. Y todo porque confiamos en quien no debíamos, que parecemos nuevos, cojones.

—No, Verdejo, de verdad. Daniel Redondo ha dado con la clave.

Verdejo mira a Silas y después me mira a mí, que no levanto la cabeza mientras las lágrimas me caen.

—¡Adam! —grita él—. Llámalo, vamos.

Adam coge el ordenador y busca el teléfono de Daniel. La pantalla espera su respuesta y en ese momento, Isabel, se me acerca.

—Tranquila. No llores más —dice.

—Os prometo que no quería haceros sufrir más. No, no, no sé cómo ha podido pasar.

—Chis —dice ella—, estate tranquila. Nosotros hemos sufrido mucho, pero tú en cambio te has empeñado en ayudarnos a encontrar la paz.

—Jefe —dice Adam.

Daniel Redondo aparece en la pantalla del ordenador.

—¿Daniel? —pregunta Verdejo al ver su rostro, que está rojo de tanto llorar.

—Hola —consigue decir él.

—¿Dónde estás?

—Dentro de la iglesia.

—¿Qué ha pasado? —pregunta Verdejo.

Daniel coge aire y comienza a hablar.

—Cuando os habéis ido, he bajado al pueblo y he estado hablando con el padre Borja, que ha sido el pupilo del padre Gabriel estos años, y me ha dicho que la noche en que desapareció Biel él fue el encargado de repicar las campanas, por lo que la coartada del padre Gabriel en el momento del secuestro es falsa. No me ha dado tiempo a hacer nada, porque justo en ese momento ha salido de la iglesia Carmen, que había recordado el olor del abrigo del secuestrador allí dentro. ¡Era incienso! Pero el padre Gabriel la ha oído y ha salido corriendo a la sacristía. Cuando he conseguido alcanzarle, había llegado al acantilado. Intenté detenerlo, pero ha saltado después de decirme unas últimas palabras. —Al terminar el relato, vuelve a llorar.

—¿Qué palabras, Daniel? —pregunta Verdejo.

Yo lo escucho junto a Isabel, que está a mi lado y me tiene cogida la mano.

—Me dijo: «Nunca lo encontraréis». Y se dejó caer hacia atrás.

Verdejo se echa las manos a la frente mientras Daniel se seca las lágrimas. Yo miro a la madre, que coge aire.

—Daniel —dice Verdejo—, llama a los forenses para que hagan el levantamiento del cadáver de ese gran hijo de puta.

—De acuerdo, capitán —dice Daniel Redondo como uno más de la unidad.

—Vosotros. Vamos. Venid aquí. —Todos nos acercamos a Verdejo—. Seguramente aún tengamos una posibilidad —dice el capitán susurrando—: si este cabrón se ha suicidado, tenemos que conseguir que se entere el matrimonio Alcázar. Solo así cometerán un error.

—¿Quiere que lo filtremos a la prensa? —pregunta Amaia.

—Eso es —dice él—, es nuestra única posibilidad. Primero tenemos que proteger a estos padres. Hay que llevarlos a alguna casa donde la prensa no pueda localizarlos. En cuanto se enteren de lo que está pasando, vendrán oleadas de periodistas al pueblo esta misma noche. Hay que estar preparados. ¿Dónde nos quedamos nosotros? —pregunta Verdejo.

—En mi casa —digo yo—, bueno, en la que tengo alquilada.

—Perfecto. Desde allí prepararemos el operativo. Adam, encárgate de filtrarlo todo, necesito que se enteren. No te dejes ni la última emisora de radio que haya en este planeta.

—Oído, jefe.

Entonces, en ese momento se acerca a mí.

—Perdón.

Cierro un poco los ojos, ya que aún los tengo llorosos.

—No te preocupes, es comprensible.

—Me he propuesto encontrar a ese niño, cueste lo que cueste. Ya no por mí, sino por ti. Es tu caso.

—¿Mi caso?

—¿Por qué te crees que estamos todos aquí? Subidos en un avión militar de camino a atrapar a esos hijos de puta. —Asiento con la cabeza—. Por supuesto que por ese crío, pero también por ti. Porque tú también nos necesitabas. —Me coge la mano.

—Gracias, capitán.

—Te necesito al cien por cien, Eva. Nos la estamos jugando. Necesito a la Eva de siempre. A la de antes de todo esto.

Me seco las lágrimas con un pañuelo que me dejó Silas, y asiento con la cabeza. Es la hora, es el momento. No puedo fallar.

—Ella ya está orgullosa —me dice Verdejo sonriéndome y señalando a Isabel con un gesto de la cabeza.

Miro hacia la ventanilla donde está la madre sentada y a través del cristal puedo ver la luna, que empieza a salir. Y sonrío sabiendo que sí. Que tiene razón.

—Preparados para despegue —dice el piloto a través de los altavoces.

—¡Equipo! —dice Verdejo—. ¡Vamos a demostrar quiénes somos!

Todos suben el puño en alto. Uno tras otro. Gregorio. Curtis. Amaia. Adam. Silas. La madre y el padre de Biel también los suben. Y Daniel Redondo, que seguía en la pantalla del ordenador.

El avión toca pista y varios coches de la Policía Nacional, Mossos d'Esquadra, Guardia Civil y Policía Local están esperando en la pista de aterrizaje para acompañarnos a Calella de Palafrugell y blindar el pueblo. Bajamos del avión todos juntos y nos subimos a los coches según lo acordado. Uno llevará a los padres a la casa de Daniel Redondo, los demás nos reuniremos en mi casa; Daniel ya está esperándonos allí. Nada más subirnos a los coches y poner la radio comprobamos que ya se ha filtrado la noticia.

—Súbelo —le pide Silas al policía nacional que conduce, ya que con las sirenas no se oye bien.

—Giro drástico en el caso del pequeño Biel: Al parecer podría estar con vida. Todas las informaciones apuntan al policía local que estuvo al frente de la investigación, el exteniente Alcázar, y a su mujer. Ambos habrían huido en el día de hoy de Jaén en dirección a algún lugar aún desconocido. Un amplio dispositivo policial se centra ahora en la zona de Calella de Palafrugell y sus alrededores, lugar donde creen que podría estar oculto el niño.

Los pelos se me ponen de punta. Vamos en total más de seis coches con las sirenas encendidas, abriéndonos paso por la autovía con facilidad, pues parece que todos estuvieran escuchando la noticia y supieran adónde nos dirigimos, porque se apartan rápidamente. Daba igual qué emisora de radio tuvieras puesta, todas han interrumpido la programación para informar del suceso. Adam está enseñándonos una imagen en directo de la televisión. Han adelantado el inicio del informativo para informar sobre el caso y salen imágenes grabadas desde algunos de los coches a los que adelantamos. En poco menos de media hora estamos entrando en Calella, según lo previsto. Todo el pueblo espera en la calle, ningún vecino puede entender del todo lo que está pasando. La zona del acantilado se encuentra acordonada pues todavía están los equipos forenses levantando el cuerpo del padre Gabriel para trasladarlo cuanto antes al Anatómico Forense de Barcelona. Los vecinos se echan a un lado en cuanto ven tantísimo coche policial. Nos llevan hasta la puerta de mi casa, en la que prepararemos el operativo, y acordonan las dos calles paralelas para que nadie pueda acercarse. Muchos de los vecinos no tardan en agolparse para saber qué ocurre. Daniel Redondo nos abre la puerta para que entremos.

—Estáis en todas las cadenas —dice señalando al televisor que hay en la sala—, sabía por dónde ibais por una imagen en directo de un dron.

—Apaga eso —dice Verdejo.

A Daniel le falta tiempo para coger el mando del televisor y apagarlo. Adam empieza a sacar sus ordenadores y a instalarse en un lado de la mesa. Amaia ordena sus folios y apuntes del caso, su copia del dosier y un reloj. Silas abre su mochila, la que lleva siempre con él, y saca su libreta, un bolígrafo y su taza para el café. Curtis despliega un gran mapa de la zona encima de la mesa. Gregorio le ayuda a marcar los puntos de interés y a dividirla en radios. El teléfono de Verdejo suena y sale al jardín. Todos están concentrados en algo concreto y yo no puedo dejar de sentirme bloqueada. No sé por dónde empezar. Respiro hondo varias veces, pero no hay manera. Silas me pide que me relaje.

En ese momento pasa Verdejo por delante de nosotros teléfono en mano.

—Vamos a ver, señoras y señores —nos dice—: me acaba de llamar el ministro del Interior. —Todos nos quedamos atónitos, nunca había sucedido esto antes, en ninguna de las operaciones que hemos realizado. Me fijo en Daniel y veo que está secándose el sudor de la frente—. Quiere saber todos los detalles del operativo que estamos llevando a cabo y me ha pedido una cosa más. Necesita una prueba de que el niño está vivo. Dentro de una hora va a salir en rueda de prensa y quiere dejarlo claro. ¿Por dónde comenzamos? —concluye acercándose al mapa.

—¿Y si no está vivo? —pregunta Amaia. Todos nos quedamos en silencio. Verdejo se gira hacia ella—. Las últimas palabras del cura fueron: «Nunca lo encontraréis». Estamos dando por hecho que Biel está vivo y no tenemos ni una sola prueba de que así sea. Hasta los informativos dudan de la veracidad de lo que se está contando.

—No te entiendo —le dice Verdejo a Amaia.

—¿Por qué se supone que debíamos ir a esa casa en Jaén? ¿Quién dijo que Biel se encontraba allí junto con sus secuestradores? Lo único que sabíamos era que habían comprado esa casa. Quizá para tenerla como cebo por si algún día alguien los descubría, pero allí no había señales de que viviese nadie.

—¿Por qué lo sabes? —pregunto yo.

—El buzón —contesta Amaia—. Según la grabación que hizo Adam, antes de entrar se ve el buzón. Fijaos bien en todos los panfletos de publicidad que hay.

—¿Y por qué fuimos allí? —pregunta Verdejo.

—Porque no nos paramos a pensar. Nos pudo el éxtasis del momento.

Amaia lleva razón. No tenemos ni una sola prueba de que Biel siga con vida en algún lugar del mapa. Se nos pueden echar encima por un tema tan delicado. Solo teníamos un cura muerto en un acantilado, a quien todo el pueblo tenía aprecio.

—He marcado todos los lugares en que ha ocurrido algo importante —dice Curtis—. Aquí, la cala donde hicieron creer que el niño se había ahogado. —Una chincheta señala el punto exacto—. Este es el lugar donde se encontraron el triciclo y el peluche, la entrada a la gruta; esta es la casa donde vivieron el teniente Alcázar y su mujer el tiempo que estuvieron aquí, en el pueblo.

—Tenemos que saber qué buscamos; estos hijos de puta se conocen toda la zona —dice Verdejo—, nos llevan ventaja y lo saben.

—¿Y si no está vivo? —insiste Amaia.

—Jefe, he identificado una llamada que se produjo desde el interior de la iglesia a las 19.03 —Adam rompe el silencio que ha provocado la insistencia de Amaia—. La antena que la recibió está a mitad de camino entre Gerona y Vic.

—Yo encontré esto en la mesa de la eucaristía —dice Daniel sacando un móvil que está apagado.

—¿Puedes, Adam? —pregunta Verdejo.

—Vamos a intentarlo.

Todos miramos a Adam. Conecta el móvil a uno de los tantos cables que salen del ordenador y se enciende. Teclea muchas cosas y accede de alguna manera al menú del móvil. Después busca el listado de llamadas y consigue tener acceso a la antena repetidora que da cobertura al teléfono.

—La tengo.

Adam pulsa el *play* y entonces la voz del padre Gabriel se escucha por los altavoces del ordenador:

—Nos han descubierto. Huye. Huye. Según lo acordado. Al son de las campanas de la medianoche en el único lugar donde el agua sumerge a Dios. Ya van a por ti. Corre. Que Dios te acompañe.

La piel, al escuchar esto, se me eriza. Nos miramos entre nosotros sin poder articular palabra. Verdejo está atónito.

—Reprodúcelo otra vez —le pide Verdejo.

—Nos han descubierto. Huye. Huye. Según lo acordado. Al son de las campanas de la medianoche en el único lugar donde el agua sumerge a Dios. Ya van a por ti. Corre. Que Dios te acompañe.

No puedo pensar con claridad con la presión que estoy sintiendo en el pecho.

—¿Al son de las campanas de la medianoche? —dice Silas.

—¿En el único lugar donde el agua sumerge a Dios? —añado, pensando cada palabra de esta frase.

El silencio reina en el salón de la casa. Solo se oye un gran barullo fuera, por los vecinos y todos los medios de comunicación, que ya han llegado. Están informando en directo de la

organización del operativo de captura de los presuntos secuestradores.

—Tenemos que descifrarlo, chicos —dice Verdejo sentán-
dose en una silla—. Es lo último que os pido. De verdad.

Todos nos sentamos y nos ponemos a mirar el material
que tenemos. Daniel Redondo también coge una copia del
dosier y empieza a leer. Lo miro y veo que encaja bien con
nosotros: la mayoría de las cosas las ha averiguado él, nos ha
alumbrado el camino para que llegáramos hasta allí. Ante mí
tengo el dosier que he pedido días atrás, y me encuentro de
nuevo en un laberinto del que debo salir. Si estoy aquí es porque, de alguna extraña manera, me sentí conectada a ese crío al
ver a sus padres por televisión, y ahora siento que me está pidiendo ayuda. Ayuda para volver a casa, ayuda porque ahora
está más cerca que nunca de poder regresar. Abro las primeras
páginas y empiezo a leer una vez más.

# 12

Ha pasado más de una hora desde que nos sentamos a la mesa. Algunos se levantan a por más café, otros observan el mapa, y yo sigo dándole vueltas a esa frase: «En el único lugar donde el agua sumerge a Dios». ¿Qué quería decir aquello? En ese momento recibo varios mensajes de mi familia: siguen todo lo que está ocurriendo por televisión. Me mandan ánimos y fuerzas. Me levanto de la silla y salgo de la casa. Necesito estar cerca del mar, allí dentro no puedo pensar con claridad. Nada más salir me asusto de todos los periodistas y vecinos que hay al otro lado de la calle, cientos de ellos se agolpan tras unas vallas de protección. Bajo de inmediato las escaleras que dan a la playa y me acerco a la orilla. La luna brilla en lo alto. Me siento en la arena y respiro hondo varias veces. Al poco tiempo oigo unas pisadas detrás de mí: no me hace falta girarme para saber quién es.

—¿Cómo estás pequeña? —dice Silas. Yo sigo respirando lenta y profundamente.

—Necesitaba salir. Me estaba ahogando ahí dentro.

—Todo esto está a punto de acabar, solo tenemos que cazar a esos dos pobres desgraciados.

—Lo sé, Silas, pero ahora mismo me siento responsable de todo esto, y de que acabe bien: tenemos que devolver a ese niño a los brazos de su madre.

—Escúchame, Eva —dice acercándose—. Verdejo te presiona porque eres su favorita, siempre lo has sido, no me mires así, y además te lo mereces. Eres brillante. Has... tenido mala suerte en esta vida y no eres responsable de las cosas malas que te han pasado. Como tampoco lo eres si al final no podemos devolverle a Biel a esa familia. Isabel ya tiene la verdad y eso es una victoria, aunque no te lo parezca. Merecían saber lo que pasó y tú les has dado eso, Eva. Debes estar orgullosa. Yo lo estoy, y mucho. Durante todo este año te he visto... como nadie se merece estar nunca, y ahora te veo fuerte y decidida. Y eso es lo que te mereces, Eva, no menos. Te mereces salir adelante.

Respiro hondo y me aguanto las lágrimas de emoción. Él me abraza y doy un respingo entre sus brazos, mi rostro humedecido hundido en su pecho. Al separarnos, tomo aire y me quedo unos minutos mirando el cielo lleno de estrellas.

—¿No te parece preciosa? —le digo mirando a la luna.

—Mucho.

Nos quedamos unos segundos en silencio.

—¿En qué piensas? —le pregunto. Él me sonríe.

—Pienso en lo fácil que es sentir paz cuando estoy cerca de ti.

Me quedo sin palabras, pero es que tampoco las necesito.

—¿Y si no sale bien? —le digo al cabo de un rato—. Tengo una sensación rara dentro. Una sensación que ya he tenido una vez.

—Pues quítatela, porque todo saldrá bien.

Me quedo mirándole, sabiendo que mi preocupación y mi miedo tienen que ver con que algo le pase a él.

—No sabemos quiénes son ni por qué hicieron lo que hicieron. Puede que sean peligrosos, así que prométeme una cosa: cuando los encontremos, no te la juegues mucho, Silas.

—Me quedaré delante de ti. No me alejaré más que eso —me dice, muy serio.

Y entonces comprendo que él siempre se pondrá delante de mí para protegerme. Que él siempre estará a mi lado para calmarme, para entenderme y para decirme que todo está bien a pesar de que las cosas no puedan ir peor. Estará ahí para hacerme volver a creer que soy útil. Para hacerme reír y que vea la vida con otros ojos. Y es ahí, en ese momento justo, cuando entiendo que el amor no es entregar tu corazón a alguien y quedarte vacío, sino querer que ambos palpiten en el mismo lugar.

—Voy dentro, ¿vale?, que querrás estar sola.

Y se levanta, y ahí, bajo esa luna, sé que no quiero esperar más. Que no quiero desperdiciar ni un día.

—¡Silas! —grito.

Lo miro de la manera más sincera con que he podido mirar nunca a nadie. Doy un paso hacia él y lo tengo frente a mí. Él me mira a los labios y yo hago lo mismo.

—Eva, yo...

Y le beso. Le beso antes de que pueda decir nada más. Le beso para que sepa que con él me siento tranquila, que quiero disfrutar de la vida sin comprometerme a nada: reír, saltar, subirme a su espalda en una playa y bailar con él al atardecer. Quiero emborracharme y salir con el grupo. Quiero seguir cumpliendo metas, pero sobre todo quiero que él las vea de cerca. Nos separamos y nos reímos como si fuéramos dos críos.

—Voy... voy dentro —dice tocándose los labios.

—Yo también —replico riéndome.

Caminamos por la playa sin decir ni mu, simplemente sonriendo.

—Oye —dice Silas parándose antes de llegar a la casa.

—Dime.

—Ni se te ocurra besarme delante de ellos.

Lo miro y se empieza a reír. Le pego un golpe en el hombro.

—Serás idiota —digo riéndome también.

Entramos en la casa y todos están comiendo algo improvisado con lo que tengo en la nevera. Amaia me mira al entrar con Silas y enarca las cejas. Los móviles son un no parar constante de noticias y mensajes de nuestros familiares y amigos al saber que estamos con este caso. La familia de Biel también se impacienta, recibo un par de mensajes y una llamada de los padres. Envío a una patrulla para que los traigan aquí, con nosotros. Entrarán por la parte de atrás para que no los saquen en directo en la televisión.

—Daniel —dice Verdejo—, ¿a ti no te dice nada lo de «En el único lugar donde el agua sumerge a Dios»? De nosotros eres el que más tiempo ha estado aquí, quizá haya algo que pueda recordarte a eso, algún lugar, una cascada, una cala, no sé.

—Honestamente, no tengo ni idea, mi capitán —dice Daniel.

Me levanto un momento y me acerco a la pared cargada de fotos, pósits y documentos. Veo la fotografía de Biel en el cartel de su desaparición.

—Al son de las campanas de la medianoche —digo yo—, en el único lugar donde el agua sumerge a Dios.

Todos me miran entonces. He descifrado cosas mucho más difíciles que esta, estoy segura, solo necesito dar con los pequeños detalles. Tan pequeños que seguramente los hemos pasado por alto. Vamos, Eva. Vamos. Resuélvelo.

—«Al son de las campanas de la medianoche» tiene que ser un campanario. Una iglesia. Adam, busca todas las iglesias que haya en un radio de ciento cincuenta kilómetros.

—Sí, jefa.

Verdejo viene a mi lado.

—Saldrán muchas, pero tenemos que ir descartando. Elimina las que no estén operativas. «En el único lugar donde el agua sumerge a Dios»... —repito de nuevo—. Elimina también las que no estén en un pueblo costero o cerca del mar.

—Hecho.

—¿Cuántas?

—Veintiséis. —Resoplo. Son demasiadas.

—Espera —interviene Daniel. Ahora lo miramos a él, que se levanta y agarra el mapa.

—Estamos olvidando los ríos, las lagunas y los pantanos. Eso también es agua, y teniendo en cuenta la distancia a la que estamos, habría muchas más posibilidades. Casi cincuenta, me atrevería a decir. No podremos visitarlas todas.

—Tiene que ser una iglesia no muy concurrida —dice Amaia—, alguna que esté perdida en mitad de la nada.

Adam teclea todas nuestras sugerencias, pero ninguna da resultado.

—Nada, chicos.

—¿Qué cojones se nos está pasando? —dice Verdejo—. ¿Tú encontraste algo extraño de ese gilipollas después de que se fuese de la comisaría? —le pregunta a Daniel—. Un álbum de fotos de donde se iba a pescar, algunas excursiones que haría con la puta loca de su mujer... o cualquier cosa.

Daniel Redondo niega con la cabeza.

—Lo único que dejó allí fue una grapadora.

Eva mira a Daniel. Sentado en aquella silla, como el día en que la recibió en el despacho de Alcázar. Él la mira y en medio de todo ese nerviosismo le sonríe. En ese momento un golpe nos asusta a todos. Un vaso se ha roto contra el suelo de la cocina.

—¡Joder! —exclama Amaia—. Perdón.

—La madre que te parió, Amaia —dice Verdejo.

Yo me quedo embobada mirando los cristales. Ese sonido. Ese momento. Unos cristales rompiéndose. No puedo quitar la mirada de los cristales, y cuando Amaia va con la escoba a barrerlos, exclamo:

—¡PARA!

Todos se sobresaltan y me miran. Sigo absorta en los cristales.

—¿Eva? —dice Silas asustado.

—Daniel, el cuadro del despacho. El cuadro que rompiste el día que fui a verte por primera vez.

—¿Qué? —dice recordando ese momento.

—Ese cuadro tenía una torre en medio del agua.

Verdejo y los demás se levantan de la silla cual resortes.

—¿Y qué... y qué pasa con esa torre, cojones? —pregunta Verdejo.

—No puede ser —dice Daniel—, se llama pantano de Sau. Y... y tiene un campanario justo en el medio.

Adam lo escucha y teclea rápidamente.

—Aquí está: «El pantano, inaugurado en 1962, cubrió el pueblo de San Román de Sau, los restos del cual, especialmente del campanario del templo, son visibles cuando el nivel del agua es bajo e, incluso, en épocas de sequía prolongada, el pueblo queda al descubierto y es posible visitarlo. La iglesia del pantano de Sau está registrada como la más antigua que se conserva en pie dentro del agua.

—Es ahí —dice Verdejo—, tiene que ser ahí. Al son de las campanas de la medianoche, en el único lugar donde el agua sumerge a Dios. ¡Vamos, vamos, todos a los coches! «Atención a todas las unidades, operativo en marcha en dirección al pantano de Sau. Grupo de Tierra, UCO, todos los que estéis escuchando, necesitamos refuerzos en esa dirección cuanto antes».

Comenzamos a salir de la casa uno tras otro en dirección a todos los coches que tenemos en la puerta. La policía tiene que apartar a los periodistas que, al ver a Isabel y Josep, que llegan justo en ese momento, se agolpan a su alrededor.

—¿Tienen esperanza de encontrarlo con vida? —grita uno.

—¡Isabel! —grita otra—. ¿Qué sientes, por favor, contéstanos?

Una nube de flashes los ciega por completo. Pero ahora no están solos. Me fijo bien y una tercera persona va con ellos, lo reconozco por las fotografías, ahora tiene el pelo más largo: Ferran acompaña a sus padres. Todos los miembros de la unidad nos quedamos parados al ver cómo esa familia, tres años después, sigue unida. Sigue caminando a pesar de que la vida se empeña en hacerla sufrir. Pero sobre todo ahí siguen con la esperanza de volver a abrazar a su pequeño.

Nos repartimos entre los coches y arrancamos en dirección a Sau. Yo subo con Verdejo y Silas. Daniel Redondo no viene, se queda en la casa. Todos los coches al unísono encienden las luces y aceleran, sus conductores no atienden a los micrófonos que se estrellas contra los cristales y las cámaras que rozan los capós intentando obtener alguna imagen en directo para los informativos.

—Jefe —dice Adam a través del *walkie talkie* desde otro coche—, la UCO me ha dado acceso a los repetidores. Sitúan el móvil de Alcázar a menos de diez minutos del pantano.

—¡Hay que volar! —grita Verdejo.

Yo miro el reloj del coche. Son las 23:35. Hay que darse prisa si queremos llegar a tiempo antes de las campanadas de la medianoche, tal y como dice el acertijo del padre Gabriel. Como si fuéramos en un avión, adelantamos a los coches que hay en la carretera, somos un convoy de unos quince todoterrenos de la Policía Nacional, la Guardia Civil y los Mossos d'Esquadra. Todos volcados en llegar cuanto antes al pantano.

—Estamos de nuevo en directo en todas las televisiones —dice Adam—, nos está siguiendo un dron.

—Magnífico —dice Verdejo sabiendo que Adam puede hacer que el dron se estampe contra la primera gasolinera que nos encontremos—, necesito que sientan que va toda la puta policía de este país a por ellos. Quiero que tengan miedo hasta en el alma.

Los coches rozan los ciento noventa kilómetros por hora. Una nube azul inunda la carretera, nuestros móviles no dan abasto. Nuestros familiares y amigos que nos están viendo en directo en las noticias no entienden nada. Hasta entonces habíamos quedado al margen de la opinión pública, pero ahora dejaríamos de ser desconocidos. Miro por la ventanilla y me fijo en la luna. Recuerdo cuando le expliqué a mi hija por qué la llamamos así. «Piensa», le dije, «que cuando estemos lejos y la mires, te sentiré a mi lado». Jamás imaginé que tendría tan lejos de mí a mi hija, pero ahora miro esa luna y la siento cerca, dándome ánimos con la corazonada que nos ha traído hasta aquí. «Vamos mamá», puedo oír en mi interior con su vocecilla.

—¡Diez minutos, señores! —grita Gregorio.

—Va, va, va —dice Silas—, ya son nuestros.

—Atención equipo, prioridad total de rescate del niño —dice Verdejo—: abrir fuego en caso de que peligre su vida.

—Oído —dicen todos por el *walkie*.

—Oído —se oye también a Daniel Redondo.

Me quedo mirando a Verdejo.

—¿Qué hace Daniel aquí? —pregunto extrañada, ya que se ha quedado en casa porque no puede formar parte del operativo.

—Daniel, a partir de este momento, eres un miembro más esta unidad. —Sonrío pensando en que gracias a él hemos descubierto todo; gracias a él, que se ha fijado en los pequeños detalles, hemos dado con ellos. Al fin y al cabo se ha convertido en uno más de nosotros—. Bienvenido —concluye Verdejo por el *walkie*.

—Gracias, señor —dice él al otro lado de la línea.

El reloj apunta las 23.48. Estamos llegando a la zona del pantano, así lo dicen los carteles. Es casi la hora. El coche pega unos botes increíbles y tengo que agarrarme al pasamanos de la puerta porque creo que en cualquier momento saldré disparada de allí. Salimos de la carretera por el camino que desciende hasta el pantano. Todo está oscuro, las luces de los coches pasan entre los árboles y varias señales clavadas en los troncos apuntan hacia el pantano en una única dirección.

—Vamos, joder, vamos —dice Verdejo.

Una gran valla de madera nos impide seguir el camino. Estamos en el aparcamiento del pantano. Hay que salir de los coches y seguir a pie.

—¡Todos fuera! —grita Silas—. ¡Vamos! —Y desenfunda el arma.

—¡Vamos! ¡Vamos! —gritamos todos.

Encendemos las linternas y empuñamos las armas. Compruebo el cargador de la mía, que me acaban de entregar. Cierro el cargador y la empuño de nuevo.

—Doce minutos, jefe —dice Adam siguiendo el reloj y la ubicación que nos señala el satélite en un iPad pequeño.

—¡Es allí! —grita Amaia—. ¡Donde las luces!

Están a la orilla del pantano. A su lado hay alguien subiéndose a una pequeña barca. El hombre nos mira, ayuda a la mujer y al... Me quedo parada al instante. La linterna que llevan apunta a su cara: es Biel.

—¡Es Biel! —grito—. ¡Es él!

Los padres están a mi espalda, pero mis compañeros los sujetan para que no avancen más.

—¡Eva! —grita la madre—. ¡Eva!

Me giro y veo a Isabel. Pero no puedo hacerlo, no puedo ponerla en peligro. Me vuelvo hacia el pantano y sigo corriendo.

—¡Alto, policía! —grita Silas, que va el primero. En ese momento se escucha un disparo muy cerca de mí.

—¡Eh! —grita Verdejo—. ¡A cubierto! —añade echándose al suelo y resguardándose tras un montículo. Pega varios tiros al aire para asustarlos y los disparos cesan—. Vamos, ahora —ordena.

Empezamos a correr de nuevo y vemos cómo la barca sale ya en dirección al campanario. Llevan a Biel tapado con una manta y en brazos. Me aterrorizo al pensar que podríamos haber llegado tarde.

—¡Silas! —grita Verdejo.

Alcázar está apuntándole con el arma y antes de que dispare suelto un grito que resuena por todo el pantano.

—¡NO!

El disparo suena pero Silas estaba ya volando hacia un hueco de maleza y troncos que hay a su lado. Abre fuego hacia el agua para no darle a Biel. Entonces recuerdo lo bien que nada Silas. Lo hace cada mañana antes de pasarse por la unidad. Algunos nos detenemos ante el sonido de las ráfagas de disparos. Cuando cesan, todos corremos ladera abajo. Silas salta el primero al agua y empieza a nadar. Daniel Redondo, a quien no he visto hasta ese momento, me adelanta como un rayo y, sin pensárselo dos veces, se mete también en el agua.

—¡Daniel! —grito. Verdejo está cerca de mí, apoyado en otro montículo.

—¿Estás bien? —le pregunto y me agacho al ver cómo apoya la espalda y se toca una pierna.

—Creo que me he roto algo, Eva. Sigue. Sigue tú, que no escapen.

Me levanto y veo a Daniel y a Silas nadando hacia la barca. No me lo pienso dos veces, y mientras todos los demás refuerzos siguen bajando, cojo impulso y, antes de saltar al agua suelto la pistola junto a las otras dos que hay en la orilla. El agua está bastante fría, nado como puedo hasta donde ellos están. Y en ese momento escucho a Adam.

—¡EVA! —grita—. ¡Las campanas!

Levanto todo lo que puedo la cabeza del agua y veo que el campanario es lo único que no está sumergido. Las campanas empiezan a sonar y se oyen por todo el pantano.

Daniel y Silas están cada vez más cerca de la barca; entonces, cuando casi estoy a punto de alcanzarlos, oímos esa voz.

—¡Quietos! —dice Alcázar—. Ni os mováis.

—¡Alcázar! —dice Silas—. No lo estropees más.

—Si te acercas, le vuelo la cabeza —dice él sosteniendo al pequeño Biel, que está dormido, deben de haberlo drogado.

—Inspector —dice Daniel—, soy yo, Daniel Redondo.

Alcázar mira al que fue su becario y le sonríe.

—Volvemos a vernos, viejo amigo.

—Por favor... no sigas con esto, te lo suplico —dice Daniel—, ya has provocado muchísimo daño.

—Y más que voy a provocar. ¡Alejaos!

Acabo de llegar junto a ellos. Muchos otros policías se han lanzado al agua y nadan hacia nosotros.

—¡Decidles que se detengan! —grita Alcázar sin dejar de apuntar al pequeño Biel—. ¡Vamos!

—¡EH! —grita Silas—. ¡Quietos!

Los policías se detienen en medio del agua y se quedan mirando la escena desde allí.

—¿Qué es lo que quieres? —le pregunto.

El hombre me mira y puedo ver en su mirada los ojos de la oscuridad, los ojos del mal a cualquier precio.

—Si este crío no está con nosotros, no estará con nadie, ¿lo entendéis? —dice él.

La mujer empieza a preparar una sábana y ata al crío con unas cuerdas.

—¡Eh! ¡Qué haces! —exclamo. Ella me mira.

—Prepararlo —contesta ella—, preparar a mi hijo.

—Nos tuvisteis delante de vuestros ojos todo el rato y nunca sospechasteis —dice Alcázar—. Ha sido tan fácil poder estar estos años sin vosotros y disfrutando de nuestro hijo... Desde que Dios nuestro señor nos castigó con la penitencia de no poder cumplir nuestro deseo de ser padres, todo ha sido una pesadilla. Hasta que nos enteramos de algo que hizo que todo cambiase —dice mirando a su mujer que esta vez sonríe mientras sigue atando las muñecas de Biel—: el padre Gabriel nos reveló que la familia de este pequeño ángel vivía en pecado mortal. Entonces supimos que había que tomar cartas en el asunto.

Silas me mira. Yo también escucho la historia sin entender nada.

—¡Eva! —grita Adam desde la orilla.

Alguien se acerca nadando desde otra orilla del pantano. Y cuando saca la cabeza, lo reconozco: Ferran bucea hacia la proa, para llegar a la barca sin ser visto.

—Desde el día que su hermano eligió el camino de la sodomía y la promiscuidad con otros hombres supimos que era el momento de actuar: ¿qué imagen tendría este pobre niño de su modelo a seguir? ¿Estar restregándose por las esquinas de cualquier antro con otros hombres? Ni hablar. Ni hablar. No, señor.

Ferran coge aire de nuevo. Yo empujo suavemente con una pierna a Silas para que se mueva a la derecha. La mujer está atando la última cuerda. No consigo ver a qué están atadas exactamente.

—Así que ha llegado el momento —dice Alcázar cogiendo en brazos a Biel—, ha llegado el momento de por fin hacer justicia.

En ese instante Ferran se incorpora por un lateral de la barca, empuja con todas sus fuerzas, y consigue volcarla.

—¡No! —grito—. ¡Vamos!

El cuerpo de Biel está atado a unos pesos y se sumerge rápidamente hacia el fondo del pantano. Alcázar pelea con Silas, quien le propina un puñetazo en la cara que hace que le reviente la nariz. Daniel ayuda a inmovilizarlo mientras llegan los demás. Ferran coge aire y yo también: tenemos que darnos prisa o lo perderemos para siempre. El fondo está oscuro, no vemos nada. Pero toco las manos de Biel a los pocos segundos. No puedo pensar con claridad, no puedo encontrar las cuerdas. Intento levantarlo, pero no puedo. Hay que quitar las cuerdas de sus brazos y piernas. Encuentro una palpando y tiro de ella como si se me fuese la vida en ello. Nada, estaban atadas muy fuerte, hasta casi cortarle la circulación. Pero consigo soltar una. Mientras tanto, Ferran ha liberado los pies. De repente oímos amortiguado el sonido de un disparo. Tengo que soltar a Biel, no podrá aguantar mucho más sin respirar. Tengo que tranquilizarme, se me estaba acabando el oxígeno. No sé si Ferran ha conseguido desatar la cuerda atada a la otra muñeca. Unas manos me rozan al ayudarme con la cuerda, ambos estiramos y estiramos para poder soltarla. Lo conseguimos, pero nos queda la otra mano. Vamos. Vamos. Estira. Finalmente la cuerda cede. Agarro como puedo los brazos del pequeño y me impulso hacia la superficie. Toso toda el agua que he tragado entre arcadas. Pero lo hemos conseguido, Ferran y yo sostenemos a Biel de los brazos. Nadamos con él deprisa hasta la orilla más cercana. Una vez en tierra, intentamos reanimarlo.

—¡Biel! —grito, dándole palmadas en la cara.

—Hermanito, hermanito. —Ferran está hablándole a su hermano—. Vamos, por favor. Vamos. Estoy aquí, estoy a tu lado. —Ferran le practica el boca a boca sin éxito—. Tenemos que ir a pasear, tenemos que crecer juntos, tengo que cuidar de ti muchos años más y tú tienes que estar. Tienes que vivir Biel —dice gritando mientras llora.

Yo contemplo aquello sin poder hacer nada más. Agarro del brazo a Ferran para que lo deje. Parece que hemos llegado tarde.

—¡No! —dice Ferran apartándome el brazo. Intenta de nuevo hacerle el boca a boca pero su hermano no reacciona—. Vive, por favor. Vive. No puedo perderte otra vez —dice anegado en llanto—, acuérdate de la luz que has traído a nuestras vidas, has sido nuestro faro, Biel. Tú nos has guiado a todos hasta aquí. Y yo necesito que estés. Te lo suplico. —No le sale casi ni la voz—. Vuelve, por favor.

En ese momento y como si de un milagro se tratase la boca de Biel comienza a echar agua como si fuera un grifo.

—¡Biel! —grita Ferran—. ¡Biel!

El pequeño parpadea asustado y se abraza a su hermano. Ferran no puede creer que ha traído de vuelta a su hermano de entre los muertos. Observo por detrás de Ferran cómo aquella mujer, de la que ninguno nos hemos ocupado, ha salido del agua y está llegando al lugar donde dejaron el coche.

—¡Ayuda, por favor! —grito, señalando hacia ella.

Pero nadie me oye porque he perdido la voz del agua que he tragado.

—Jefa.

En mi oreja oigo a Adam. No recordaba que nuestros auriculares pueden resistir el agua.

—¡ADAM, TRAÉME UN COCHE! —grito todo lo alto que puedo—. Al otro lado. Estoy a vuestra izquierda, tiene que haber algún sendero que salga del aparcamiento hacia esta dirección, por estrecho que sea. ¡Corre!

—Voy para allá.

Al poco rato, un gran todoterreno aparece a toda pastilla por el lateral del pantano y frena junto a nosotros en seco. Adam se baja y yo me subo.

—Suerte, jefa —me dice—. Ya me ocupo yo de Ferran y Biel.


*Una mujer arranca rápido el motor de un coche. Necesita alejarse de aquel lugar cuanto antes. Introduce con sus brazos a alguien en el asiento trasero. Cierra la puerta. El coche sale disparado a toda velocidad. Es de noche y apenas hay luz en la carretera. Alguien llora, es un llanto sin consuelo. La mujer, que mira por la ventanilla, se pone más nerviosa: la carretera está llena de curvas muy cerradas. Acelera y frena, acelera y frena. El cuerpo se tambalea. Las lágrimas le impiden ver con claridad, pero ella las seca. Alguien atrás sigue llorando cada vez más fuerte. La pierna de la mujer tiembla. El teléfono suena. Baja la vista hacia el móvil para ver quién es cuando las luces de un coche inundan el interior del vehículo. Con un golpe de volante, la mujer consigue esquivarlo. Acelera cada vez más. Su rabia la consume. Las lágrimas le siguen cayendo. La mujer ha apartado demasiado tiempo la vista de la carretera y cuando vuelve a mirar de frente, ya es muy tarde. Intenta frenar en seco, pero el coche no se detiene a tiempo y en una de las curvas, se precipita.*

Adam se aparta de inmediato y yo cierro la puerta. Piso el acelerador a fondo y veo el coche en el que esa mujer se escapa. Atraviesa una zona boscosa, tengo que girar el volante varias veces para no chocarme de frente contra los árboles. Piso cada vez más el acelerador, tanto que creo que se va a salir el pedal. El coche de la mujer arremete contra un campo vallado y consigue salir a una pequeña carretera que conecta con el pueblo de San Román de Sau. Tomamos las curvas a toda velocidad. El pueblo queda atrás y cada vez hay menos luz. Acelera y acelera, hago destellos con las luces largas para cegarla y que frene. Giramos una curva pronunciada y acelera a fondo ella también. El cuentakilómetros marca cien kilómetros por hora en una zona de cuarenta. Las curvas hacen que se me encoja el estómago cada vez un poco más. Freno y acelero, pito y doy las largas. Nada consigue que se detenga. Giramos otra curva y llegamos a una gran recta. Es mi momento. Piso el acelerador todo lo que da: ciento veinte, ciento cuarenta, ciento sesenta. El coche ruge que no puede más. La recta está terminándose y yo a punto de darle un golpe por detrás cuando veo la curva, y entonces algo ocurre: Luna está diciéndome adiós desde los asientos traseros de ese coche, ahí está mi hija. Diciendo adiós ante mí. No. No. Me tiembla todo el cuerpo. El coche no puede evitar la curva pronunciada y al frenar derrapa, saliendo disparado por el barranco ladera abajo. En ese momento vuelvo a la realidad, piso el freno y mi coche se va hacia delante. Las ruedas intentan agarrarse al asfalto, pero a esa velocidad es casi imposible. Cada vez me acerco más al hueco que ha abierto el otro coche, pero el todoterreno se detiene. Queda a pocos centímetros del abismo, pero ahí se planta, y veo cómo el otro sigue cayendo ladera abajo. Y entonces grito. Grito como nunca antes he gritado.

—¡Luna! ¡Luna!


*El coche se precipita por un barranco y comienza a dar vueltas de campana. Los cristales revientan y los airbags explotan; el coche cae contra las grandes rocas de la montaña. La carrocería del coche empieza a compactarse. Los hierros atraviesan el cuerpo de la mujer. El coche por fin se detiene y el humo sale del capó. Todo es un amasijo de hierros, cristales y sangre. No hay nada que hacer. El silencio inunda el paisaje. La mujer consigue abrir los ojos. Le duele todo el cuerpo. Tiene rotas varias costillas y un gran golpe en la cabeza. Los hierros le atraviesan el abdomen y la sangre brota desde diferentes puntos. Grita el nombre de la persona que más quiere.*


Los refuerzos llegan enseguida. Salgo del coche y bajo por la pendiente pronunciada a toda prisa. No, por favor. Mi niña. Mi niña no. Luna qué haces aquí. Luna. Luna. El corazón se me va a salir del pecho. El coche se detiene al final del barranco. Oigo a Silas gritar mi nombre. Va detrás de mí.

—¡Eva! ¡Eva, no!

Pero yo no puedo detenerme. Mi niña está ahí, mi niña está en ese coche. Llego hasta el amasijo de hierros y me tumbo, pego varias patadas a los restos de las ventanillas aún encastramos en la puerta. Miro en la parte de atrás y no la veo. No está. Mi niña no, por favor. De la puerta sale un reguero de sangre.

—Mi Luna. ¡¡Luna!! —grito levantándome—. ¡¡¡LUNA!!!

Silas me alcanza y me abraza por la espalda intentando apartarme del coche.

—Ya está. Ya está.

—¡Mi hijaaa! —grito. La voz se me quiebra y me abrazo a Silas, rota de dolor. Los ojos se me cierran y siento que me desplomo, ya no tengo fuerzas para nada más.

*Y entonces se da cuenta. Ahí está. La persona que más quiere de este mundo. Grita su nombre con más fuerza. Y grita. Y grita. Pero nadie la escucha. Y nadie responde. Consigue quitarle el cinturón. Todo el cuerpo está lleno de sangre. Pone la mano sobre su pequeño corazón, pero este no bombea. La mujer repite algo constantemente. No. No. No. A pesar del dolor, intenta desesperadamente que vuelva a funcionar. Uno. Dos. Tres. Uno. Dos. Tres. Abre su boca y le llena de aire los pulmones. Y por aquellos labios se escapa el último suspiro de aire que soltará jamás, como el susurro de un ángel que vuela hasta el cielo, lleno de estrellas, que ahora recibe una más. Y después, todo es silencio. Y dolor. Mucho dolor.*

# 13

Abro los ojos lentamente y siento un dolor muy grande de cabeza. Estoy muy cansada, casi sin fuerzas. No puedo ni levantar las manos. Abro un poco más los ojos y veo a Silas en un sillón mirando por una ventana. Intento mover un poco los dedos y se da cuenta.

—Eva —dice levantándose sobresaltado. Se acerca y me acaricia la cara.

—¿Qué ha pasado? —pregunto—. ¿Dónde estamos?

Silas echa un vistazo a la habitación y yo consigo leer en las sábanas de la cama: HOSPITAL DE PALAMÓS.

—Estate tranquila, Eva. Estamos saliendo en todos los informativos.

Yo no entiendo nada, e intento recordar poco a poco. Las cuerdas. Las piedras. El boca a boca. Biel.

—¿Está vivo? —pregunto.

—Está vivo, Eva. Lo conseguiste. Toda la prensa está en la puerta.

Entonces comienzo a recordar un poco más.

Verdejo. Muchos disparos. Un coche. Una persecución a toda velocidad. Un frenazo. Y...

—Silas. Silas. Luna, Luna estaba en el coche.

Silas se acerca de nuevo a la cama.

—Chis... Eva. Por favor, tranquilízate.

—Silas, vi a mi hija diciéndome adiós en el otro coche.

Te lo prometo, te juro que estaba justo ahí cuando de repente...

—Eva —dice Silas cortándome—, tu hija Luna murió hace ya casi dos años. —Lo miro a los ojos y no quiero oír esa historia—, por eso te fuiste de la unidad. ¿Lo recuerdas? Ibais en el coche juntas, saliendo de un pueblo de la Costa Brava a toda velocidad, cuando en un despiste os salisteis de la carretera. El coche dio más de veinte vueltas de campana. Fue un milagro que salieses con vida.

—Pero Luna...

—Todos estamos a tu lado, Eva. Todos. Y has conseguido volver a la unidad, has conseguido traer a Biel de vuelta. Juntos haremos que superes esto. Te lo prometo.

Y entonces recuerdo. Me viene una imagen a la cabeza: cuando conseguí salir del amasijo de chapa, fui a gatas hasta la ventana de la parte de atrás del coche y ahí estaba ella. Con los ojos cerrados. Puse mi mano sobre su corazón y no sentí nada. Ni un solo latido.

—Eva —dice Verdejo entrando en la habitación—. ¿Cómo estás?

—No entiendo nada —alcanzo a decir.

—Es normal, la conmoción. Te sedaron anoche. En breve se te pasarán los efectos y podremos volver a casa. No has sufrido ninguna contusión, simplemente te han hecho una revisión. Alguien te quiere dar las gracias ahí abajo, todos estamos esperándote.

—¿Alguien? —pregunto.

—Sí —dice Verdejo—. Así que yo que tú, me pondría guapa, y más vale que te quites esa cara de drogada porque estarás en directo en todas las televisiones.

Silas me sonríe.

—¿Vamos, pequeña? —dice tendiéndome la mano.

Con ayuda de Silas salgo de aquellas sábanas. Hay mucho jaleo fuera. Cojo mi ropa, me quito ese camisón horrible de hospital, me visto y me lavo la cara. Silas me ayuda a apartarme el pelo y me miro en el espejo.

—Hasta estando a punto de morir, estás preciosa.

Me giro y le doy un beso.

—Gracias.

—¿Por qué?

Lo miro y le tomo las manos.

—Por estar a mi lado siempre que estoy a punto de caer.

Él me sonríe de nuevo y me besa en la frente.

Me pongo los zapatos. Ya me siento mucho mejor. Silas me da la mano y salgo de la habitación. Lo que me encuentro me deja boquiabierta. Algunos trabajadores del hospital están en el pasillo, en fila, pegados a la pared, y empiezan a aplaudir todos a la vez. Médicos, enfermeras, celadores, limpiadoras, pacientes, enfermos, niños junto a sus padres... Me tapo la boca con un gesto de sorpresa y se me caen las lágrimas.

—Pero y esto, ¿por qué? —digo mirando a Silas mientras él se ríe y me seca las lágrimas.

—Porque lo has traído de vuelta a casa.

Caminamos por ese pasillo de aplausos, una enfermera me entrega un ramo de flores, son preciosas, unas flores azules y naranjas. Llegamos a las puertas de entrada y al abrirse encuentro algo aún más sorprendente. Miles de personas se agolpan a las puertas del hospital. Todos los vecinos de Calella de Palafrugell, Palamós, Santa Margarida, Begur... Todos estaban allí. Pero en medio de todos ellos... No puedo creerlo. Le doy el ramo a Silas y voy corriendo a su encuentro. Isabel y yo nos abrazamos mientras todo el mundo aplaude y llora a la vez.

—No tendré vida para agradecértelo —dice ella.

A un lado del gentío, mi unidad al completo. Ferran, Josep, Carmen y Antonio también están allí. Y es entonces cuando veo al pequeño en brazos de su hermano. Lo miro fijamente y él, asustado, no entiende nada. Voy hasta su lado y Biel me mira a los ojos.

—Hola, pequeño —digo rozándole las manos.

Biel mira a su madre y después a mí.

—Hola —dice él.

—¿Qué hay que decirle a Eva? ¿Eso que hemos ensayado? —le dice Ferran.

Biel, vergonzoso, esconde un poco la cabeza y entonces mira a su hermano.

—Gra... —comienza Ferran.

Yo me quedo mirándole mientras intenta pronunciar la palabra y mis lágrimas caen sin parar.

—Gra... cias —acaba Biel.

Y me sonríe con aquella sonrisa inocente que fue la que me hizo venir hasta aquí, con esa mirada llena de vida, con toda esa vida por delante que estuvieron a punto de arrebatarle. Toda la familia me abraza y yo no tengo consuelo. Me seco las lágrimas mientras todo el mundo aplaude lo que hemos conseguido. Unir lo que habían separado. Entonces la veo a ella, aplaudiéndome y sonriéndome como lo hacía cada mañana cuando iba a buscarla a su habitación. Le sonrío y le mando un beso. «Estaría orgullosa», pienso. Y allí, con aquellos aplausos, rodeada de mis compañeros sé que he conseguido darle una segunda vida a ese pequeño ángel que desde hacía un tiempo me susurraba para que lo buscara. Y lo busqué, lo busqué hasta encontrarlo.

# TERCERA PARTE

# EL DESPUÉS

*Cinco años después.*

Hace un día de sol increíble en Alicante. El móvil vibra mientras estoy subiendo al coche. En la pantalla aparece una foto de nuestro pequeño cachorro Blau, junto a Silas, en el jardín de la casa. Sonrío como una tonta al leer el texto que han escrito: «¡Primer día de vacaciones! Te echamos de menos, ¡¡¡vuelve ya!!!». Le contesto que lo estoy deseando, para reunirme con los dos, pero quizá más con Blau, y que en breve saldré para Madrid. Miro de nuevo la foto y pienso en cómo ha cambiado mi vida en tan poco tiempo. Silas y yo nos casamos hace cuatro años en una cala preciosa en Palamós. Decirle el sí quiero rodeados de toda la gente que nos quiere mientras el sol del atardecer se escondía sobre el mar hizo que volviese a creer en el amor. Pero sobre todo en su forma de amar, esa que que lo caracteriza. Bloqueo el móvil y aprieto el acelerador dejando atrás las calles de Alicante. Me incorporo rápidamente a la autovía. Los carteles en dirección a Madrid no tardan en aparecer. Cojo aire mientras paso de largo esos carteles. Miro hacia el asiento del copiloto, a lo que he dejado encima. Vuelvo a pensar en lo efímero que es el tiempo. Ahora soy la capitana de la Unidad Nacional de Inteligencia. Verdejo se jubiló nada más cerrar el caso del pequeño Biel. Me cedió su puesto, según él, «por la gran valía demostrada en aquel caso sin precedentes». Silas y yo hemos comprado una casa en las afueras de Madrid, fue meses después de casarnos. Pues con mi ascenso y su buen sueldo podemos afrontar el pago. Estamos enamorados y felices. Hace unos días unos vecinos nos comentaron que alguien había abandonado una camada de cachorros en una gasolinera cercana a la zona donde vivimos. Cogimos el coche rápidamente y la protectora nos indicó que podíamos adoptar el último de ellos. Esa misma noche aquel cachorrito ya dormía en casa.

Durante estos años la unidad ha seguido igual: Adam con sus ordenadores, pero además se ha enamorado de una chica con la que comparte afición, quizá pronto podamos tener un nuevo fichaje en el equipo. Amaia se ha ido de retiro espiritual a Filipinas, no ha llevado el móvil y nos ha dicho que, si no vuelve, tampoco la busquemos. Gregorio ha sido abuelo de un nieto precioso, se llama Nil. El otro día se pasó por la unidad y todos nos hicimos fotos con él. Hasta Verdejo quiso acercarse. Curtis ha decidido hacer la Ruta 66 con su amada Harley-Davidson y, de vez en cuando, manda alguna foto por el grupo de WhatsApp. Silas y yo hemos invitado a los que están en Madrid a hacer una barbacoa para celebrar la inauguración de la casa. Mis padres siguen bien, orgullosos de sus hijos, y mi hermano está feliz, pues consiguió que una agente de Barcelona leyera su manuscrito y decidiera mandarlo a algunas editoriales. Una de ellas quiso publicarlo, así que por fin ha cumplido su sueño y acaba de publicar su primer libro. Al abrirlo vi que me lo ha dedicado a mí.

Mi destino está a cuatrocientos metros, dice el navegador. Caminando lentamente entro en aquel lugar. Es mediodía y el sol cae fuerte a esa hora. Solo se escucha el quejido de las cigarras entre los altos pinos de alrededor. Sigo mi rumbo, pero sin ganas de llegar a él. Según las indicaciones, tengo que girar a la derecha y allí tiene que estar. Observo todos los nombres y entonces lo encuentro. Sonrío como una idiota mientras los ojos se me humedecen.

—Hola. —La tumba de Daniel Redondo está llena de flores. Hace cinco años que nos dejó en aquel pantano de la Costa Brava, mientras forcejeaba con el inspector Alcázar. Fue él quien provocó aquel disparo que escuché mientras desatábamos a Biel y que alcanzó a Daniel—, ¿cómo estás? Perdóname por haber tardado tanto en venir a verte. Necesitaba coger las fuerzas suficientes para hacerme a la idea de que estás aquí —digo mientras una lágrima cae—. Cada día pienso en que si no hubiese ido a aquella comisaría, posiblemente tú no estarías aquí hoy, aunque no nos hubiéramos conocido —digo sonriéndole a aquella tumba que ahora brilla mucho más—. No he podido volver allí, a aquel lugar que nos unió, pero que también nos separó. Pero hoy ha salido el sol y sabía que era buen momento para venir a verte.

Observo aquel lugar en silencio. Una mujer está cambiando el agua de las flores de una tumba que hay más lejos. Me quedo mirando el ramo que he traído y una lágrima cae sobre la lápida.

—Pienso en ti a menudo, cuando estoy perdida en algún caso o cuando simplemente tengo ganas de tirar la toalla. Sé que eres tú quien me acompaña y me da fuerzas para seguir. Y de alguna manera es una forma que tengo de perdonarme que estés aquí. Una persona tan buena, con tanta vida por delante... No te merecías este final, Daniel. —Las lágrimas siguen cayendo—. ¿Sabes que Silas y yo nos hemos casado? Seguro que tú lo supiste rápidamente. Hemos comprado una casa en las afueras de Madrid. —Miro la lápida que cubre su tumba y su cuerpo, y leo su nombre: «Daniel Redondo Fajardo»—. Te quería decir una cosa Dani, no sé si me podrás oír, allá donde estés, y es... Gracias por cuidarme durante aquellos días que estuvimos juntos. Jamás podré explicarte el dolor que pesaba sobre mí en aquel momento. No tuve la oportunidad de contarte que mi hija Luna había muerto hacía casi dos años. Esa pérdida la arrastraré toda la vida. Jamás podrás saber que, gracias a ti, vuelvo a dar una oportunidad a la vida, pues encontrar a Biel supuso devolver la paz a una familia, y esa paz también llegó a mi corazón. Sin ti seguiría rota. He vuelto a confiar en mí misma, he vuelto a sentirme útil y vivo con la esperanza de que, algún día, pueda volver a encontrarme con todas las personas que se han quedado en el camino. —Miro a mi alrededor y veo que empieza a llegar gente—. Es hora de que me marche. Espero que te guste —digo apoyando al lado del ramo de flores una placa de plata que inunda aquel cementerio de luz. En ella se lee: «Daniel Redondo Fajardo, miembro de la UNI. Gracias por tu esfuerzo y dedicación. Descansa en paz, tus siempre compañeros. Grupo de Santa Rita». Había peleado con uñas y dientes para que un agente que no pertenecía a nuestro cuerpo obtuviese ese reconocimiento. Y lo conseguí.

Me seco la última lágrima y emprendo el camino de salida. Al irme me cruzo con una chica. Es morena y pequeñita. Lleva también unas flores y se me queda mirando. Me fijo en un colgante que lleva al cuello, esos que tienen un nombre: Nerea. Observo cómo deja las flores y le da un beso al nombre.

—Tu Nerea, Daniel. Aquí está.


Aquel caso que resolvimos en Calella de Palafrugell revolucionó el país. La gente se echó a las calles para pedir la prisión permanente revisable para el único culpable vivo, al final del operativo: el cura de Palamós, un hombre llamado Hilario Benítez, el mismo que hizo sonar las campanas en el pantano aquella noche. Había maquinado con el padre Gabriel un plan casi perfecto, pues consiguieron engañar a la policía local y autonómica, a la Guardia Civil y a la Policía Nacional, pero no a nosotros.

El plan lo diseñó el cura de Palamós, Hilario Benítez: él fue el ideólogo y el personaje en la sombra, en colaboración con el padre Gabriel. Necesitaba en el pueblo a una persona de su máxima confianza, que tuviese información sobre todas y cada una de las familias de Calella. Juntos llevaron a cabo el rapto del menor, que según declaró Hilario, se hizo por lo que él llamada «la justicia de los pecados»: purgar a todo niño que creciera en un hogar marcado por el pecado mortal. Familias desestructuradas, separadas o divorciadas, con hijos homosexuales y abortos provocados. Ninguna merecía el regalo divino de Dios, que era traer al mundo un nuevo ser, cuando existían familias que cumplían con los mandamientos de la Iglesia y no habían sido honradas con la preciada maternidad. Ellos sí podían ser recompensados con niños que, aun no habiendo nacido de ellos, debían estar en el seno de una familia digna, verdaderamente creyente y religiosa, a cambio de una importante suma de dinero que no dejaría rastro. Alcázar y su mujer eran los perfectos candidatos: acudían a misa todos los domingos y, bajo el secreto de la confesión, contaron al padre Gabriel el problema de fertilidad de ella. Recibirían un bebé a cambio de una gran cantidad de dinero y una condición: irse lo más lejos posible.

Fue así como descubrimos que Hugo, Elena y Yéremi, niños que jamás fueron encontrados pero sí dados por muertos, realmente estaban vivos en algún punto de España. Todos tenían menos de dos años cuando fueron capturados y todos ellos habían sido dados por muertos en algún punto entre Cadaqués y Lloret de Mar. Encontrarlos no fue nada fácil, ya que no había ninguna información posterior a los secuestros de los menores y nadie sabía dónde podían estar, ni el propio Hilario. Pero con la colaboración ciudadana y la ayuda del cura de Palamós, dimos con ellos a las edades de catorce, diecisiete y veintidós años, respectivamente. Se reencontraron con sus familias y los padres de acogida pidieron perdón por el daño causado. A cada uno de ellos se les condenó a siete años de cárcel por un delito de ocultación y retención ilegal de menores. Los reencuentros con las familias se retransmitieron en todas las televisiones del país y el caso llegó a publicarse hasta en *The New York Times*. La imagen de esos padres abrazando a sus hijos después de haberse perdido gran parte de sus vidas fue desgarrador, nadie podía entender cómo aquellas dos personas pudieron hacer algo tan cruel. El país lloró con todas esas familias, ya que todos eran Hugo, Elena y Yéremi. Esa lista la completó Biel Serra. Que hoy tiene diez años.

Los periódicos, radios y televisiones recibieron una mañana un dosier de casi dos mil páginas donde se encontraban todas las declaraciones, pruebas y culpables de aquella red. En la portada se podía leer lo siguiente:

MOSSOS D'ESQUADRA, CUERPO NACIONAL
DE POLICÍA y UNIDAD CENTRAL OPERATIVA
(UCO) en colaboración con UNIDAD NACIONAL
DE INTELIGENCIA (UNI)

*OPERACIÓN DORY*

La llamamos la Operación Dory en concordancia con cómo se había llamado a la de la búsqueda de Biel: Operación Nemo. En este caso, Dory, según la famosa película de dibujos animados, era un pez que tenía pérdidas de memoria a corto plazo. Todos los niños que buscábamos no recordaban a sus verdaderos padres ni sus verdaderos hogares. Les habían enseñado a vivir en una mentira y a crecer con ella. Iniciaron unas vidas alejadas de quienes no paraban de buscarlos, y tampoco se reconocían en las fotografías que seguían publicándose en medios de comunicación. El Ministerio del Interior y el presidente del Gobierno nos condecoraron con la Medalla al Mérito Policial a todos los integrantes de la unidad. Todos. Hasta Adam, que no pudo parar de hacerse selfis con ella y colgarlos en sus redes. Gregorio recibió aquella medalla sabiendo que, a sus setenta años, era la primera vez que le condecoraban. Para mí significaba poner fin a la historia, esa historia que me hizo darme cuenta de que sigo valiendo para esto, que sigo haciendo falta en esta unidad y que por más oscuro que parezca el túnel, hay personas que son faros.


Madrid me recibe con su particular calor. Llego a la nueva casa cuando el atardecer roza ya los grandes ventanales del salón. Abro el garaje con el mando y Blau comienza a ladrar: es tan pequeño que se asusta de inmediato en cuanto escucha cómo ruge el coche. Y se va junto a su dueño. Apago el motor y me dirijo a la entrada. Hace un día tan maravilloso que solo tengo ganas de tirarme a la piscina.

—Hola, amor —digo dándole un beso a Silas.

—¿Qué tal el viaje? —me pregunta mientras entramos en casa.

Blau viene corriendo a saludarme.

—¡Hooola, precioso! —saludo cogiéndolo en brazos, mientras el perrito no para de lamerme toda la cara.

—Tus padres bien, ¿no?

—Sí, dicen que quieren venir pronto a vernos. Me mandan besos para ti —digo dejando a Blau en el suelo.

—¿Tienes ganas de lo de mañana? —me pregunta mientras voy al sofá y antes de tumbarme me quito los zapatos—. ¿Sigues queriendo que vayamos?

—Sí, aunque apenas he podido volver a ver fotos del pueblo —digo yo—. ¿A ti también te pasa?

Él me mira.

—Para mí fue distinto. Yo llegué más tarde y después de todo lo que pasó con Daniel es normal que lo vivieras de una manera más intensa, pero cariño —dice él acercándose—, vamos a estar bien: así podremos ver a Biel y estar con sus padres que, además, tienen muchas ganas de verte.

—Sí, sí, lo sé. Pero no se me olvidan los últimos momentos y el escalofrío que siento en la espalda es aún mayor.

Silas se acerca.

—Me quedaré delante de ti, Eva —dice cogiéndome la mano—, no me alejaré más que esto. —Y me sonríe sabiendo que he recordado el momento en el que me dijo exactamente lo mismo. Y yo también le sonrío y solo me sale besarle. Echarme encima de él y hacerle entender que, para mí, es la mano que llega a tiempo para no dejarme caer. Que por mucho que estemos juntos me sigue gustando sorprenderlo, o al menos intentarlo. Nuestros labios se separan y él me mira con esos ojos que solo él tiene. Con esa sonrisa intacta y con un corazón que, aunque no se ve, es el mejor compañero de viaje que puedo tener. Y nuestro cachorro Blau comienza a gruñir porque no puede subirse al sofá. Silas lo coge y se lo pone en el pecho haciéndole rabiar. Y en vez de un escalofrío, siento una sensación hace tiempo olvidada: calidez. Hogar. Familia. Vida. El atardecer inunda nuestra casa de cristal y hace que recuerde que mañana es la noche más mágica del año.

Calella de Palafrugell nos recibe engalanada, nuestro coche comienza a adentrarse en esas calles empedradas y las guirnaldas blancas adornan las puertas de las viviendas, las terrazas y balcones del pueblo. Los niños corren con petardos en la mano antes de lanzarlos, ríen, saltan y juegan. Silas aparca el coche y bajamos juntos en dirección a la plaza. Miro de reojo todo lo que tengo a mi alcance. Y entonces empiezan a venirme flashes. Allí estaba la carpa que instaló la policía. Mi mirada se dirige al campanario y hacia la puerta de la iglesia, como siguiendo el camino que hizo el padre Gabriel esa noche. Veo el estanco y también el bar Las Anclas. Y el banco en la esquina. La plaza ya tiene el escenario instalado para que esta noche, el alcalde Máximo Capdevila puede dar su discurso de nuevo. Ya hay gente y el ambiente no puede ser más especial. Todo el mundo luce sus mejores vestidos, camisas y pantalones cortos para disfrutar de esta gran noche. Algunos, cerveza en mano, están brindando en la orilla. Nos acercamos al mar lentamente y entonces me paro en seco. Silas reconoce el motivo.

Los arcos están ante mí. Nunca he vuelto a este lugar y tampoco he sido capaz de mirar fotos de estos arcos. He tenido varias pesadillas en las que Luna estaba al final del soportal y cuanto más corría ella, más me alejaba yo. Silas se despertaba siempre muy asustado, pero yo no me podía quitar esa imagen de la cabeza. Noto que Silas me aprieta un poco más la mano para hacerme ver que está ahí, conmigo. Aprieto yo la suya y cojo aire. Al soltarlo, doy el primer paso hacia los arcos. Quiero atravesarlos mientras él camina conmigo, sin perderme de vista. Hacia la mitad recuerdo el sitio exacto en el que se veían aquellas manos sosteniendo el peluche. Miro hacia el mar y el sol justo está escondiéndose, es un momento precioso. Silas se acerca un poco más a mí y apoya su cabeza sobre la mía. Y en ese momento aparece Román, el del estanco. También Maika, la chica del bar Las Anclas. Carmen, la abuela, está junto a unas amigas sentada en un banco y se levanta a saludarnos nada más vernos. Entonces, a lo lejos, veo a un joven y a un niño de la mano. El mayor está muy guapo, la barba le da un toque más adulto y ahora lleva el pelo un poco más largo. El pequeño lleva una camiseta del Barça y no puedo creer que haya crecido tanto. Ferran y Biel vienen desde el otro lado de los arcos y aún no nos han visto, pero cuando lo hacen, salen disparados hacia a mí y me abrazan.

Después de lo sucedido, Isabel, Josep y yo hemos iniciado una buena amistad. Hablamos muchas veces por teléfono y, en ocasiones, también lo hago con Biel, sobre el colegio, sus amigos... Algo especial me une a ese niño. Con Ferran no suelo hablar a menudo, pero sí que, de vez en cuando, le envío algún mensaje, y le digo que, si alguna vez necesita una poli para sacarle de cualquier lío, que cuente conmigo. Se graduó hace ya dos años y está a punto de mudarse a Madrid con Marc. En efecto, siguen juntos.

Al poco rato aparecen Isabel y Josep: vamos todos a la casa de la familia para preparar la cena.

Es una cena muy especial, este momento significa mucho para todos los que allí estamos. Todos sentimos cariño y respeto mutuo. Durante la cena no dejamos de hablar, tenemos tantas ganas de compartir, que nos falta tiempo. Hablamos de nuestras vidas. Silas y yo les explicamos el proyecto de nuestra nueva casa, les mostramos algunas fotos, pero también de Blau, que ha quedado al cuidado de Maca. Hablamos del trabajo en la unidad, su día a día en Gerona, adonde se mudaron al poco de recuperar a Biel, un cambio de aires necesario. Aquí solo vienen algún fin de semana esporádico y gran parte del verano. Recuperar a Biel fue un revulsivo para la enfermedad de Josep: el cáncer ha remitido y ha recuperado la salud perdida. Ferran dijo que la semana que viene se iba a visitar a una compañera de Periodismo que ha conocido en las prácticas, se llama Ruth y tiene una casa en Cudillero, un pequeño pueblo de Asturias. Sí, uno de los que mi añorado Daniel descartó en aquel sorteo de destinos. La cena que han preparado Isabel y Josep está riquísima. Los petardos me asustan ya que resuenan a la puerta de la casa. Voy un momento al baño y al levantarme observo el salón en el que nos encontramos, miro de reojo el sofá verde, que aún está en la misma posición. Ahí le dije a Isabel que creía que su hijo estaba vivo y allí ella me pidió que lo buscara con el corazón.

Terminamos los postres y hay que irse, es la hora. Los petardos suenan cada vez más cerca y más fuertes. Salimos de la casa y bajamos las calles empedradas. Ferran y Biel van delante, el niño se ha subido en la espalda de su hermano. Silas y yo caminamos detrás. Me agarra bien fuerte de la mano y me mira sonriendo, sabiendo que todo ha pasado ya y que tenemos que dejar el miedo atrás. Isabel y Josep nos siguen un poco más lentos, ya que acompañan a los abuelos, Carmen y Antonio.

Llegamos a la plaza del pueblo, que nos recibe llena de gente, jóvenes, mayores, padres y niños. Algunos se preparan en la playa para encender las hogueras después del castillo de fuegos artificiales. Son las 23.50 cuando el alcalde Máximo Capdevila hace su aparición en el escenario. Todos le aplauden puesto que ha conseguido situar Calella de Palafrugell como uno de los destinos más turísticos del mapa, lo que ha creado nuevos puestos de trabajo. La gente se asoma a las ventanas de las casas. El alcalde empieza su discurso y yo no puedo apartar los ojos de Biel y Ferran, que están alejados del gentío. Isabel y Josep están a nuestro lado, y Carmen y Antonio sentados en las sillas acostumbras para la gente mayor. Todo es exactamente igual que en los informes que leí y que preparó Daniel Redondo. Mi Daniel.

Son las 23.59. El alcalde fija la vista en el campanario y un joven cura hace sonar las campanas. En ese momento el pueblo entero se sume en una oscuridad total. No se ve nada y mi respiración se acelera. Las campanas suenan con más fuerza y la gente aplaude. Necesito salir de allí. El cielo se ilumina y se tiñe de todas las tonalidades de azul, naranja, rojo, verde... Vuelvo a mirar hacia Ferran y Biel, pero no están. Me muevo un poco por si alguien los tapa, pero no los veo. Suelto la mano de Silas y me vuelvo hacia los arcos. Mi corazón está a punto de abandonar mi pecho, hasta que alguien me coge la mano. Es Ferran.

—Tranquila. Estamos aquí.

Biel me sonríe. Agarro su mano y también la de Silas, y disfruto al fin de los fuegos artificiales de ese pueblo que ya formará para siempre parte de mi vida. Todos están bien. Ferran y Biel observan el espectáculo; Isabel y Josep se besan sabiendo que se merecen ser felices; Carmen y Antonio han cumplido su deseo de volver a abrazar a su nieto antes de que su tiempo se acabe. Todos están en paz.

Miro hacia los arcos nuevamente. Entre ellos, las olas mecen a la luna. Su luz acaricia el agua y me acuerdo de mi hija, porque ella siempre está. Por eso le puse ese nombre. Miro fijamente a la luna, a mi Luna, y de repente noto algo. Me llevo las manos al vientre y levanto la mirada al instante porque reconozco la sensación y sé lo que significa. Los fuegos están en su tramo final. La gente aplaude a rabiar ante la belleza del espectáculo, y entonces miro a Silas, ajeno a lo que acabo de sentir. Aprieto más su mano mientras una lágrima cae de mis ojos. Y comprendo entonces que, después de la luna, siempre sale el sol.

# Agradecimientos

Paseo por los arcos de Calella de Palafrugell. Los mismos arcos por los que desapareció el pequeño Biel. Parece como si me fuera a cruzar con su triciclo y con él. Con Eva y con Silas. Estar con estos personajes día y noche durante este último año ha sido un viaje espectacular. Un camino duro pero muy emocionante. Recuerdo ahora, mientras paseo por aquí, sabiendo que ya he terminado la novela, el día que la comencé. No fue muy lejos, en Tarrasa. Una mañana de septiembre en una casa nueva. Después la continué en un lugar que fue como un refugio para mí. La casa de mis abuelos, rodeado de silencio y atardeceres espectaculares en Albacete. Posteriormente la seguí en Madrid, mudanza de por medio, en un apartamento nuevo en el Barrio de las Letras y la terminé en el único lugar posible: Calella de Palafrugell.

Este libro no sería el mismo sin mucha gente que me he encontrado en el camino y con otra tanta que me acompaña en cada paso que doy y en cada nueva historia que comienzo. Es por ello que no me gustaría olvidarme de nadie, y si lo hago, espero que me perdonéis. Son muchas emociones a la vez.

Mis abuelos, Miguel y Encarna. Lo más bonito de escribir es hacerlo por ver vuestra ilusión cuando se publica una de mis novelas. Mi abuelo sigue recortando las páginas del periódico donde salgo y enseñándoselas a sus amigos del parque, con los que se va a andar cada mañana. Y mi abuela: ella es la persona que más me quiere en este mundo y por eso sigo esforzándome en sorprenderla; ella siempre es la primera en leer estas páginas. Os quiero mucho, no lo olvidéis nunca.

Mis padres, David y Encarni. Papá, gracias por hacerme compañía las noches que me quedaba escribiendo hasta que amanecía para decirme, simplemente, buenas noches. Cada día pienso en que no hay nadie más bueno que tú en este mundo. Mamá, este libro lo escribí por ti. El amor de una madre es el mayor del mundo, eso era lo que me llevabas diciendo un tiempo y espero que ahora veas que el de un hijo también es muy grande. No sabéis lo que os quiero.

Mi hermana, María Pilar. Caerse y levantarse, me dijiste hace no muchos meses. Pero, sobre todo, disfrutar de la felicidad del camino. Estoy en ello, hay un atardecer precioso aquí mientras escribo estas líneas. Ojalá pudiera tenerte más cerca, pero quiero que sepas que siempre te encuentro en todos lados. Allá donde mire. Gracias por cuidarme desde pequeño siendo el mejor ejemplo en quien fijarme. Te quiero, hermanita.

Todo este tiempo he estado rodeada de grandes amigos. Que me han cuidado y protegido. Aquí van unos cuantos: Jorge, mi alma gemela. Alejandro, por tu sempiterna bondad. Marta, por tus llamadas justo a tiempo. Andrea, por enseñarme que sigue habiendo luz en esta vida. Sara, por tu incombustible alegría. Nuria, por nuestros kilómetros entre tantas canciones. Jorgi, por enseñarme que sigue habiendo buenas personas. Paula, por tu felicidad tan contagiosa. María, por devolverme a esta ciudad, a nuestro Madrid. A mi otra Paula, por tus abrazos en todos los principios. A Eduardo, por esforzarte en que seamos todos una familia. A Anaís, por aparecer desde el primer día. A Luis, por hacerme ver de nuevo el camino. A Paloma, por tu incansable forma de hacernos brillar. A Jesús, por llegar para quedarse. A Sergi, por cuidarme y quererme desde tan lejos. A Sara, por todas las llamadas que eran abrazos. A mis dos Martas, por leerme aunque estemos muy lejos. A Mikel, por acompañarme desde que soplé un puñado de velas. A Ventu, por llegar en el final y reírnos desde el principio. A todos, gracias por, simplemente, estar a mi lado. Creo que es la muestra más bonita que podéis hacerme, el quererme como lo hacéis cada uno de vosotros.

Gracias a mi agente, Laura Santaflorentina. Quien los últimos días de escritura me acompañó en Calella de Palafrugell. Recorrimos juntos todos los lugares donde ocurre la historia y nos quedamos hasta las tantas de la madrugada acompañados de todos estos personajes. Laura, gracias por cruzarte en mi camino hace ya tres años, por darme las fuerzas necesarias para cada nueva novela y por estar a mi lado hasta el punto y final. Nuestro camino no ha hecho nada más que empezar.

Gracias también a Palmira Márquez, quien pelea con uñas y dientes para que mis historias lleguen lo más lejos posible. Nunca olvidaré ese mensaje mientras conducía a las doce de la noche. Tú ya sabes por qué. Te adoro.

Gracias a mi editor, Alberto Marcos. Por su paciencia infinita y por pedirme siempre más y más escenas de amor. Espero que esta vez hayan sido suficientes. Y a todo el equipo de Penguin Random House y Plaza y Janés. A Gonzalo Albert. Y también a Begoña Berruezo, por nuestra búsqueda para dar con la mejor portada. La encontramos, y desde aquí agradezco a Maley, el autor de la fotografía de la cubierta que, cuando su país estaba siendo bombardeado, tuvo un minuto para nosotros y para esta novela.

Gracias a mi grupo de agentes de la Policía Local, Policía Nacional, Guardia Civil y Mossos d'Esquadra. Por mis tantas preguntas a deshoras y vuestras siempre simpáticas respuestas. Gracias en especial a los agentes y tenientes, Patricia, Macarena, Alberto, Cristina, Alcázar y Víctor por querer aportar vuestro gran granito de arena a esta historia. Y en especial, a la Comisaría de la Policía Local de Palafrugell.

Ya había empezado esta novela cuando visité Calella de Palafrugell. Allí, en la plaza del pueblo, me encontré a un niño que iba montado en su triciclo. Meses después, en pleno invierno, volví para acabarla. El pueblo estaba completamente vacío, solo se escuchaban las olas y el silencio. Y como si Eva, Isabel y Ferran se estuvieran despidiendo también de esta historia y de mí, me encontré de nuevo con aquel mismo niño montado en su triciclo, algo más mayor. Supe entonces que hay momentos en que, por más que busques la historia, nunca la encontrarás, pero si sabes esperar, solo tienes que observar.

Por último, quiero darte las gracias a ti, querido lector. Sin ti no habría historia. Igual lo estás acabando en la playa o recostado en la almohada, con la luz de la mesita encendida. Si has llegado hasta aquí, para mí ha sido un placer acompañarte durante estas noches y espero que, si te ha gustado, se lo recomiendes a tu vecino o a tu compañera del trabajo. A tu madre o al grupo de amigas con el que sueles salir a cenar siempre. Será un placer para mí y para estos personajes que la historia de Biel llegue hasta el cielo. Gracias de verdad.